말의 정의 定義

TEIGI-SHU

by OE Kenzaburo

Copyright ⓒ 2012 OE Kenzaburo
All rights reserved.
Originally published in Japan by ASAHI SHIMBUN PUBLICATIONS INC.
Korean translation rights arranged with OE Kenzaburo, Japan
through THE SAKAI AGENCY and IMPRIMA KOREA AGENCY.

말의 정의 定義

오에 겐자부로
大江健三郎
송태욱 옮김

오에 겐자부로의 비평적 에세이

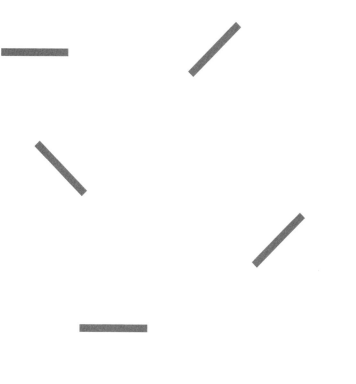

mujintree
뮤진트리

■일러두기

1. 이 책은 오에 겐자부로의 『정의집(定義集)』(2012 朝日新聞出版)을 번역한 것이다.
2. 방점으로 표시한 부분은 저자가 원문에서 표시한 것이다.
3. 논문과 단편의 제목은 「 」로, 단행본과 장편의 제목은 『 』로 표기했다.
4. 옮긴이 주는 본문 하단에 번호를 붙여 각주로 달았다.

지금 원전에서 나오는 사용한 핵연료의 처리는
미래 사람들에게 떠맡길 수밖에 없다는 이야기가 당연한 것처럼 나올 때마다
그 큰일을 짊어지게 될 인류의 '미래의 인간성'을 어떻게 생각하는지 의심합니다.
현재의 인류는 다음 세대를 위해 좋은 미래를 준비한다는 의식,
또는 도덕성(morality)을 버렸는가 하고 말입니다.

차례

주의 깊은 시선과
호기심

장남 히카리(光)가 지적장애를 안고 있다는 것, 그리고 우리 가족이 그가 만드는 음악을 낙으로 삼아 그럭저럭 조용히 살아온 이야기는 가끔 글로 썼습니다. 그럭저럭, 이라고 한 것은 차례로 어려운 일이 일어났고 또 극복할 수 있었기 때문입니다.

올(2006년) 초부터 저와 히카리는 매일 한 시간씩 보행 훈련을 하고 있습니다. 우리는 고지대에서 튀어나온 지역의 끝자락 가까운 곳에 살고 있습니다. 집에서 평지로 내려가는 긴 언덕에는 목책으로 둘러쳐진 산책로가 있고, 평지로 다 내려가면 그 산책로는 강을 따라 이어져 있습니다.

히카리는 지금 마흔두 살로 성인병의 몇 가지 증상이 나타나고 있다는 주의를 받았습니다. 그래서 비만을 염려하여 저와 둘이서 걷기로 마음먹은 것입니다. 하지만 그것은 기초적인 보행 훈련이기도 합니다.

히카리는 시각장애도 있어 달릴 수가 없습니다. 다리에도 가볍긴 하지만 문제가 있습니다. 전철을 타거나 콘서트에 갈 때는 항상 저나 아내가 팔을 잡아줍니다.

그래서 히카리가 혼자 힘으로 걸을 수 있게 해보자는 것이, 아마추어인 제가 생각해낸 보행 훈련 계획입니다. 팔을 잡지 않고 그저 옆에 붙어 걷습니다. 적어도 신발을 땅에 끌면서 걷는 버릇이라도 줄이기 위해서 양팔을 움직이며 걷도록 합니다. 그 두 가지는 연동되어 있는 듯해서입니다.

그 계획을 어떻게 진행할지 생각하다가 수영 클럽 코치인 친구의 도움으로, 수지(樹脂)로 만든 묵직한 봉을 구했습니다. 그 봉을 손에 쥐고 걸으면 팔을 흔들게 되고 발도 땅에서 떨어지게 됩니다. 실제로 며칠 연습해보니 그렇게 되었고, 히카리는 그런 진보에 자극받아 매일 스스로 훈련을 하게 되었습니다.

지적장애와는 별도로 히카리는 성실한 성격입니다. 그래서 보행 훈련을 할 때는 말을 하지 않습니다. 저도 읽고 있는 책을 떠올리거나 하며 걷습니다.

히카리는 발을 높이 들지 않고 걷기 때문에 뭔가에 걸려 넘어지기 쉽습니다. 간질로 인한 작은 발작을 일으키는 일도 있습니다. 발작을 일으킬 때는 꼭 껴안고 있고, 땅에 앉힐 수 있다면 그대로 15분쯤 가만히 있습니다. 그 사이에 주위에서 말을 걸더라도 히카리의 머리를 받치고 있는 저는 응답할 수가 없습니다. 그로 인해 상대가 발끈한 일이 여러번 있었습니다.

이번에도 보행 훈련을 하다가 저는 머릿속의 산만한 생각에 사로잡혀 있었습니다. 그사이 굴러다니는 돌에 발이 걸린 히카리는 그만 꽈당 하고 넘어지고 말았습니다. 간질로 인한 발작이 아니라 의식이 분명했으므로, 히카리는 오히려 자신이 놀라 어찌할 바를 모르는 것 같았습니다. 자신의 실수를 자책이라도 하는 모양이었습니다.

제가 할 수 있는 일은, 저보다 훨씬 무거운 히카리의 상체를 안아 올려 산책로의 목책까지 간 다음 머리를 다치지 않았는지 살펴보는 정도입니다. 그러느라 저희 두 사람이 꼼지락거리는 모습은 필시 미덥지 않게 보였을 것입니다.

자전거를 타고 온 나이 지긋한 부인이 뛰어내리더니 "괜찮아요?" 하고 말을 걸면서 히카리의 어깨에 손을 댔습니다. 히카리가 가장 바라지 않는 일은, 낯선 사람이 자기 몸을 건드리는 것과 개가 자기를 보고 짖는 것입니다. 이럴 때 저는 자신이 애부수수한 노인이라는 것을 알지만, 우리를 그대로 내버려두어 달라고 강력하게 말합니다.

그 사람이 화가 난 채 가버린 후, 저는 일정한 거리를 두고 역시나 자전거를 세우고 저희쪽을 가만히 쳐다보고 있는 고등학생으로 보이는 소녀를 봤습니다. 그녀는 호주머니에서 휴대전화를 내보였습니다. 그것을 꺼내는 것이 아니라 잠깐 저에게 보이기만 하고는 주의 깊게 이쪽을 지켜보고 있었습니다.

잠시 후 히카리가 일어나고 제가 그 옆에서 걸으며 돌아보자 소녀는 살짝 고개를 숙여 인사하고는 가뿐히 자전거를 타고 떠났습니다. 저에게 전해진 메시지는, 내가 여기서 당신들을 지켜보고 있다, 구급차나 가족에게 연락할 필요가 있으면 휴대전화로 협조하겠다, 하는 것이었습니다. 저희가 걷기 시작하는 것을 보고 떠난 그 소녀의 미소 띤 인사를 잊지 못합니다.

제2차 세계대전이 끝나갈 즈음 항독전선에 참여했다 죽은 프랑스의 철학자 시몬 베유(Simone Weil, 1909~1943)[1]의 말에 저는 끌렸습니다. 불행한 인간에 대해 깊은 주의를 갖고, '무슨 힘든 일이라도 있습니까?' 하고 물어보는 힘을 가졌는가의 여부에 인간다움의 자격이 달려 있다는 말입니다.

불행한 인간에 대한 베유의 정의는 독특합니다만, 갑작스럽게 넘어진 것에 동요하는 저희도 그 자리에서는 불행한 인간입니다. 이쪽이 받아들일 수 없을 만큼의 적극적인 선의를 보여준 부인도 베유가 평

---

1) 프랑스의 사상가. 파리 고등사범학교를 졸업한 뒤 교사와 공장 노동자 생활을 했고 공화파로서 스페인 내전에도 참가했다. 그녀는 항독 레지스탕스를 지원하며 집필에 몰두하다가 결핵과 영양실조로 세상을 떠났다.

가하는 인간다움의 소유자입니다. 오히려 이런 때에도 자신에게 집착하는(베유는 거기에서의 해방을 주장하기도 합니다) 저 자신을 바꾸지 않으면 안 됩니다.

게다가 불행한 인간에 대한 호기심만 왕성한 사회에서 저는, 주의 깊고 절도 있는 그 소녀의 행동에서 생활에 배어 있는 새로운 인간다움을 찾아낸 것 같았습니다. 호기심은 누구에게나 있습니다만, 주의 깊은 눈이 그것을 순화하는 것입니다.

궤도 수정을 촉구한
친구의 눈

저는 오랜 친구들이 그 역할을 해주었다고 생각합니다. 인생의 어느 순간, 친구가 왠지 모르게 전과는 다른 눈으로 저를 보고 있다는 걸 깨닫습니다. 그 거울에 비추어 밑바닥 깊은 데서 한기를 느끼는 것 같을 때는, 자신이라는 운동체를 멈출 수는 없어도 궤도 수정은 해왔습니다.

올해 그런 친구 Y로부터 어느 대학 입학식에서 강연을 해달라는 부탁을 받고, 교육 현장에서 살아오지 않은 사람으로서 지금까지 피해오던 일을 처음으로 했습니다. 사실 노년이 되었지만 서로가 하지 못한 일을 하느라 분주하여 오랫동안 이야기할 기회가 없었던 우리에게 대학이 한나절을 같이 있을 시간을 만들어준 것이다, 하는 이유로 받아들였던 것입니다.

그런데 그날이 다가왔고, 대학에서 그 친구가 올 수 없다는 연락을 해 왔습니다. 뭔가 감추고 있는 건강상의 이상이라도 있는 건가, 하고 걱정했습니다. 다행히 그렇지는 않았습니다만, 저는 그 친구와 처음 만난 날의 일부터 이야기하기로 했습니다. Y와는 고마바[2]에 입학한 후 첫 수업이 있던 날 아침 '불어 미수未修' 반에서 알게 되었습니다.

저는 프랑스문학자 와타나베 가즈오(渡辺一夫, 1901~1975)[3] 선생님 밑에서 배우겠다는 일념으로 재수하여 도쿄대학 불문과에 입학했습니다. 그런데 Y는 영문과로 확실한 방향을 정하고, 프랑스어는 제2외국어로 듣고 있었습니다. 근본이 경박한 사람인 저는 '좋아, 대학에서는 불문과에 집중하고 좋아하는 영시는 혼자 하자'고 생각했습니다.

그래서 수재임이 분명한 Y를 점찍었습니다. 훗날 Y가 "자넨 늘 후카세 모토히로(深瀬基寬, 1895~1966)[4]의 『엘리엇』(드물게도 원시까지 통째로 들어 있는 지쿠마쇼보판)[5]을 갖고 있었지" 하고 말했습니다. 저는 그에

---

2) 도쿄대학 교양학부 캠퍼스.

3) 불문학자. 도쿄대학 교수 역임. 라블레를 중심으로 하는 프랑스 16세기 문학 연구로 업적을 쌓은 한편 비평가로도 활약했다. 저서로 『라블레 연구 서설(ラブレー研究序説)』, 『프랑스 유마니즘의 성립(フランスユマニスムの成立)』 등이 있다.

4) 영문학자이자 수필가. 도쿄대학 영문과 졸업. 오랫동안 교토대학 교수를 역임. 매슈 아널드(Matthew Arnold, 1822~1888)나 엘리엇(Thomas Stearns Eliot, 1888~1965)을 연구, 나중에 저서 『엘리엇의 시학(エリオットの詩学, 1949)』이나 평역 『엘리엇(エリオット, 1954)』 등을 발표했다.

게 끈질기게 질문했던 것입니다.

하지만 곧바로 저는 Y의 눈에 비친 제가 근거도 없이 문학청년 냄새만 풍기는 어정쩡한 독자라는 사실을 깨달았습니다. Y야말로 늘 콘사이스 옥스포드 사전(COD, Concise Oxford Dictionary)을 찾아보고 저의 질문에 대답해주는 햇병아리 전문가였습니다.

Y는 오랫동안 영국·캐나다 등지에서 연구생활을 하는 동안에도, 대학교수가 되고 나서도 저와는 계속 친구로 지냈습니다. 그리고 다시 그의 도움을 받게 되었습니다. 노벨문학상 수상 강연과 아사히신문에 실린 노암 촘스키(Avram Noam Chomsky, 1928~), 수전 손택(Susan Sontag, 1933~2004), 에드워드 사이드(Edward Wadie Said, 1935~2003)와의 왕복 서한의 제 일본어 문장은 모두 Y가 영어로 번역해주었습니다.

Y가 바로 야마노우치 히사아키(山內久明, 1934~)라는 걸 밝히면, 그와 함께 다카하시 야스나리(高橋康也, 1932~2002)[6]까지 친구로 둔 저의 사치에 깜짝 놀랄 영문학 관계자가 많을 것입니다.

그런데 이제부터가 제 강연의 후반부입니다.

다듬고 다듬은 Y의 영어 문장은 상대의 신뢰를 얻어냈습니다. 하지만 여전히 경박한 저는 답신의 핵을 이루는 영어 단어를 일본어로 옮길 때 제 자신에게 친숙한 표현으로 바꾸었습니다. 예컨대 경제학자

---

5) 深瀨基寬, 『エリオット―鑑賞世界名詩選』, 筑摩書房, 1954.
6) 영문학자. 도쿄대학 교수 역임. 일본 셰익스피어 연구의 일인자.

아마르티야 센(Amartya Sen, 1933~)이, 개개의 인간이(또는 원조를 받는, 이른 바 후진국 사람들이) 가진 capability의 집합은 발전할 자유를 얻고 사회에 도움이 되는 기능을 하고 당사자의 well-being을 달성하기도 한다고 말한 경우, 전문적인 학자는 capability를 '잠재능력'으로, well-being을 '복지'로 번역합니다.

그런데 저는 젊은 사람의 '신장하는 소질'capability을 방해할 수 없을 만큼의 자유가 있다면 그가 사회에서 실현하는 기능에 의해 그 '생활의 좋음'(well-being)이 달성된다, 라고 했습니다.

또 센 교수가 퍼그워시 회의Pugwash Conferences[7]에서 한 강연 〈인도와 원폭〉에서, 인도·파키스탄의 핵개발에는 물론 도덕성의 과제가 있지만, 현실의 시책으로서 prudential한가 어떤가가 질문된다, 라고 한 부분을 저는 '잘 생각하는 태도'인가 어떤가, 라고 했습니다. 제가 Y에게 배워 아르바이트로 받은 돈을 털어 구입한 콘사이스 옥스포드 사전에 나와 있는 "(사람이나 행위에 대하여) 바라지 않은 결과를 피하려고 주의 깊다" 라는 뜻을 포함시키려는 생각이었습니다.

센 교수에게 아마르티야라는 드문 이름을 붙인 사람은 그의 아버지가 근무했던 대학의 창립자 라빈드라나드 타고르(Rabindranath Tagore, 1861~1941)였다고 들었습니다. 일본의 보수 원로 정치가들도 자주 말하

---

7) 핵무기 폐기, 세계 평화 등을 토의하는 과학자 중심의 국제회의.

는, '일본 문화의 전통'을 깊이 이해하고 있던 이 대시인 타고르는 일본에 대하여 이렇게 말하지 않으면 안 되었습니다.

> 군사력을 너무 열심히 추구하여 국가가 그 영혼을 희생하고 무기를 늘리면, 적국보다 오히려 그 나라가 더 큰 위험에 빠진다.

타고르가 말하는 영혼이라는 말의 원어는, 제 텍스트에서는 soul입니다. 저는 처음에 오랜 친구의 눈에 비친 자신을 똑바로 봄으로써 어떻게든 궤도 수정을 해왔다고 말했습니다. 그것은 Y처럼 사전을 사용하고 싶다(아득히 미치지 못하지만)는 생각으로 구체화되어 그것이 노년의 습관이 되기도 했습니다.

저는 이 대학에서 배우기 시작하는 여러분이 다양한 전문 분야로 나아가기 전에 우선 외국어를 읽는 능력과 확실한 친구를 얻을 수 있게 되기를 바랍니다, 하면서 이야기를 마쳤습니다.

골계(滑稽)를 수용하는 것과
그 반대

그것이 패전으로 향하는 해부터 전후(戰後) 몇 년에 걸쳐서였다는 것을 묘하게 결부시켜 생각합니다만, 저는 '골계(滑稽)'라는 말에 사로잡혀 있었습니다. 저 자신이 자주 사용했고 열 살부터 열네다섯 살 때까지는 책이 많은 장소에 가면 우선 이 말이 포함된 제목부터 찾았습니다. 한 권 전체가 익살맞은 이야기로 채워져 있는 책이 있다면 얼마나 좋을까, 라는 꿈같은 바람을 안고 말이지요.

아홉 살이 된 가을, 갑자기 아버지가 돌아가셨습니다. 그런데 그 전날 밤에 술을 약간 마시고 "저 아이는 우스꽝스러운 놈이야" 하고 즐거운 듯이 저를 평했다는 이야기를 어머니로부터 들은 것이 계기였습니다. 고등학교 2학년 때 전학을 간 학교의 도서관에서 『사기』 번역본을 보다가 「골계열전」(滑稽列傳)이 있어 흥분했습니다만, 머리말의 "담소에서 나오는, 간신히 이치에 맞는 말이라도 도움이 된다"는 요약은 기대 밖이었습니다. 그래도 이야기되는 인물이 다들 재미있는 화자였고, 각자의 행동도 색다른 맛을 주었습니다.

그리고 그 고등학교에서 "넌 책을 자주 읽는데, 참 우스꽝스러운 놈이다"라고 말하는 동급생을 만났는데 저 역시 그에게 같은 것을 느끼고 있어 우리는 친구가 되었습니다. 그가 이타미 주조(伊丹十三, 1933~1997)[8]입니다. 저는 그의 여동생과 결혼했습니다. 성실한 성격이면서 유머러스한 재미에 민감한 아내가 열 살 때 오빠에게 받아서 오랫동안 소중히 간직해온 것이 『세계 골계 명작집』[9]입니다. 거기에 「키다리 아저씨(Daddy Long Legs)」[10]가 '꾸정모기 스미스(蚊とんぼスミス)'라는 제목으로, 우드하우스(Christopher Montague Woodhouse, 1917~2001)[11]의 단편 등과 함께 들어 있었습니다. 이타미는 배운 지 얼마 안 된 영문으로 "아버지로부터 받은 책을 넘긴다"라고 쓰고 매화꽃을 새겨 먹물로 찍은 고구마 도장도 곁들여 놓았습니다.

---

8) 일본의 영화감독이자 배우·수필가·그래픽 디자이너·삽화가.
9) 東健而訳, 『世界滑稽名作集』, 改造社, 1929.
10) 미국의 여류작가 진 웹스터가 1912년에 발표한 아동문학 작품.
11) 영국 유머 작가. 특이한 상상력으로 쓰인 12개의 이야기로 구성된 『어떤 전조(前兆)』(One Omen, 1950) 등의 작품이 있다.

아내와 이타미 주조의 아버지, 그러니까 이타미 만사쿠(伊丹万作, 1900~1946)[12]의 골격 큰 에세이와 유머로 가득 찬 영화에 대해 나카노 시게하루(中野重治, 1902~1979)[13]가 평한 것을 보고 저는 그 두 사람의 자질이 비슷하다는 것을 알았습니다. 나카노 시게하루는 개전(開戰)이 임박하여 괴로운 상황에서 〈젊은 여성에게 바라는 것〉이라는 앙케이트에 이렇게 대답합니다.[14]

> '골계'를 이해하는 것, 예컨대 해(害)가 되지 않을 정도의 타인의 결점을 그대로 받아들이는 마음가짐을 갖는 것.

당시 이 두 사람이 직접 만났다면 아이들의 심성 교육과 골계의 관계에 대해 동의했을 거라고 생각합니다.

패전 직후에 발표한 나카노 시게하루의 단편에 「춤추는 남자」(おどる男)가 있습니다. 전쟁의 억압에서는 해방되었으나 새로운 사회적 어려움에 맞서지 않으면 안 되어 날마다 뛰어다니는 소설가, 즉 나카노 시게하루 자신이 화자입니다. 그런데 이날도 그에게는 외출할 용무가 있어 늘 혼잡하기만 한 전차를 기다리고 있습니다. 누구나 "마음 쾌활

---

12) 일본의 각본가·영화감독·배우·에세이스트·삽화가.
13) 일본의 소설가·평론가·시인. 쇼와 천황 즉위식을 앞두고 일본에서 추방당하는 조선인과의 이별을 노래한 「비 내리는 시나가와 역」(1929)으로 잘 알려져 있다.
14) 中野重治,『中野重治全集』第二十八卷, 筑摩書房, 1980.

하게, 밖으로, 밖으로, 본질적인 것으로, 본질적인 것으로 작용하지 않을 때의 표정으로" 있습니다.

전차가 옵니다. 입구의 높은 데서 내려오는 사람. 그것을 되밀치는 기세로 타는 순서를 양보하지 않는 사람. 그런 혼란에 휩쓸리는 압력은 키가 작은 사람에게는 배가 되기 때문에 괴로운 나머지 벗어나려고 발버둥을 칩니다. 그것이 주위에는 민폐입니다.

"참 웃기는 사람이네." 그때 여자가 앞을 향한 채 입을 열었다. "춤을 추고 난리야…."

'춤을 추고 난리야'라니, 절대 그렇지 않다는 건 아니다! 아저씨는 최후의 일격을 당하고, 게다가 우스꽝스러운 사람으로 일격을 당한 것이었다.

"어머, 또 추네!"

아저씨의 머리가 살짝 움직였다. 뭔가 말하려고 한 모양이다. 하지만 목소리는 들리지 않았다. 그럴 상황이 아니다. 아직도 그는 계속 뛰어오르지 않으면 안 된다….

"어머 또 추네!"

뒤에서 키득거리는 소리가 들렸다. 나는 여자가 미워졌다. 곁눈질을 하자 두툼한 얼굴이다. 그만큼 더 밉게 보인다.

'어쩔 수 없잖아!' 라는 말이 내 입에서 튀어나올 뻔했다. 어쩔 수 없잖아! 그 사람은 위치에서 불행한 거라고. 그 사람은 위로, 공중으

로 피하는 거란 말이야. 그렇지 않으면 찌부러지고 마니까. 그렇게 '되는' 거잖아….'

결국에는 다들 통째로 전차 안으로 깊이 떠밀립니다. 몸을 앞으로 구부린 형태로, 불행한 남자도, 매정한 목소리의 여자도, 그녀를 납작하게 해줄 말 한 마디를 하고 싶었던 소설가도 실려 갑니다.

제2차 세계대전 후 도쿄의 시민 생활과 심정을 제대로 보여준 이 단편에는, 어쩔 수 없는 골계와 그것을 받아들이려는 마음, 그리고 그 반대의 잔혹함까지 생생하게 묘사되어 있습니다. 사건 후 잠깐의 시간을 두고 표현되는 과정에서, 그 모든 것이(여성상까지도) 골계를 축으로 생생하게 매력을 발산합니다.

골계를 바라보는 눈은 흔히 잔혹함을 함께 갖고 있습니다. 그리고 만담이나 콩트가 연출하는 골계는 공연자와 관객이 공유하는 잔혹한 웃음소리를 목표로 하고 있습니다. 골계일 수밖에 없는 궁지에 빠져 있는 자를 더욱 잔혹한 구렁텅이 속으로 밀어 넣든가, 인간다운 벼랑 끝으로 다시 끌어내주든가…, 그 미묘한 지점을 똑바로 보는 나카노 시게하루와 그런 인간관으로 이어진 사람들의 정겨움. 그런 것을 생각하면서 저도 그만 가족과 텔레비전을 보며 웃습니다.

아이 같은 태도와
윤리적 상상력

숲속에 있는 신제(新制) 중학교[15]에서 혼자 버스와 기차표를 받고, 역시 현 내의 몇몇 신제 중학교에서 모인 학생들로 이루어진 특설반에 수업을 받으러 간 적이 있습니다. 미국인 남녀 견학자 몇 명이 둘러앉은 가운데 일본인 교사로부터 영어 수업을 받았습니다.

텍스트가 어떤 것이었는지는 기억나지 않지만, 두 가지는 또렷하게 기억하고 있습니다.

하나는, "childlike라는 말을 들으면 웃어도 되지만 childish라는 말

---

15) 1947년에 시행된 학교교육법에 기초한 중학교.

을 들으면 모욕을 받았다고 생각해라!"라는 설명을 듣고는, 내가 미국인 회사에 들어가게 된다면 절대로 childish라고 말하지 못하게 하겠다, 하고 마음먹은 일입니다.

또 하나는, 그 남자 교사가 정확한 발음을 할 수 없는 학생(예컨대 저)을 도구로 이용하여 견학자들을 웃게 한 그런 짓이야말로 childish한 것이 아닌가, 하고 반발한 일입니다.

반세기도 더 된 일을 떠올린 것은, 일종의 특별한 표정을 짓고 있는 부시 대통령 옆에서 기타를 치며 노래 부르는 동작을 흉내 낸 고이즈미 수상[16]의 사진을 본 일본 아이들이 (또 미국 아이들도) 뭘 느꼈을까, 하는 생각을 했기 때문입니다.

중국이나 한국의 아이들이 그걸 봤을 거라고는 생각하지 않지만, 올(2006) 8월 15일에는 엄숙한 얼굴로 야스쿠니 신사로 향할(지도 모르는) 고이즈미 수상의 영상을 보는 것도 생각했습니다.

사실 저는 고이즈미 수상이 기자들에게 하는 정언명제식의 답변, 의회에서 주고받는 말과 엷은 웃음에서 그의 인격도 그럴 것이라고

---

16) 2006년 6월 30일 엘비스 프레슬리의 생가를 찾은 고이즈미 총리는 부시 대통령 앞에서 〈Can't Falling in Love〉를 부르며 기타를 치는 흉내까지 냈다. 다음 날 워싱턴포스트지는 엘비스 프레슬리의 노래 가사를 빗대 '채신머리없이 흐뭇해하는 고이즈미'라고 조롱했다. 또한 7월 17일자 아사히신문에는 멤피스 시에서 벌어진 외교적 해프닝을 다룬 칼럼이 실렸다. '엘비스의 망령'이라는 제목의 칼럼 필자는 사진작가 후지와라 신야였는데, 그는 먼저 고이즈미가 엘비스 생가에서 보여 준 모습에 대해, 알고 지내는 한 부인이 자신에게 "낯부끄러워서 쥐구멍에라도 들어가 숨고 싶었다"고 말한 사실을 소개했다.

확신하지 못하고 있었습니다. 유럽의 역사를 회상록처럼 이야기하는 오래된 책에 "위기에 드러나 있는 작은 나라에서 기묘한 인물이 권력의 자리에 있으면서 그로테스크한 행동을 한다…. 엉큼한 웃음소리가 들려온다…. 민중에게 비참함이 남는다"라는 종류의 표현이 자주 나오지만 말입니다. 그러고 보니 동아시아의 현재 위기에도, 배우가 너무 완벽하게 모여 있는 것 같은 것이 마음에 걸립니다.

하지만 저에게는 실현 불가능한 꿈으로, 아이들을 위한 '윤리적 상상력'의 모델이 되는 지도자라는 이미지가 있습니다. 말 자체는 다른 데서 발견했겠지만, 최근에 어떤 계기로 정치학자이자 교육가인 난바라 시게루(南原繁, 1889~1974)[17]의 책을 읽다가 제가 젊었을 때 글씨로 'moral imagination'이라고 써놓은 것을 발견했습니다. 경애해온 몇몇 학자들의 진정한 스승이 난바라 시게루인, 저에게는 오히려 그런 이미지의 사람이지만 말입니다.

올 8월 15일, 집에 틀어박혀 우울한 일이 일어나는 것을 기다리고 있는 것보다는 낫겠다 싶어 도쿄대학 구내에서 열리는 집회에 나가기로 했습니다. 난바라 시게루 도쿄대학 총장은 패전 이듬해의 기원절(紀元節, 지금은 건국기념일)에, 전장에서 돌아온 학생들을 포함한 젊은 사

---

17) 1914년 도쿄제국대학을 졸업하고 독일과 영국에 유학했다. 그는 독일 관념론에 대한 연구를 중심으로 정치철학을 연구하여 일본의 국체론을 비판했다. 1945년 도쿄대학 법학부장에 취임했고, 도쿄대학 초대 총장으로 선출되어 6년간 재직했다.

람들에게 야스다 강당에서 강연을 했습니다. 그 기념할 만한 강연에 대해 각자가 이야기하는 모임이었습니다. 난바라 시게루 자신이 그날의 일을 돌아보고 쓴 책에 저는 아까 그 말을 메모해 놓았던 것입니다.

난바라는 거국적인 전쟁에 책임이 없는 자는 없다고 말했습니다.

특히 나라를 대표한 천황에게는 당연히 도덕적·정신적 책임이 있습니다. (…) 이는 현재 여전히 문제로 남아 있는 것이 아니겠습니까? 특히 수백만 명의 병사가 천황의 이름으로 죽었습니다. 이 역시 하나의 문제입니다. 게다가 또 하나, 전후의 일본에는 정치적 책임 관념이 굉장히 희미해졌습니다. 이 점도 생각해 봐야 합니다. 도의의 근원이라는 문제가 오늘날 여전히 남아 있지 않습니까?[18]

여기에 있는 '도덕적'이나 '도의'라는 어구를, 기원절 강연으로 거슬러 올라가 읽으면 그리스도교(그것도 루터의 종교개혁 이후)의 말이라는 걸 알 수 있습니다. 하지만 이 책을 읽을 때, 신앙에 귀의할 수 없다고 생각하고 있던 저는 곤란했습니다. 그래서 '도덕적'이나 '도의'라는 말을 영어(moral)로 대체하고 '윤리적 상상력(moral imagination)'이라고 해석한다면 나도 받아들일 수 있는데, 하고 써 넣었던 것이겠지요.

---

18) 南原繁, 丸山眞男·福田歡一 編, 『聞き書-南原繁回顧錄』, 東京大學出版会, 1989.

그런데 기원절 강연에서 난바라는, 패전의 파국과 붕괴는 민족의 신화 전통을 왜곡하여 민족의 우월성을 내세움으로써 아시아에서 세계까지 지배해야 할 운명이라고 믿었던 지도층의 독단과 망상에 의한 것이라고 말합니다. 어째서 그렇게 되었을까요? 그것은 강한 민족의식은 있었지만 각자에게 "일개의 독립된 인간으로서의 인간의식이 확립되지 않았고 인간성의 발견이 없었기" 때문입니다. 하지만 연초에 천황은 인간선언을 했습니다. "동시에 그것은 일본 문화와 국민의 새로운 '세계성'으로의 해방"이었습니다.

여기에 보편적 종교를 더해서(라는 사고에 저는 동조하지 않습니다만) 일본·일본인의 부흥을 구상하자, 라고 난바라는 결론을 맺었고 학생들은 감격해했습니다. 이 재출발점의 고지식함, 자립에 대한 강한 의지를 우리는 언제 잃어버렸을까요?

난바라의 연설과 학생들의 적극적인 수용에 존재하는 것은, 위기 속에서 현재화된 애국심입니다. 게다가 '윤리적 상상력'과도 겹쳐 있습니다. 거기에는 교육의 현장에 전하고 싶은 것이 가득 차 있다, 라고 저는 집회에서 말하려고 합니다.

민족은
개인과 마찬가지로
실패도 하고 잘못도 저지른다

앞에서 '8월 15일과 난바라 시게루를 이야기하는 모임'에 대해 썼습니다. 오늘이 그날입니다만, 준비하는 동안 계속 생각나는 것이 있었으므로 저번 글에서 빠진 것을 보충하기로 하겠습니다.

행사 기획의 중심 인물인 다치바나 다카시(立花隆, 1940~) 씨로부터 연락이 왔을 때 저는 이미 노년이어서 꿈꾸었던 것과 현실을 혼동하고 있는지도 모르겠지만, 젊은 시절 난바라 시게루 선생님 앞에서 와타나베 가즈오 선생님으로부터 이른바 진지하게 놀림을 받았던 일이 있는데… 그 기억을 확인하고 싶네요, 하고 말했습니다.

이런 모호한 기대에 적확한 정보로 응해준 이가 다치바나 다카시 씨로, '일본전몰학생기념회(日本戰沒學生記念会)' 19) 사무국의 한 여성으로부터(그 모임이 여전히 활동하고 있다는 것은 제가 받은 첫 번째 감명이었습니다) 생각지도 못한 자료가 도착했습니다.

1963년 12월 1일, 도시마공회당(豊島公会堂)에서 열린, '와다쓰미회'가 주최한 학도 출진 20주기 기념 〈전쟁 포기(不戰)의 맹세를 새롭게〉라는 집회에서, 출진 학도병을 보내지 않으면 안 되었던 세대로서 난바라 시게루와 와타나베 가즈오가 강연하고, 전후 세대의 입장에서 오에 겐자부로가 감상을 이야기했습니다.

저에게는 정확히 떠올랐습니다. 전몰 학생의 유족들이나 전쟁터에서 귀환하여 학업을 계속하고 전후 18년의 부흥에 힘을 다한 것이 분명, 지적으로 터프한 장년의 남자들 사이를 가로질러 대기실로 향하는 저는 기가 죽고 말았습니다. 나중에 말하겠습니다만, 제가 개인적인 사정으로 궁지에 몰린 듯이 몇 개월을 지내다가 오랜만에 사람들 앞에 나서는 상황이었던 것도 한 이유가 되었습니다.

문을 열자 난방이 안 된 넓은 방에서 외투를 입은 채 조용히 위엄을

---

19) 일명 와다쓰미회(わだつみ会). 와다쓰미는 '해신(海神)'이라는 의미다. 1947년 도쿄대학 협동조합이 제2차 세계대전 중 도쿄대학 출신의 전몰자 수기를 모아 출판한 『아득한 산하에(はるかなる山河に)가 큰 반향을 불러일으켰다. 뒤이어 전국의 전몰 학생의 수기를 모은 『들어라, 해신의 목소리』(きけわだつみのこえ, 1949)가 출판되었다. 이러한 출판을 계기로 1950년 '와다쓰미회'가 창립되었고 각지의 대학에 지부가 만들어져 학생들의 반전·평화운동 단체로 기능했다. 그런데 1958년 일본공산당 내부의 국제파와 주류파 대립의 여파로 해산했다.

드러내며 마주하고 있던 두 사람이 돌아보았습니다. 서둘러 외투를 벗으려는 저를 제지하며 와타나베 선생님이 낭랑한 목소리로 말했습니다.

"난바라 선생님, 젊은 오에 군이 아주 엉뚱한 소리를 하더라도 용서하십시오!"

난바라 시게루 선생님은 아주 흥미롭다는 눈으로 가만히 저를 보고 미소를 지으셨습니다. 와타나베 선생님이 장난기 섞인 우스갯소리를 하는 바람에(와타나베 선생님의 말버릇입니다만) 저도 어쩔 수 없이 웃으며 주눅이 든 마음에서 벗어날 수 있었습니다.

앞에서 개인적인 사정이라고 한 것은, 올(1963) 6월 중순 저와 아내의 첫 아이가 머리에 커다란 기형(畸形)을 가진 채 태어난 일입니다. 저는 혼란스러웠습니다. 아직 어떻게 해야 할지도 정하지 못한 갓난아기를 병원에 놔둔 채 저는 히로시마에서 열린 원수폭금지세계대회에 갔습니다. 그리고 그 기간 중에, 스스로 피폭을 당하면서 피폭자 치료에 전념했던 원폭병원장 시게토 후미오(重藤文夫, 1903~1982) 박사를 찾아갔습니다.

그러고 나서 도쿄로 돌아와 처음으로 아들의 문제를 정면으로 받아들일 용기를 얻어 입원 중인 아내와 의논했습니다. 9월이 되어 큰 수술이 이루어졌습니다. 11월 마지막 날 히카리를 우리의 셋방으로 데려왔습니다. 하루종일 아이를 보살피느라 힘들어서 선잠을 자고 있던 아내를 대신하여 저는 아기침대 옆에서 책을 읽고 있었습니다. 그때

전화벨이 울렸습니다.

"계속 연락이 안 되었는데, 내일 도시마공회당에서 열리는 난바라 선생님과 와타나베 선생님의 강연에 부응하는 이야기 좀 해주실 수 있겠습니까?"

대기실의 온화한 분위기와는 달리 두 선생님의 강연은, 패전 직후의 재출발에 대한 발언임에 비해 어두운 현실 인식을 반영하고 있었던 것 같습니다. 와타나베 선생님은 지금의 '평화'를 좋은 평화로 만드는 고통을 견뎌야 한다고 이야기했습니다. 그리고 난바라 선생님의 강연은, 패전 이듬해의 기원절 강연에서 어려움을 극복하고 부흥을 이뤄내자고 호소한 것이 대부분 달성되는 과정에서 노정된 새로운 위기를 응시한 것이었습니다. 전쟁 말기, 학생들에게 어떤 조언을 할 수 있는가, 하는 것이 괴롭고 힘들었다고 난바라 선생님은 말했습니다.

저는 그들에게 "나라의 명령을 거부하더라도 각자의 양심에 따라 행동하게"라고는 말하기 어려웠습니다. 아니, 굳이 말하지 않았습니다. (…) 저는 학생들과 이야기했습니다. "지금 국가가 존망의 갈림길에 서 있을 때, 개개인의 의지가 어떻든 우리는 국민 전체의 의지에 따라 행동해야 한다, 우리는 이 조국을 사랑한다, 조국과 운명을 함께해야 한다. 다만 민족은 개인과 마찬가지로 많은 실패와 과오를 저지를 수 있는 존재다, 그 때문에 우리 민족은 커다란 희생과 속죄를 치러야 할지도 모른다, 하지만 그것은 곧 일본 민족과 국가의 진

정한 자각과 발전으로 가는 길이 될 것이다"라고 말이지요.[20]

저는 청중이 꽉 차있음에도 여전히 추운 무대 옆에 서서 듣고 있었습니다. 그리고 이 노철학자의 윤리적인moral 강함에 비해 반년 간 흔들리고 계속 고민해온 젊은 소설가인 제 자신의 허약함을 의식했습니다. 그리고 장애를 가진 아이와 함께 살아가는 아내와의 미래, 당장이라도 재개하고 싶은 일에 대해서도 말이지요.

그러고 나서 1년, 저는 『개인적인 체험』(1964)[21]과 『히로시마 노트』(1965)[22]를 쓰는 것으로 다시 일을 시작했습니다. 그 무대 옆에서 했던 다양한 생각이 그 소설과 에세이의 기점이었다는 사실을 새삼 자각합니다.

『히로시마 노트』를 보내드리자 "시게토 후미오 박사 같은 분이야말로 '세상의 소금'입니다"라는 와타나베 가즈오 선생님의 엽서가 왔습니다.

20) 南原繁, 『南原繁著作集』第九卷, 岩波書店, 2006.
21) 오에 겐자부로, 서은혜 옮김, 『개인적인 체험』, 을유문화사, 2009.
22) 오에 겐자부로, 이애숙 옮김, 『히로시마 노트』, 삼천리, 2012.

다시 읽는 것은
전신운동이 된다

저는 오랫동안 수영을 하고 있습니다. 사람들은 수영장으로 들어가는 노인과 얼굴을 마주치면 인사하기가 곤란한 듯 이런 말을 해옵니다.

"수영은 전신운동이라 건강에 좋지요!"

그다지 기분이 좋지 않을 때 그만 반문한 적도 있습니다.

"댁의 사전 표제어에는 전신운동이라는 단어가 있습니까?"

다시 말해 공식적으로 인정되고 있다고 말하기는 힘든 단어입니다만, 얼마 전 이케부쿠로(池袋)에 있는 서점에서 만들어준, 제가 고른 책만으로 책장을 채운 코너의 달마다 바뀌는 광고판에 저는 표제처럼 '전신운동'이라는 단어를 썼습니다. 역시 그 서점에서 여는, 한 달에

한 번 이야기하는 독서 관련 행사에서 젊은 사람에게 질문을 받은 것이 계기였습니다.

"번역된 책을 자주 읽습니다. 일본어로 쓰인 작품에 없는 재미가 있거든요. 그런데 번역된 문장에는 머릿속에 잘 들어오지 않는 것이 있습니다. 그것을 확실하게 이해하기 위한 좋은 방법 같은 게 있습니까?"

있다, 고 저는 대답했습니다. 당신은 영어를 읽을 수 있을 것입니다. 영어 원서를 번역한 책을 생각해봅시다. 저만의 방식이 도움이 될 거라고 생각합니다. 번역된 책을 읽고 재미있다고 생각되는 부분을 빨간색 펜으로 표시합니다. 이해하기 어려운 부분은 파란색 펜으로 표시합니다.

이런 습관을 들입니다. 그중에서도 특별히 자세히 읽고 싶은 책의 원서를 큰 서점이나 아마존에서 구입합니다. 그리고 나서 먼저 해야 할 일은, 다시 한 번 번역된 책을 읽고 표시된 부분을 원문에서 찾아 베끼는 작업입니다. 그렇게 하다 보면 자신의 어학력으로 읽을 수 있는 책인지 어떤지 알 수 있을 것입니다. 처음에는 쉬워 보이는 책이 좋습니다. 그것을 실천하는 단계라면 당신은 이미 재미있고 중요하다고 느낀 부분을 원어로 다시 읽는 기쁨을 맛본 것입니다.

이제부터 당신은 마음먹고 달려들게 됩니다. 번역된 책의 파란색 부분을 몇 번이고 천천히 읽습니다. 그 다음에는 베낀 원서의 그 부분을 꼼꼼하게 사전을 찾아가면서 읽어나갑니다. 머리에 잘 들어오지 않는다고 느끼면서도, 반복해서 읽은 번역이 기억에 있기 때문에 원문을 읽는 데 도움이 될 것입니다. 그리고 이해하기 어려운 부분을 자신이 해석하여, 어떻게든 자신이 이해할 수 있는 해석을 붙여둡니다 (베낀 노트에 여러 방법으로 해보는 것이 좋습니다).

그렇게 하다 보면 이해하기 어려웠던 번역의 한 구절을, 자신이 한 번역문이 받침대 역할을 하여, 이런 의미였구나, 하고 이해할 수 있게 됩니다. 그렇게 해서 이해한 대로 자신의 표준 번역을 써 넣을 수 있다면 어려운 곳은 통과된 것입니다. 저에게는 오히려 그런 자신의 번역을 붙일 필요가 없을 만큼, 이미 원문의 그 부분을 납득할 수 있었던 경우가 많았습니다.

그러고 나서 차례로 다른 부분도 같은 식으로 해 나가면 원서를 통독하는 것과 다름없습니다. 그러고 나면 얼마 후에는 이 방법으로 번역이 안 된 책을 읽는 길이 열립니다. 그래도 제가 자주 떠올리는 것은, 원서를 한가운데에 놓고 그 좌우에 번역본과 사전을 놓고 책 한 권을 다 읽고 나면 머리만이 아니라 전신운동을 해냈다는 그 통쾌감입니다.

이렇게 이야기를 한 다음 저는 그 젊은이에게, 이와나미 소년문고에 훌륭한 번역본이 들어 있는 필리파 피어스(Philippa Pearce)의 『한밤중 톰의 정원에서』[23]와 『Tom's Midnight Garden』(PUFFIN BOOKS)을 추천

23) 필리파 피어스, 김석희 옮김, 『한밤중 톰의 정원에서』, 시공주니어, 1999.

했습니다. 그것은 제가 어른이 되고 나서 어린이를 위한 소설을 아이들과 읽는 기획을 하며 이 소설의 번역본과 원작을 아울러 읽고 깊은 인상을 받았기 때문입니다. 아이들과 함께 먼저 번역본을 읽고 저는, 소년 톰이 친척이 사는 오래된 큰 저택에서 한밤중에 경험하는 꿈같으면서도 현실적인 이야기에 매료되었습니다.

톰은 한밤중 정원에 출현하는 과거의 '시간' 속에서 해티라는 소녀(그 '시간'은 급속하게 이동하여 해티는 아가씨가 되지만 톰은 소년 그대로입니다)와 즐거운 시간을 보냅니다. 그런데 그사이에도 톰은 과거 '시간'의 수수께끼를 풀어보고 싶은 마음을 갖지만, 그것을 못한 채 이 신기한 경험도 금세 끝날 거라는 예감을 갖습니다. "이제 시간이 없어…."라는 말이 가슴에 떠오릅니다.

저는 그런 이야기의 열쇠가 되는 부분이 원작에서 어떻게 표현되어 있는지를 아이들에게 보여주기 위해 초록(抄錄)을 만들었습니다. 저택에 도착한 날부터 톰의 주의를 끌었으며, 열세 시를 치며 심야의 모험으로 끌어들이는 커다란 시계. 저는 그 시계의 안쪽에 그려진 '요한의 묵시록'에서 "Time no longer"라는 구절이 얼마나 효과적인지, 이 소설을 읽는 젊은이들도 맛보기를 바랐던 것입니다.

같은 질문을 한 단카이 세대[24] 분에게는 바렌보임(Daniel Barenboim)과 에드워드 사이드가 함께 쓴 『평행과 역설 – 장벽을 넘어 흐르는 음악과

---

24) 1948년을 전후해서 태어난 사람들.

정치』[25]와 그 원서인 Bloomsbury판 『Parallels and Paradoxes』(2002)를 추천했습니다. 피아니스트·지휘자와 문예·문화이론가의 대화를 일본어로 읽고 나서 다시 생생한 영어로 읽으면 또 다른 감명을 받습니다. 사이드의 말처럼, 책을 읽는 것은 단순히 정보를 받아들이는 것이 아니라 저자가 생명을 불어넣은 말로 정신이 작동하는 현장에 참여하는 것이라는 걸 알게 됩니다.

---

25) 에드워드 사이드·바렌보임, 노승림 옮김, 『평행과 역설-장벽을 넘어 흐르는 음악과 정치』, 마티, 2011.

우리가 되풀이해서는
안 되는 것

2006년 9월, 중국을 방문했습니다. 친구들도 있는 중국사회과학원에서의 강연과 문학 전문가들과의 토론, 그리고 베이징대학 부속중학에 다니는 열세 살에서 열아홉 살까지의 학생들에게 직접 이야기를 할 기회를 얻었으므로 기대감 속에 준비했습니다.

그 하나가 중국 친구들로부터 자주 받지만 확실히 대답하지 못했던, "당신은 루쉰을 쭉 읽어온 것으로 압니다만, 처음으로 읽은 것은 언제, 어떤 작품이었습니까?" 하는 질문에 대한 정확한 답입니다.

제가 읽었던 판이 문고판이었다는 것은 확실하기 때문에, 서점 친구에게 이와나미문고의 루쉰 번역본 실물을 찾아봐달라고 부탁했습니다. 『루쉰 선집』[26], 저는 1947년 이 작은 책을 저희 지역에 있던 신제 중학에 들어간 기념으로 어머니로부터 선물로 받았습니다. 제가 당시의 학제로 국민학교 5, 6학년 때 어머니가 『닐스의 신기한 여행』[27]과 『허클베리 핀의 모험』[28]을 주었는데, 그것이 저에게는 '문학과의 만남'이었다고 여러 군데서 써왔습니다. 그런데 그걸 의심하는 사람이 있었습니다.

제대로 교육도 받지 못한 시골 여성이 어떻게 그런 책을 갖고 있었느냐 하는 것이었습니다. 저는 직접 반론을 한 적도 있습니다만, 시골에서 교육을 많이 받지 못하고 가정에 틀어박혀 있으며 울적한 나날을 보내고 있던 여성의 실력을 상상해보면 어떻겠는가, 하는 생각은 해왔습니다.

그런 여성도 어떤 개인적인 이유로, 저를 낳은 해에 나온 루쉰의 이와나미 문고판을 손에 넣어 읽었고, 그 2년 후 루거우차오에서의 충돌, 난징 점령…, 그렇게 이어지는 전쟁의 나날은 그 책을 깊이 간직하고 있을 수밖에 없게 했으며, 결국 신제 중학에 진학하게 되어 몹시 기뻐하던 저에게 주게 됐던 것은 아닐까요?

어머니가 읽으라고 한 것은 「공을기」(孔乙己, 위에 '쿵이지'로 읽는다고 쓰

---

26) 魯迅, 佐藤春夫・増田渉訳, 『魯迅選集』, 岩波文庫, 1935.
27) 셀마 라게를뢰프, 배인섭 옮김, 『닐스의 신기한 여행』(전3권), 오즈북스, 2006.
28) 마크 트웨인, 박중서 옮김, 『허클베리 핀의 모험』, 현대문학, 2011.

여 있었습니다)와 「고향」이었습니다. 유명한 「고향」은 그렇다 치고 「공을 기」를 고른 것에는, 아버지가 세상을 떠나기도 해서 국민학교를 마치고 앞날을 고민하며 끙끙대고 있던 저에 대한 놀림도 있었겠지요.

쿵이지라는 발음을 표기한 다케우치 요시미(竹內好)가 번역한 책에서 인용합니다.

> 저는 열두 살 때 읍내 외곽에 있는 함향주점(咸享酒店)에 종업원으로 들어갔다.

베이징대학 부속중학에서 유쾌한 시간을 보냈습니다. 남녀 학생의 훌륭한 통역으로 진행된 모임에서 유엔치웨(袁霽月)라는 여학생이 낭독한 「나의 동자(童子) −『우울한 얼굴의 아이』를 읽고」라는 작품은 뛰어났습니다.

현재의 제 도달점인 3부작 『체인지링(取り替え子/チェンジリング)』[29], 『우울한 얼굴의 아이(憂い顔の童子)』[30], 『책이여, 안녕(さようなら, 私の本よ)!』[31]의 중국어 번역판에서 한 편을 읽고, 숲속에서 영원의 아이로서 사는 '동자'와 어린 자신을 겹쳐 놓고 있던 소녀가 '인간의 흉악과 탐

---

29) 오에 겐자부로, 서은혜 옮김, 『체인지링』, 청어람미디어, 2006.
30) 오에 겐자부로, 서은혜 옮김, 『우울한 얼굴의 아이』, 청어람미디어, 2007.
31) 오에 겐자부로, 서은혜 옮김, 『책이여, 안녕!』, 청어람미디어, 2008.

욕'이 기다리는 사회로 나갈 나이가 되어 순수한 세계에 이별을 고한다는 비평적인 시로 만들어낸 것이었습니다. 저는 그 전승[32] 이야기를 들려주었던 할머니와 어머니가 그리웠습니다.

루쉰의 번역판이 언제 우리 집에 왔는지를 알아보다가 생각난 것인데, 난징에서는 '침화일군남경대도살우난동포기념관(侵華日軍南京大屠殺遇難同胞紀念館)'을 방문했습니다. 해외의 작가를 히로시마의 원폭 자료관에 안내할 때 그렇게 하도록 하는 것처럼, 사전에 의논할 때 저는 '보는 자, 듣는 자, 그리고 쓰는 자'로서 보고 듣는 시간을 길게 잡고, 쓰기 전에 곧바로 이야기하지 않겠다는 의사를 전했습니다. 장쑤성(江蘇省)의 담당자들이 그대로 조처해주어, 참관한 날은 생존자 시아슈친(夏淑琴) 씨와 또 한 남자분의 이야기를 천천히 들을 수 있었습니다. 시아(夏)라는 이름은 난징 학살의 상세한 보도를 처음 접한 이래 잊지 못합니다. 새삼 가슴을 찔린 것 같았던 것은, 그녀를 '가짜 피해자'라고 하는 책이 도쿄에서 출판되어 그녀가 명예 회복 소송을 제기했다는 사실을 알았기 때문입니다.

그것은 개인적인 싸움 같습니다만, 69년 전의 '인간의 흉악과 탐욕'의 치유할 수 없는 기억을 갖고 있는 늙은 여인이 국가 규모로 진행된 일본의 역사 인식 바꿔치기에 저항하는 일입니다. 그녀의 증언을

---

32) 마을이 위기에 처할 때면 '동자'가 나타나 초자연적인 힘으로 그들을 돕는다는 마을의 전승을 말한다.

들으면서 고통을 느낀 것은 물론이지만, 동시에 고난에 단련된 인간다운 위엄이라고 할 수밖에 없는 것을 (히로시마나 오키나와에서와 마찬가지로) 느꼈습니다.

다음 날은 난징사범대학의 연구센터 사람들을 비롯한 여섯 전문 연구자의 강의를 들었습니다. 인상 깊었던 것은 연구의 다면성과 그것이 향하고 있는 보편성입니다. 거기에서는 정치주의나 내셔널리즘으로부터 학문을 분리하려는 태도가 명확했습니다.

조난자의 매장을 담당했던, 여러 반 별로 나눠진 상세한 인원 확인, 소수의 서구 거류자가 수많은 중국인을 구제한 일. 사건 전후에 걸친 일본인 가해자 개인에 대한 연구. 고난은 보상받지 못하지만 생존자의 오랜 원한이 관용적인 것으로 바뀌어가는 과정. 젊은 중국인에게서 보이는 그 반대의 일본관.

현재·미래의 평화를 바라는 이러한 연구에, 과거의 인식을 타인에게 맡겨두지 않는 젊은 일본인 연구자들이 참여해나가는 것의 의미를 저는 생각합니다.

일본인이
논의한다는 것

젊었을 때 에밀 졸라의 『루공 마카르 총서』의 권두 사진에서 보았던, 플라타너스 가로수가 유난히 우람했던 미라보 거리 한 쪽에 대규모 회고전이 열린 세잔의 초상 깃발이, 다른 한쪽에는 둥근 안경을 낀 일본 소설가(오에 겐자부로)의 초상 깃발이 줄지어 있습니다.

2006년 10월 저는 프랑스 남부 엑상프로방스의 '책 축제'에 다녀왔습니다.

1995년에도 초청받았습니다만, 그때는 시라크 대통령의 남태평양 핵실험에 항의하는 뜻으로 참석하지 않았습니다. "충분히 무례한 태도"라며 비난한 작가 클로드 시몽(Claude Simon, 1913~2005)의 르몽드지 기사를 주불 일본대사가 팩스로 보내왔습니다. 자신이 알고 있는 대부분의 프랑스인은 이와 같은 의견이라고 쓰여 있었습니다. 마침 그때 도쿄 시부야에 있는 유엔대학(United Nations University)[33]의 회의에 온 〈침묵의 세계(Le Monde du Silence)〉[34]의 해양탐험가 자크 이브 쿠스토(Jacques-Yves Cousteau) 함장이 저에게 악수를 청해왔습니다.

거의 혼자 구상하고 실현하는 주최자(결석한 제 쪽에 서서 논진을 펼쳐준)인 여성 애니 테리에에게서 저는 프랑스 지방도시 문화 실력의 인격화를 봤습니다.

〈자신을 말하는 난잡함(불어로는 obscénité)〉 세션에서는 장애를 가진 아들에 대해 계속 써온 저에게, 새로운 비평이론의 정예이면서 어려서 죽은 딸을 회상하며 아름답고 깊은 소설을 쓴 작가 필립 포레스트[35]가 가세했습니다.

〈주변 작가들〉 세션에서는 프랑스로 망명해 있는 중국인 노벨상 작

---

33) 유엔과 그 가맹국이 관심을 기울여 긴급성이 높은 지구 규모 과제의 해결에 몰두하기 위해 공동 연구·교육·정보 보급·정책 제언을 통해 기여하는 것을 사명으로 하고 있다. 유엔 시스템 및 유엔 가맹국의 싱크탱크로 기능함과 동시에 학부가 없고 대학원의 연구과만이 설치되어 있는 대학원대학이라는 독특한 특징을 갖고 있다. 일본의 학교 교육법상의 대학은 아니다. 이와 마찬가지로 유엔에 의해 설치된 대학원대학에는 코스타리카의 평화대학이 있다.
34) 프랑스의 세계적인 해양학자 자크 이브 쿠스토가 1956년에 만든 해양 다큐멘터리 영화. 1956년 칸영화제 황금종려상과 같은 해 아카데미 최우수 장편 기록영화상을 수상했다.
35) 프랑스 작가로, 아이를 잃은 자전적 경험을 소재로 쓴 첫 번째 소설 『영원한 아이』로 '페미나상'을 수상했다.

가 가오싱젠(高行健, 1940~)이 사회주의국가의 강권 아래에서도 또 서구에서의 고독한 나날에도 자신은 '주변으로부터의 비판자'로 살아왔다고 온화하게 이야기했습니다.

안느 바얄 사카이(Anne Bayard Sakai, 1959~)[36]라는 일본 연구의 베테랑이 토론자로서 또 능숙한 축어 통역자로서 참가한 학문적 세션도 있었고, 예술 행사도 있었습니다. 에비 아키코(海老彰子, 1953~)[37]는 우리 가족에게는 아들의 음악적 재능을 발견하게 해준 사람입니다만, 그녀가 그 지역 청중을 향해 프랑스의 피아노 음악을 훌륭하게 연주하는 시간이 있었고, 일본의 조각가 후나코시 가쓰라(舟越桂, 1951~)의 압도적인 목조상이 세 개나 전시된 공간도 있었습니다.

하지만 제가 프랑크푸르트의 '국제도서전'에서 프랑스 남부로 옮겨온 날, 북한이 핵실험을 했으므로 〈현대 세계의 일본〉이라는 세션 등에 영향을 미치지 않을 리가 없었습니다. 다만 저는 축제의 성격상 아시아·일본의 정치 구조 전문가와의 논의에서도, 사인회에서 받은 젊은 연구자들의 질문에도 문학의 말/표현의 특질이라는 측면에서만 설명하자는 방침을 지켰습니다.

특히 회장을 이동하는 동안에도 함께 걸어가며 질문을 계속하는 청년은 북한의 핵실험에 대한 일본 매스컴의 반응을 인터넷으로 추적하

---

36) 프랑스 국립동양언어문화대학 교수, 일본연구센터 소장.
37) 일본의 피아니스트. 프랑스 파리를 거점으로 활동하고 있다.

고 있었습니다. 그리고 그가 확인하고 싶어 한 것은 '논의라는 일본어'에 대해서였으므로 이야기가 통했습니다.

"우파들(그는 이렇게 표현했습니다)은 지금이야말로 핵 문세를 논의해야 한다고 말합니다. 그리고 앞으로 자신들이 이끌어가는 논의에 북한의 핵실험은 순풍이라고 자신감을 갖고 있습니다. 정부 수뇌부의 부드러운 견제에 자신이 한 말을 수정하기도 합니다만, 컴퓨터 영상을 보면 내심의 확신은 분명한 것 같습니다. 텔레비전 프로그램, 주간지의 논조에도 그것이 반영되고 있습니다. 여론도 그런 방향으로 가고 있는 것 같습니다. 그게 일본의 핵무장이라는 데까지 나아갈 것 같습니까? 그리고 기본적인 질문입니다만, 일본인은 지금까지 핵 문제에 대해 논의하는 일이 없었습니까?"

"그런 것은 아닙니다. 특히 히로시마·나가사키의 피폭자가 계속해서 체험을 이야기해왔습니다. 그게 어찌 핵문제가 아니겠습니까? 그런 것이 축적되는 과정에서 피폭자들은 피해자로서만이 아니라 아시아 전체를 휩쓸리게 한 전쟁의 가해자로서도 과거의 미래를 이야기하게 되었습니다. 그것이 핵 폐기를 요구하는 일본인의 운동을 특징짓고 있습니다.

핵을 보유하는 측에서 말하자면, 냉전 시대에 핵 억지력은 과연 유효한가 하는 논의는 세계 전후사(戰後史)에서 무엇보다 정밀하게 이루어졌습니다. 일본인도 국내에서 또는 국제적으로 그 논의에 참여하고 있습니다. 그리고 소비에트가 붕괴되기 전에 모든 논의는, 핵무기가 현실적으로 사용될 수 없는 무기라는 인식에 도달해 있었습니다. 그것에 대한 무지 또는 의식적인 망각이, 당신이 말하는 일본 우파로 하여금 핵 억지론을 다시 이용하게 하고 있습니다. 그 앞날이야 뻔하겠지만요."

"그래도 핵무장으로 의회를 조작하는 일은 없을까요?"

"그때야말로 일본인의 의식 밑바닥에 흐르고 있는 히로시마·나가사키의 경험이 한꺼번에 표층으로 드러나 눈부신 반격을 할 수 있을 거라고 믿고 있습니다. 피폭자들은 사심 없이 많은 노력을 거듭해왔으니까요. 그것은 일본인이 잊을 수 있는 일이 아닙니다."

"당신은 우울한 얼굴이면서 낙관적이네요."

이렇게 말한 청년에게 저는 대답했습니다.

"에드워드 사이드의 만년의 신조인 '의지적인 낙관주의'라는 말에서 배우려고 합니다."

때늦은 지혜를
조금이라도 유효하게
사용하는 방법

고등학교 1학년 때의 일입니다. 야구가 인기 있는 지역이라 야구부가 (제가 보기에는) 난폭한 일을 저지르고 있었습니다. 선생님들은 관대하게 봐주고 있었고 다른 학생들은 참고 있었습니다. 저는 작문에 그런 것을 그만두게 하고 싶다고 썼습니다. 반에서 주목받는 것까지는 좋았는데, 누군가 등사판으로 인쇄하여 배포하는 바람에 저는 폭력적인 제재의 대상이 되고 말았습니다.

매일 점심시간에 학교 건물 뒤로 불려나가는 고난이 계속되었습니다. 저는 그들에게 맞는 것보다 자신이 하루 종일 '그런 글을 쓰지 말아야 했는데'라고 끙끙거리며 생각하고 마는 것이 싫었습니다. 방과

후 도서실 구석에서 어두운 얼굴을 하고 있고 가끔 얼굴이 퉁퉁 부어 있기도 한 저에게 그 사정을 알고 있는 국어선생님이 "'어리석은 사람은 일이 끝난 뒤에야 대책이 나온다'는 속담이 있다"고 말했습니다. 어리석은 사람이라는 말에 상처를 받은 저에게, 옆에 있던 영어선생님이 "Fools are wise after the event"라고 덧붙이기까지 했습니다.

그래서 저는 끙끙거리며 생각하는 일을 그만두겠다고 결심하고, 맞아도 굴복하지 않는 태도를 보이기로 했습니다. 그래서 상황이 더욱 악화되기도 했습니다만, 제 편이라고 말해주는 사람도 늘고 앞의 두 선생님들과는 다른 선생님들이 전학 갈 학교를 알아봐 준 일도 있어, 학교생활의 후반은 생동감 넘치는 시간이 되었습니다.

올해의 단풍도 이번 일요일에 끝난다는 날, 교토 변호사회의 〈헌법과 인권을 생각하는 모임〉에서 강연을 했습니다. 후반은 무대에 오른 열 명의 중고등학생들과 대화하는 구성이었으므로 저의 준비는 주로 그것에 맞춰져 있었습니다. 저로서는 이야기를 해주는 중고등학생들이 각자 '그렇게 말했으면 좋았을 텐데'라는 때늦은 지혜로 괴로워하지 않아도 되도록 궁리했다고 생각합니다.

미리 제출된 (공쿠르의 입선작과 가작입니다) 글을 읽고, 글을 쓴 사람의 특질이 드러난 부분에 밑줄을 그어두었습니다. 그것을 중심으로 인용하면서 사회를 본 제가 요약했습니다. 그런 다음에는 가득 찬 청중을 향해 다시 본인의 말로 이야기하게 했습니다. 다들 제 기대에 부응해주었습니다.

제가 그 모임에 간 것은, 올해 들어 많이 본 교육기본법 개정 법안에 대한 비판 중에서 일본 변호사연합회의 '의견'에 주목했기 때문입니다. 특히 저는 개정을 추진하는 정부가 세상의 관심을 높이고 동조를 얻어내려고 한 그 개정안의 10조 '가정교육'과 11조 '유아기의 교육' 항목에 대한 비판에 초점이 맞춰져 있는 것에 공감했습니다.

개정법은, 국가 및 지방 공공단체는 "가정교육의 자주성을 존중하면서 보호자에 대한 학습의 기회 및 정보 제공과 그 밖의 가정교육을 지원하기 위해" 활동하라고 되어 있습니다. 또한 "유아의 건강한 성장에 도움이 되는 양호한 환경 정비와 그 밖의 적당한 방법에 의해" 일해야 한다고도 되어 있습니다. '의견'은 여기에 주의를 호소했습니다.

젊은 어머니·아버지가 개성에 따른 이미지나 방법으로 유아를 기르고 가정교육을 전개해나가는 데 희망이 있다고 저는 생각합니다. 그런데 개정법이 말하는 '교육의 목표'와 '덕목'이 국가 및 지방 공공단체에 의해 일률적으로 정해지는 것에 대해서는 걱정과 두려움이 있습니다.

현행 교육기본법하에서도 관련 법령화는 이루어졌습니다. 강제하지 않겠다고 총리가 분명히 말한 '국가(國歌)와 국기(國旗) 히노마루(日の丸)'가 지금 도쿄라는 지방 공공단체에서 어떻게 되고 있습니까? 문부과학성이 만든 『마음의 노트(心のノート)』[38]는 전국의 초중학교에 보내졌습니다. '그 밖의' 그리고 '그 밖의 적당한 방법에 의해'라는 말이 '수상쩍은 것'입니다.

우리 세대보다 연장자라면 전쟁 중 이 나라의 지방 공공단체 또는 '도나리구미'[39]로서 제도화된 이웃의 눈이, 그리고 권력을 가진 가장이 개별 가정의 유아를 포함한 어린이들의 교육에 얼마나 숨 막히는 압력을 가했는지 잘 알고 있을 것입니다. 그것에 굴복하지 않는 젊은 어머니가(또는 의식적인 아버지가) 자립적인 개성으로 가득찬 가정교육을 진행할 실마리는 어떻게 존재할 수 있을까요?

중의원에서 정부 여당이 단독으로 체결했고, 이어서 참의원에서는 정부에 상처가 적은 착지가 획책되고 있는 가운데, 이 글을 써온 자의 특성으로 남을, 때늦은 지혜를 내겠습니다. 저는 결국 잃어버리고 만 교육기본법의 소책자를 만들어, 새로이 교사가 되는 사람과 젊은 어머니·아버지가 가슴 호주머니에 넣어두고, 그래서 그것을 기억하고 그것에 의지하도록 할 것을 제안합니다.

바로 '작품'이라 부를 만한 문체를 갖춘 교육기본법에서는, 대규모

---

38) 일본의 문부과학성이 2002년 4월 전국의 초중학교에 무상으로 배포한 도덕 과목의 부교재로 심리학자 가와이 하야오(河合隼雄)가 중심이 되어 제작했다. 아동·학생의 발달 단계에 따라 정도의 차이는 있지만, 학습 지도 요령에 나와 있는 도덕의 내용 항목을 모두 충족한, 거의 같은 구성을 취하고 있다. 중학교 판에는 애국심이나 남녀 교제에 관한 기술도 보인다.
39) 제2차 세계대전하에서 국민을 통제하기 위해 만들어진 지역 조직이다. 전시 체제의 후방을 지키는, 국민생활의 기반을 이루는 관 주도의 조직. 국가 총동원법, 국민 정신 총동원 운동, 선거 숙정 운동과 나란히 1940년에 제도화되었다. 다섯 세대나 열 세대를 한 반(組)으로 하여, 단결이나 지방자치의 진행을 촉구하고 전쟁에서의 주민 동원이나 물자 공출, 통제물의 배급, 공습 때의 방공 활동 등의 일을 했다. 또한 사상 통제나 주민끼리의 상호 감시의 역할도 담당했다. 제2차 세계대전에서 패전한 후인 1947년 GHQ(연합군최고사령부)에 의해 해체되었다.

전쟁을 거쳐 누구나 희생을 치르고 빈곤을 공유하며 앞날을 내다볼 수 없는 궁지에 있으면서도 가까운 미래에 대한 기대를 아이들에게 이야기하는 목소리가 들려옵니다.

그 '작품'을 적극적으로 받아들인 일본인에게는 그 문체로 이어지는 '기풍'이 있었습니다. 그것을 잊지 맙시다.

그리고 유아와 함께 눈에 보이는/보이지 않는 저항에 부닥칠 때 젊은 어머니가 펼쳐볼 책으로 만듭시다.

'배운 것을 되돌리다'와 '다시 가르치다'

　여기서 제가 '배운 것을 되돌리다(学び返す)', '다시 가르치다(教え返す)'라고 익숙하지 않은 번역을 한 말의 원어는 'unlearn'과 'unteach'입니다. 저는 그다지 오래되지 않은 과거에 읽은 책과 그것에 사용한 사전에서 이렇게 쌍을 이루는 영어 단어를 배웠습니다. 하지만 어느 책이었는지가 생각나지 않는 것은 제가 자각하는 '늙었음'의 지표입니다.

　그런데 작년(2006년) 말 아사히신문에 실린, 호스피스 기능을 가진 진료소의 의사 도쿠나가 스스무(德永進, 1948~)[40]와 쓰루미 슌스케(鶴見俊輔, 1922~2015)[41]의 대화(12월 27일자)를 읽었습니다. 두 사람의 중간 연령

에 해당하는 제가 절실하고 감동하는 마음으로 읽는 중에 쓰루미 씨가 'unlearn'이란 단어를 '배운 것을 풀다(まなびほぐす)'라고 멋지게 번역한 것을 보게 되었습니다.

지금까지 없었던 일입니다만, 작년 말에 저는 지난 10년간 여기저기에 발표해온 세 권의 소설을 하나의 박스에 담은 장편 3부작『수상한 2인조(おかしな二人組, Pseudo couple)』[42]라는 특별 장정판을 만들었습니다.

요즘 저는 경애하는 문화이론가(에드워드 사이드)의 죽음을 애도하는 작업에 참여해왔습니다. 그의 너무 이른(저는 그렇게 느낍니다) 만년의 관심은 예술가의 'late style'이었습니다. 후기 스타일이라 번역되고 있습니다만, 오히려 최후의 스타일이라고 하는 편이 딱 들어맞는 테마였습니다.

그 일이 일단락된 뒤 저는 그 친구가 직접 입에 담은, 또 팩스로 보내준 저에 대한 질문에도 "당신은 자신의 후기(또는 최후의) 일을 전체적으로 종합하려 하고 있는가?"라는 것이 있었던 일을 생각했습니다. 그것이 특별 장정판을 내게 된 동기입니다. 일본의 필자에게 중요한 신문 서평란에서는, 발표하는 시기가 다르면 종합적으로 비평되는 일

---

40) 일본의 의사이자 논픽션 작가이기도 하다.
41) 평론가, 철학자, 대중문화연구자, 정치운동가.
42) 여기에는『체인지링』,『우울한 얼굴의 아이』,『책이여!, 안녕』, 이렇게 세 작품이 담겨 있다.

이 없습니다. 특히 우리의 순문학 소설이라면 더욱 그렇습니다.

연초에 저는 완성된 책을 읽어나가는 중에 새로운 기억일수록 깨지기 쉽다는, 또 다른 '늙었음'의 지표를 인정했습니다. 'unlearn'을 ('unteach'와 나란한 형태로) 자신의 작중 인물에게 말하게 했기 때문입니다. 그리고 저는 내내 영향을 받아왔던 문화인류학의 연구 방법에 대한 새로운 비판자 제임스 클리퍼드(James Clifford, 1945~)의 책에서 이 단어를 만났던 일도 생각났습니다.

3부작의 마지막 권(『책이여!, 안녕』)에서는, 오랫동안 일한 미국 서해안의 대학을 퇴직하고 일본으로 돌아와 다른 일을 하려는 노인이 주인공에게 "나는 반평생에 걸쳐 교육을 해오는 중에 어느새 아카데미즘에서 자신의 클론 인간만을 양성하고 있었네"라고 전직(轉職)의 계기를 말합니다.

그래서 다시 시작한 일은 배워온 것을 잊는, 그러니까 'unlearn'하는 일입니다. 그러면 그것에 부응하여, 나에게 배운 것이 옳지 않았다고 가르쳐주는, 그러니까 'unteach'해주는 젊은 사람들이 나옵니다.

'unlearn'에 대한 쓰루미 씨의 정의는 다음과 같습니다.

> 물론 대학에서 배우는 지식은 필요하다. 그러나 기억하는 것만으로는 도움이 되지 않는다. 배운 것을 풀어야 피가 되고 살이 된다.

그리고 배운 것을 푼 것이 적극적으로 작용한 예가 나타나 있습니다. 하지만 우선 사람은 어떻게 배운 것을 푸는가, 'unteach'하는가?
제가 쌍을 이루는 말로 기억하고 있는 'unteach'라는 단어를 사전에서
찾아보면, 그것을 위한 실마리를 포착할 수 있습니다.

> (사람)에게 기존의 지식(습관)을 잊게 하는, (옳다고 평가되는 것을)
> 옳지 않다고 가르치는, …의 기만성을 보여준다.[43]

저는 (아주 잠깐 동안) 교육의 현장에서 일했습니다. 그래서 다른 사
람을 가르치는 데서 생기기 십상인 잘못을 범하는 일도 적었지만, 가
르친 상대로부터 잘못을 지적받고 괴롭게 자기 수정을 한 일도 없었
습니다. 반대로, 가르치는 상대로부터 격려를 받은 일도 없었습니다.

실제로 교사를 계속해온 어느 대학 동창생과 이야기를 나누며, 이
경험의 결여가 자신에게 초래하는, 정말 성숙하지 못한 점을 씁쓸하
게 자각하는 일은 가끔 있었습니다.

쓰루미 씨는, 교사라는 직업이 아니라 호스피스 "임상 현장에 있
음으로써 'unlearn'한 의사"상을 지켜보고, 아울러 모든 생활의 장에
서 "'unlearn'의 필요성은 좀 더 생각해야 한다"고 그 글을 맺고 있었
습니다.

---

43) 『リーダーズ英和辞典』(Kenkyusha's English-Japanese Dictionary For The General Reader).

제가 오랫동안 해온 것은 '교육하는 장'이나 '임상 현장'이라는, 실제로 사람을 상대로 하는 일이 아니었습니다. 하지만 생각해보면 소설의 말로 그와 비슷한 일을 했습니다. 그래서 'unlearn'과 'unteach' 둘 다를 서재에서 시도해보게 되었고, 그 방법을 탐색해왔다는 것도 깨닫게 되었습니다.

그것이 특히 저의 후기(또는 최후가 될지도 모르는) 3부작에서, 실제로 살아온 자신과 겹치는 주인공과 중요한 친구이면서 가장 힘겨운 비판자인 인물을 항상 필요로 한 이유라는 걸 납득했습니다. 제 소설도 예외가 아니어서, 그들은 모두 이상한 사람들이지만 말이지요.

인간이
기계가 되는 것이란…

　프랑스문학자 와타나베 가즈오 선생님은, 특히 전쟁이 끝난 직후부
터 5년 간 일본이 나아가는 길을 무척 우려하여 정면으로 제언하는 글
을 썼습니다. 「인간이 기계가 되는 일은 피할 수 없는 것일까?」라는
글도 그중 하나입니다.

　와타나베 가즈오 선생님의 글은, 인간이 자기 믿음의(또는 국가가 유
도하여) 기계가 되어 비인간적인 일을 하거나 하도록 하는 정황을, 그
리고 과거에 대해 검증함으로써 바로 얼마 전에 일어났던 일이 다시
일어날지도 모른다는 것을 경고하는 것이었습니다.

　"아이 낳는 기계"라는 장관의 발언에 대한, "낳으라, 늘려라"라는

전쟁 중의 구호를 떠올리는 여성으로부터의 비판이 있을 때마다 저는 '인간이 기계가 되는 일은 피할 수 없는 것일까'라는 명제의 절실함에 맞닥뜨렸습니다. 아직 '국책'이라는 말이 완전히 부활하지는 않았지만, '국익'이라는 말은 유행어입니다.

그런데 저는 2007년 2월 초 도쿄의 유엔대학에서 〈인터넷에 의한 아동학 연구소(Child Research Net, CRN)〉가 동아시아를 범주로 '〈아동학〉에서 본 저출산 사회'를 검토하는 모임에 참여했습니다.

그 모임은 〈인터넷에 의한 아동학 연구소〉 소장인 고바야시 노보루(小林登, 1927~) 씨가 '아동의 생물학적 측면과 사회문화적 측면'을 다방면의 전문가들과 함께 조정해보려는 활동으로, 그 10주년 기념 국제 심포지엄이었습니다.

저의 관심은, 국가 주도가 아니라 불임치료를 비롯한 고통을 견디며 출산하여 요즘과 같이 어려운 사회상황에서 육아에 힘쓰는 어머니에게 전문가가 바싹 달라붙어 어떻게 지원할 수 있을까 하는 것입니다. 그리고 저는 지속적인 조사를 통해 실정을 자세하게 분석한 발표를 접할 수 있었습니다.

오사카 부(府)의 어느 시에서 1980년에 태어난 모든 아이들에 대한 경제적인 실태 조사가 이루어졌고 그것이 〈오사카 리포트〉라 불리고 있다는 것은 저도 알고 있습니다. 그 통계 분석을 맡은 정신과 의사 하라다 마사후미(原田正文, 1945~) 씨가 같은 규모의 〈효고(兵庫) 리포트〉(2003)를 통해 이십 몇 년이 지난 현 상황을 보여주었습니다.

바로 그 분석에는 육아의 어려움으로 인해 심리적 고통을 느끼는 어머니에 대한 지침이 포함되어 있었습니다. 실제로 〈마음의 육아 인터넷 간사이(こころの子育インターねっと関西)〉에서 심리적인 문제를 안고 있는 아이들의 지원 시스템을 마련하여 그룹 육아 지원 활동을 거듭해 온 노력이 전 인격적으로 전해지는 것이었습니다.

하라다 박사의 책『육아의 변모와 차세대 육성 지원』[44]은 전문서로서 풍부한 사례를 보여주고 있는데, 그만큼 인간적인 호소로 가득찬 책도 드물 것입니다.

저는 1995년 같은 유엔대학에서 열린 회의에서 프랑스의 해양탐험가 자크 이브 쿠스토가 했던 이야기로부터 시작했습니다.

쿠스토 함장은 제2차 세계대전 후 해저 생물의 종이 감소하고 있다는 것을 알고 해저뿐만 아니라 지구상에 생물의 종이 적어지면 지구는 멸망한다고 경고했습니다. 문명도 마찬가지입니다. "다양한 것이 함께 살아가는 경우에는 살아남을 가능성이 크다"고 주장하며 그는 미래 세대에 대한 현재 세대의 책임인 "유엔헌장에 미래 세대의 권리 선언을 넣는" 운동을 시작했습니다.

쿠스토 함장은 회의의 휴식 시간에 저에게 "당신이 시라크 대통령의 핵실험을 비판한 일을 지지합니다"라고 말했습니다. 옆에서 일본

---

44) 原田正文, 『子育ての変貌と次世代育成支援－兵庫レポートにみる子育て現場と子ども虐待予防』, 名古屋大学出版会, 2006.

의 사회학자 쓰루미 가즈코(鶴見和子, 1918~2006) 씨가 쿠스토 함장의 "다양한 것이 함께 살아간다"는 관점은 자신의 "서로 다른 것이 다른 채함께 살아가는 길을 탐구한다"라는 만다라 사상과 일치한다는 이야기를 하며 셋이서 악수를 나눴습니다.

쿠스토 함장의 운동이 결실을 맺은 것은 그가 죽은 해였습니다. 쓰루미 가즈코 씨는 앞의 이야기를 마지막 강연에서 전하고 돌아가셨습니다. 그 결론은 이렇습니다.

> 저는 제가 떠난 후 세상에 남기는 말로, 헌법 9조를 지켜 달라, 만다라가 가지고 있는 지혜를 잘 생각해 달라, 이 두 가지를 말씀드리고 이야기를 끝내려고 합니다.

쓰루미 가즈코 씨의 마지막 책 『유언-쓰러진 후 시작된다』[45])에는 이 모든 것이 훌륭하게 이야기되어 있습니다.

각자 대단한 일을 이룬 두 지식인이 죽음을 앞두고 한 활동은, 쿠스토 함장의 말을 빌려 쓰자면 '미래 세대에 대한 현재 세대의 책임', 즉 우리 아이들에 대해 책임을 지는 것이고, 그것을 넘어선 전망을 살아남은 자들에게 호소하는 일이었다는 것을, 나는 '〈아동학〉에서 본 저출

---

45) 鶴見和子, 『遺言-斃れてのち元まる』, 藤原書店, 2007.

산 사회'를 검토하는 모임의 젊은 연구자들에게서 배우고 싶었습니다.

국제심포지엄의 중국 강연자는 생명공학과 바이오일렉트로닉스(bioelectronics)의 전문가인 여성과학자로, 뇌 과학의 연구 성과를 교육에 연결하는 이야기를 했습니다. 교육행정에도 경험이 많은 사람인 듯한 웨이유(韋鈺) 씨가 아이들 교육에서 능동적인 또는 수동적인 감정(emotion)의 소중함을 말한 데서 저는 새로운 중국을 느꼈습니다.

전쟁을 향한 애국심의 고취는 인간의 기계화를 위해 감정을 이용하는 방법입니다. 교육의 현장에서 인간적인 감정을 육성하는 일은 그것의 정반대입니다.

섬세한 교양의
소산이 무너진다

15년 전 뉴저지 주의 대학 숙소에 혼자 머물며 주말에는 뉴욕을 비롯한 근교의 서점에서 짧은 강연을 하고 책에 사인하는 행사를 계속했습니다.

대학에서 제가 담당하고 있던 강의가 끝나갈 무렵, 이 사인회를 열심히 따라다니던 이른바 열광적인 노(老)부인 팬이 말을 걸어왔습니다.

"소설가에게도 앞으로 몇 권 쓸 수 없는 시기가 찾아올 것입니다. … 당신은 어떤 걸 쓸 생각인가요?

"그때까지 쓴 것을 바탕으로 해서 진행되겠지요. 다만 따로 한 권의 책, 어린이를 위한 되도록 큰 책을 쓸 생각입니다."

"Good answer, good luck!"

지금까지 제가 아이들을 위해 쓴 책은 많지 않습니다만, 그것들이 읽히는 방식도, 제가 받아들이는 것도 어른을 위해 한 일과는 다른 것이라 느껴집니다. 책을 내고 나서 시간이 지나도 편지가 도착하고, 그때마다 작자로서 답변을 쓰고 싶을 때가 있습니다.

많이 읽힌 책이라고 해도 제 책이므로 부수는 한정되어 있지만(그것 자체를 유쾌하게 생각하고 있는 듯한 편지가 있고, 그것은 저까지 유쾌하게 합니다), 아이들을 위한 책에 관한 소통은 가느다란 흐름을 이루며 계속됩니다.

지난 주에도 어린이를 위해 쓴 단 한 권의 책 『2백 년의 아이들』[46]에 관한 편지가 왔습니다.

"작중에 인용된 프랑스의 시인·철학자의 말에 관해, 당신의 요약 또는 개개의 번역어는 원문에 충실한가요? 아이들과 함께 읽고 있어 마음에 걸리는 게 있습니다."

한 교사의 질문이었습니다.

『2백년의 아이들』에서는, 아버지의 고향인 숲속 집에서 여동생과 남동생이 지적 장애를 가진 열여섯 살의 소년을 보살피며 여름의 한때를 보냅니다. 다들 커다란 나무 구멍에 들어가 자면서 (제가 생각해도 고풍스

---

46) 오에 겐자부로, 이송희 옮김, 『2백 년의 아이들』, 문학수첩, 2004.

러운 SF입니다) 다양한 장소와 시대로 시간을 이동하는 이야기입니다.

아이들 세 명만 살고 있는 것은, 아버지인 소설가가 자신이 멜랑콜리라 부르는 가벼운 울증 상태 때문에 친구인 심리학자가 있는 외국 대학에서 그 병을 치료받고 있기 때문입니다.

병에 차도가 있어 귀국한 아버지는, 정신분석을 받으며 대학 1학년 때의 경험을 떠올린 것이 차도를 얻은 계기가 되었다고 아이들에게 이야기합니다. 대학 1학년 강독 시간에 교수의 지명을 받았는데, 밤새워 조사해도 모르는 부분이 있었습니다. 아침에 대학으로 가는 노면 전차에서 조수(助手)[47] 시미즈 씨에게 물어서야 명쾌한 답을 들었습니다. 도쿄에서 살아갈 수 있겠다고 생각합니다. 흔들리고 있던 어린잎과 햇빛….

거기에서 폴 발레리(Paul Valéry, 1871~1945)가 모교 세트 중학교에서 한 강연을 인용합니다.

> 유럽의 몇몇 나라에서 국가를 섬기는 국민을 만들려 하고 있다. 계획하고 가르치고 한 가지 방침을 교육하여 사회의 구조나 경제에 그대로 순응하는 국민을 양성하고 있다.
> … 정신의 자유와 섬세한 교양이 아이들에 대한 강요로 파괴된다.

---

47) 일본 대학에서의 조수(2007년 이전)는 학교 교육법상 '교수 및 조교수의 직무를 돕는' 것이 직무다.

나는 그것을 두려워한다고 발레리는 말한다. (…)

그리고 이런 '새로운 사람'이 섬겨 번영한 국가는 어느 시대에나 오래가지 못했다. 주변 나라들까지 비참하게 하고는 멸망했다. 발레리의 시대에는 나치 독일이 그랬다. 이 나라도 내가 열 살 때 전쟁에 패배할 때까지 그랬다.

지금은 발레리를 연구하는 학자 시미즈 도루(淸水徹, 1931~) 씨에게 부탁하여 그 텍스트를 팩스로 받았습니다.

'정신의 자유와 섬세한 교양'이라고 제가 요약한 부분은 직역하자면 '아이들의 교양'이라고 받아들여지기 때문에 원문의 의미를 보충하면서 번역하면 '정신의 자유와 (사회에 축적된) 가장 섬세한 교양이 (어린이들의 마음에) 낳은 것이 파괴된다'라는 것이 됩니다. 아울러 이 교양이라는 말의 프랑스어는 culture이므로 개인의 교양과 사회의 문화를 결부시켜 받아들여야 합니다.

그리고 독서를 지도하는 교사가 질문한 것은, 발레리가 '새로운 사람'이라고 표현한 것에는 부정적인 의미가 있는데 제가 어린이를 위한 에세이집 『'나의 나무' 아래서』[48)와 『'새로운 사람'에게』[49)에서 그

---

48) 大江健三郎, 『「自分の木」の下で』, 大江ゆかり画, 朝日新聞社, 2001.
　　오에 겐자부로, 오에 유카리 그림, 송현아 옮김, 『'나의 나무' 아래서』, 까치글방, 2001.
49) 大江健三郎, 『「新しい人」の方へ』, 大江ゆかり画, 朝日新聞社, 2003.
　　오에 겐자부로, 오에 유카리 그림, 위귀정 옮김, 『'새로운 사람'에게』, 까치글방, 2004.

렇게 되었으면 하고 바란다고 제안하고 있는 '새로운 사람'이 동일한 말이라 혼란이 생기지 않을까 한다는 걱정이었습니다. 제가 그리고 있는 '새로운 사람'(new man)은 싸우는 사람들에게 화해하게 하려는, 자각한 개인입니다. 하지만 발레리가 경계하는 '새로운 사람'(hommes nouveaux)은 복수(複數)로, 국가를 섬기도록 길러진 사람들입니다.

그런데 국회에서 서두르고 있는 교육개혁법 정비와 아베 수상의 종군위안부에 대한 발언은, '새로운 교과서'를 만드는 일에서부터 교육기본법 개정까지 지켜봐온 사람에게는 지겨울 만큼 오로지 외길로만 나아가는 것일 뿐입니다.

하지만 그토록 자타에게 참화를 초래한 전쟁으로부터 재출발하여 우리 사회에 어렵게 뿌리내린 섬세한 교양까지 모두 무너지게 해도 되는 걸까요?

노부인에게 이야기한, 아이들을 위한 책을 저는 실제로 생각하기 시작했습니다.

다시 쓰인 문장을
다시 쓴다

저는 2년 전부터 재판의 피고입니다. 태어나서 처음 겪는 일이라 첫해에는 재판의 변호사 비용을 세금 신고시 필요 경비로 계상하는 것을 미처 생각하지 못했습니다. 대법원까지 갈 텐데, 하며 저는 암담한 기분이 들었습니다.

"모든 게 끝나고 책으로 쓸 수 있을 때까지 살아 있을 수 있도록 분발해요!"

아내는 이렇게 기운을 돋구었습니다. 이것도 처음 있는 일이었습니다.

소송을 당한 것은, 제가 1970년에 출판한 『오키나와 노트』에서 일본군이 도카시키지마(渡嘉敷島) 섬 주민에게 강요한 '집단 자결'에 대해 논평한 부분입니다. 이 섬에서는 3백 명 이상이 수비대가 건넨 수류탄으로 '자결'했고, 그것으로 죽지 못한 사람들은 유아까지도 가족이 도끼나 낫, 또는 손으로 죽였습니다.

1965년 저는 처음으로 오키나와를 방문했습니다. 계속 알고 지냈던 마키미나토 도쿠조(牧港篤三, 1912~2004)[50] 씨로부터 오키나와전(沖縄戰)[51] 이후 5년에 걸쳐 철저하게 인터뷰한 내용을 들었습니다. 그가 공동집필한 『철의 폭풍』[52]을 필두로 현지에서 입수한 모든 기록, 역사서, 평론을 읽고 아라카와 아키라(新川明, 1931~)[53] 등 저와 동세대의 오키나와 지식인들과 의논을 거쳐 이 책을 썼습니다.

저는 도카시키지마를 방문하지 않았습니다. 그것은 오키나와전에

---

50) 오키나와 출신의 신문기자이자 평화운동가.

51) 태평양전쟁 말기인 1945년 오키나와 제도에 상륙한 미군과 일본군 사이에 벌어진 전쟁을 말한다. 1945년 3월 26일에 시작되어 주요 전투는 오키나와 본섬에서 벌어졌고, 조직적인 전투는 6월 20일 내지 23일에 끝났다. 오키나와 지상전에서의 전몰자는 양군을 합쳐 20만 명이라고 한다. 일본 측 사망자·행방 불명자는 약 19만 명, 그중 오키나와 출신자는 12만여 명이고 민간인은 9만 4천 명이다. 미군 측 사망자·행방 불명자는 1만 2천여 명이다. 그 밖에 조선 출신의 토목 작업원이나 위안부 등 1만 명 이상이 통계에서 누락되었다는 견해도 있다. 또한 지상전 외에 병사자나 아사자, 현 외로 소개하는 과정에서 죽은 사람들을 합산한 오키나와 출신 사망자 수는 15만 명 이상이라 추정되고 있다. 이는 섬 전체 인구의 4분의 1에 해당한다.

52) '철의 폭풍'이라는 말은 제2차 세계대전 말기의 오키나와전에서 약 3개월에 걸쳐 미군의 격렬한 공습이나 함포 사격을 받은 일로, 무차별적으로 다량의 포탄이 쏟아진 것을 폭풍에 비유한 표현이다. 沖縄タイムス社, 『鉄の暴風 : 現地人による沖縄戦記』, 朝日新聞社, 1950.

53) 오키나와 출신으로 오키나와 타임스 기자, 편집국장 등을 역임.

서, 때로는 피로 자신의 손을 더럽히면서까지 괴로워하면서 살아남은 섬사람들에게 직접 그 이야기를 들을 용기가 나지 않았기 때문입니다.

섬에 배치된 제32군은 '관군민(官軍民) 공생공사(共生共死)'를 방침으로 했습니다. 저는 '공생'을 중요하게 생각합니다만, 무력을 앞세운 권력이 시민에게 '공사(共死)'를 강제하는 것을 포함한 '관군민 공생공사' 사상의 무서움, 그것에 복종하는 국민을 만들어낸 교육에 대해 생각합니다. 군이 섬사람들과 접촉하여 수류탄 두 발을 주고 그중 한 발로는 적을 죽이고 나머지 한 발로는 '자결'하도록 명령했다는 사실을 저는, 지금까지 봐온 자료, 즉 이번 재판에서 원고와 피고가 준비한 자료를 통해 의심하지 않습니다.

원고 측의 주장은 '집단 자결'이 이루어지기 직전, 도카시키지마와 자마미지마(座間味島)의 수비대장은 모두 그 명령을 내리지 않았다는 것이었습니다. 저는 재판의 진행 상황을 지켜보겠지만, 두 섬에서 430명이 넘게 '집단 자결'을 했다는 사실, 그리고 섬주민이 모여 행동을 한 날 수비대장 두 사람이 지금까지 군이 명령한 일을 취소한다, '자결'을 해서는 안 된다, 라는 새로운 명령을 내린 일도 없었다는 것은 기정사실입니다.

그런데 문부과학성이 2006년도 교과서 검정을 통해 일본사 교과서에서 '집단 자결'이 "일본군에 의해 강제되었다"는 기술을 삭제했습니다. 저는 재판이 시작되기 전부터 이를 확인할 만한 근거를 갖고 있었습니다.

이러한 교과서 내용 수정을 보도하는 미디어에서 제가 정부의 의도를 새삼 느끼게 된 것은, 문부과학성 교과서과(敎科書課)가 다음과 같은 설명을 했다는 〈류큐신포(琉球新報)〉의 기사에 의해서입니다.

『오키나와 노트』(이와나미쇼텐[岩波書店])를 둘러싼 재판에서 "명령은 없었다"고 하는 원고의 의견 진술을 참고한 것에 대해 "현 시점에서 사법 판단은 내려지지 않았지만, 당사자 본인이 공적인 자리에서 증언하고 있어 전혀 참고하지 않을 수는 없다."

그 사법 판단이 내려지는 시점에, 게라마제도에서 일어난 '집단 자결'이 일본군의 지시나 강제에 의해 이루어졌다고 확인된 사실을 저는 믿고 있습니다. 하지만 고등학생들은 오랜 시간 동안 수정된 교과서로 배울 것입니다. 저는 올 4월 고교생이 되고 또 고등학교 교사가 되는 사람들에게 이런 편지를 쓰고 싶습니다. 당신은 내년부터 나오는 교과서의 다음과 같은 점에 주의하시기 바랍니다.

'집단 자결'로 내몰리거나 일본군이 스파이 용의로 학살한 일반 주민도 있었다.(도쿄쇼세키[東京書籍])

궁지에 몰려 '집단 자결'한 사람이나….(산세이도[三省堂])
현민(県民)이 일본군의 전투에 방해가 되는 등의 이유로 집단 자결에

<u>내몰</u>리거나 일본군에 의해 유아가 살해되고 스파이 혐의 등의 이유로 살해당하는 사건이 많이 발생했다.(짓쿄슛판[実教出版])

그중에는 집단 자결로 <u>내몰</u>린 사람들도 있었다.(시미즈쇼인[清水書院])

이 인용에서 제가 강조를 한 곳에 대해 누가·무엇이, 내몰고/궁지에 몰아 넣었는지를 생각해야 합니다. 또한 '내몰리다'와 같은 수동형이 아니라 능동형으로 표현해야 합니다.

문장에서 주어를 감추고(이노우에 히사시[井上ひさし] 씨가 지적한 대로), 수동태 문장으로 만들어 앞뒤를 맞춤으로써 문장의 의미(특히 그것이 밝혀주는 책임)를 모호하게 한 것입니다.

이는 일본어를 사용하는 우리가 빠지기 쉬운 과오, 때로는 의식적으로 당하는 확신범[54]의 속임수입니다. 여러분은 이러한 인용을 고쳐 씀으로써 자신을 단련해야 합니다.

---

54) 확신범은 자기의 사상을 충실히 지키려고 한 결과 범행을 저지르는 것이므로 형벌로써 그 확신을 버리게 하기도 힘들다.

두 표현 형식을
잇는다

2007년 4월 28일, 야마구치에서 열린 나카하라 주야(中原中也, 1907~1937)의 탄생 백주년 전야제에 갔습니다. 우리 세대는 패전 직후, 특히 십대 말에 오오카 쇼헤이(大岡昇平, 1908~1988) 씨가 편집한 『나카하라 주야 시집(中原中也詩集)』에 깊은 감명을 받았습니다. 대학 1학년 때는 어학 수업이 시작되기 전에 그의 시 한 구절을 다 함께 낭독하는 일도 있었습니다.

이게 내 고향이다.
청명하게 바람도 불고 있다.

마음 놓고 울라고
노처녀의 낮은 목소리도 들린다.

아아, 넌 뭘 하고 왔느냐며…
불어오는 바람이 내게 말한다.

그런데 저는, 젊은 우리가 앞으로의 인생을 한탄해봤자 뭐가 되겠
느냐는 반발심이 있어 결코 거기에 참여하지 않았습니다. 저는 나카
하라의 좀 더 견고한 문학적 노력이 드러나 있는 시가 좋다고 생각했
습니다. 하지만 좀 더 견고한 문학적 노력이란 뭘 말하는 거냐고 친구
가 물었다면 저는 아마 대답할 수 없었을 겁니다.

그런데 나카하라의 일기를 읽고 다음의 한 구절에서 힌트를 얻었습
니다.

시가 태어나는 것은 정애(情愛)로부터인데, 정애는 가지려고 해서 가
질 수 있는 것이 아니다. 가지려고 해서 가질 수 있는 것은 역시 노
동이다. … 다시 말해 비평정신의 활동.

저는 다시 소설을 쓰기 시작했습니다. 나카하라의 시에서, 그것을
쓰는 인간으로서의 '노동', '비평정신의 활동'의 실제를 읽어내려고
했습니다. 제가 도달한 결론은, 나카하라가 실로 정성껏 퇴고하는 시

인이고, 그 고독한 '노동'은 그 자신을 향한 '비평정신의 활동'이며, 그것을 함으로써 시를 견고한 것으로 만들었고, 자신이라는 인간을 단련한 것이기도 하다는 것이었습니다. 그것이 제가 고쳐 쓰기를 하는 것, 엘라보레이션(elaboration)을 제 문학의 기본 태도로 삼게 된 출발점입니다.

전야제를 준비하는 가운데 저는 그것을 고마바[55]의 교실에 있던 그때의 제 자신과 비슷한 나이의 젊은이들에게 이야기하고 싶었습니다.

올해의 일불(日佛)번역문학상에서, 일본어를 프랑스어로 번역한 작품으로 상을 받은 것은 이브 마리 알류(Yves Marie Allioux)[56]가 번역한 『나카하라 주야 시집』입니다(Editions Philippe Picquier). 저는 그 책을 읽고 주야가 프랑스어 시형을 배워 일본어의 4, 4, 4, 한 줄 띄고 2행 또는 4, 4, 3, 3행의 형태로 지은 몇 편의 시야말로 그가 자기비평을 한 노동이 얼마나 깊은 인내심으로 거듭되었는지를 보여준다고 느꼈습니다.

아울러 travail라는 프랑스어를, 노동 자체에 대해서도, 그것에 의해 달성되는 작품에 대해서도 함께 사용할 수 있는 노작(勞作)이라는 말로 번역한 학자에게 저는 공감했습니다.

프랑스어 소네트의 각운을 그대로 일본어의 운율로 치환하는 것은 무리다, 하지만 소네트를 소리 내어 읽어보면 우리의 내면에 솟아나는

---

55) 도쿄대학 교양학부 캠퍼스.
56) 전 툴루즈대학 조교수.

음악을 일본어로 표현할 수 있다, 이것이 주야의 확신이었을 겁니다.

그리고 저 역시 확신에 가까운 것으로 주장하고자 하는 것은 이렇습니다. 주야는 프랑스어 시를 번역할 때 실로 면밀히 노작한 것처럼, 자신의 시가 프랑스어로 번역되는 것을 생각하여 일본어로 쓰는 말과 문법을 단순하고도 평이하게 하자고 마음먹었던 것이 아니었을까?

그렇기 때문에 이브 마리 알류 교수는 번역 냄새가 나지 않는 프랑스 시이면서, 다름 아닌 나카하라 주야의 소네트를 완성했던 것입니다.

그런데 제 강연에서 이브 마리 알류 교수가 번역한 소네트를 낭송하여 주야의 원시와 공명하는 소리를 들어보려는 시도는 허사가 되고 말았습니다(제 발음 탓입니다).

하지만 같은 날 초연된 나카하라 주야의 시 「봄은 다시 온다고…」에 제 아들 오에 히카리가 곡을 붙인 바리톤 가곡은, 문학과 음악이라는(프랑스어와 일본어라는 차이보다 더 큰 차가 있을 터인) 두 표현 형식을 잇는 협동의 성과를 올렸다고 말하고 싶습니다.

봄은 다시 온다고 하지만
쓰린 이내 마음
봄이 온들 무엇하랴.
그 아이가 살아 돌아오는 것도 아닌데.

주야가 두 살배기 장남을 잃고 쓴 시는 이렇게 시작합니다. 제가 매일 읽어준 시집에서 이 작품을 고른 것은 히카리입니다. 그리고 곧바로 매력적인 멜로디와 화음을, 그 자신이나 아내의 피아노로 들려주었습니다. 하지만 그것을 들으면서 오히려 저의 불안은 커졌습니다.

죽은 아이를 추억하는 시인의 기본적인 감정은 변하지 않습니다. 소네트 형식의 이 시 마지막 연에 주야가 그것을 극복할 만큼의 생각을 표현할 수 있었던 것은 아닙니다. 음악도 그대로 끝나는 것인가?

어느 날 아침, 히카리가 악보를 보여주었습니다.

정말 너도 그땐
이 세상의 빛 한복판에
서서 바라보고 있었는데….

이렇게 끝나는 부분을 히카리는 한 옥타브 높이 부르는 것으로 마무리했습니다. 연주회에서 저와 아내는 바리톤의 노랫소리에서 새로운 삶에 대한 희구를 들었습니다.

소설가가 대학에서
배울 수 있었던 것

　러시아와 폴란드 문학의 세계적인 연구자인 친구로부터, 도쿄대학 교양학부 학생 중에서 문학부로 진학하는 학생 수가 점차 줄어드는 형편이라, 어떤 뜻을 품고 프랑스문학과에 들어갔는지 이야기해달라는 의뢰를 받았습니다.

　저는 고등학교 2학년 때 읽은 책의 저자가 가르치는 교실로 가고 싶다는 바람만 갖고 있었는데, 굳이 말하자면 '지식인이 되기 위해서' 프랑스문학과에 들어갔다는 강연을 했습니다(기록은 〈스바루すばる〉 2007년 8월호). 그런데 선생님이나 친구들 이야기에 열중한 나머지 쇄도한 질문에 답할 시간을 놓치고 말았습니다.

뒤늦게나마 그중 몇 가지 질문에 답하겠습니다.

1. 당신은 노년인데, 어떤 연금을 받고 있습니까?, 라는 시사적인 토픽의 질문부터.

동료들 중에 문화공로자나 예술원 회원, 또는 동창생 중에 대학교수를 해서 연금을 받고 있는 사람은 있습니다. 하지만 저에게는 없습니다. 장남의 '심신장애자부양연금'을 240회 납부했습니다만, 이시하라 도쿄도지사의 행정이 그 제도를 폐지했기 때문에 우리 부부가 죽은 후에는 장남에게도 연금이 나오지 않습니다.

2. 대학 이학부 같은 데서 전문 연구를 발전시키고 그 성과를 내서 정부·기업에 '포섭'되기도 한 전문가들에게 당신은 냉담한 것 같은데, 일본에(세계에도) 경제적인 발전을 가져온 것은 그들 아닌가요?

그들에게, 또 볕이 들지 않는 장소에서 힘을 다하고 있는 전문가들에게도 저는 경의를 갖고 있습니다. 국가나 대학이 전문가 양성에 자금을 투여하는 데도 찬성합니다. 에드워드 사이드의 의견입니다만, 제가 강조한 것은 최첨단에서 수수한 것까지 전문적인 연구와 나날의 실적을 쌓은 후 사회의 현 상황과 진행을 우려하는 마음으로 각 전문 분야 밖으로 나와 협동하는 사람들(아마추어로서의 지식인) 또한 얼마나 소중한가 하는 점입니다. 그들은 실력과 용기를 갖춘 비판자로서, 때로는 정부·기업과도 대립합니다.

저는 원폭 피해자 의료에 오랫동안 종사하여 서구에도 잘 알려져 있는, 핵 폐기 이론가인 노(老)의사를 헌법 '9조 모임'의 집회에서 우연히 만난 감명을 잊지 못합니다.

3. 당신이 '지식인이 되기 위해' 모델로 삼은 와타나베 가즈오 교수로부터 학부에서 어떤 교육을 받았고 졸업한 후에는 어떻게 살아왔는지 구체적으로 말해 주십시오.

프랑스문학과에서 선생님의 강의를 들은 것은 제 청춘 시절의 가장 좋은 경험이었습니다. 하지만 저에게는 전문 연구로 나아갈 능력이 없었습니다(자네의 졸업 논문에 B를 주었네, 하고 선생님은 유쾌하게 말했습니다). 그래서 저는 소설을 쓰기로 했습니다. 학부에서 익힌 프랑스어와 영어를 읽는 습관은 계속하기로 했고, 선생님으로부터는 오랜 기간에 걸쳐 읽는 방법의 힌트를 얻었습니다.

선생님이 가장 만년에 했던 말이 떠오릅니다. 1975년 2월, 와타나베 가즈오 선생님이 개역(改譯)한 프랑수아 라블레(François Rabelais, 1483~1553)의 『가르강튀아와 팡타그뤼엘』이 완결되었습니다. 서점이 조촐한 축하 모임을 열었고, 출판 과정에 약간의 도움을 준 저도 초대를 받았습니다.

그 모임에서 누구나가 걱정하고 있던 것을, 제일 나이가 어리고 경박한 데다 수다쟁이인 제가 말해버리고 말았습니다.

"몸이 좋지 않으시면, 내내 조심해오셨으니까 일을 쉬시고 병원에서 검사라도 받아보시는 게 어떻습니까?"

"병원에 가면 치명적이라는 말을 들을 걸세. 그래서 마지막까지 참조할 책이 있는 집에서 일하겠네."

제가 울상을 짓는 것 같았으므로, 선생님은 유쾌한 표정으로 말씀하셨습니다.

"라블레는 물론이고 앙리 4세도, 그의 애첩 가브리엘 데스트레 (Gabrielle d'Estrees, 1571?~ 1599)도 죽은 해에야 비로소 깨닫게 된 일이 있었네. 자네는 내가 죽을 때까지 살아 있었으면 하네."

그해 5월 선생님은 가브리엘의 평전『세상 돌아가는 이야기·후궁이문』[57]을 완성하고 병원에 입원하셨고, 그대로 돌아가셨습니다. 내년이면 저도 선생님이 돌아가신 나이가 됩니다. 그래서 선생님의 전체 저작을 천천히 다시 읽기 위해, 소설 외에 해두고 싶은 일을 올해 안에 정리할 생각입니다. 그리고 그 독서에 맞춰 최근 몇 년의 숙제를 다할 생각입니다.

3월 일정에, 어린이를 위한 '되도록 큼직한 책'을 쓰고 싶다고 써넣었습니다. 편지로 그런 저의 계획을 받아들여준 뉴저지 주의 노부인(장정가로 유명한 사람)으로부터, 얇은 책을 따로 내고 나중에 그것을 합본하여 장정하자는 제안이 왔습니다. '되도록 큼직한 책'으로 하자는….

교육기본법이 개정되었을 때 그 여세를 몰아 정부·기업에 '포섭되는' 타입의 전문가들이 (꼭 교육 전문가가 아니더라도) 강력한 목소리를

---

57) 渡辺一夫, 『世間噺·後宮異聞:龍姫ガブリエル·デストレをめぐって』, 筑摩書房, 1975.

내기 시작할 것이라고 생각했습니다. 그래서 저는 어린이를 위한 얇은 책으로, 교육의 아마추어인 것을 자각한 상태에서 비평적인 호소를 써볼 생각입니다.

인생에서 만나는
모든 말

장녀와 차남이 한 살 반과 두 살짜리 손자를 데리고 놀러오면, 아내가 여러 가지 준비를 해놓고 기다리고 있는 것에 비해 저는 좀 떨어진 데서 지켜보고 있을 뿐이지만 즐거운 계획을 갖고 있습니다. 즉 손자들에게 너희 엄마와 아빠는 이런 아이였다고 이야기해주는 것입니다.

아직 초등학교에 들어가기 전이었습니다. 남동생이 자신이 소중히 여기고 있던 것을 모두 커다란 호주머니에 넣고 다녔던 것을 보고 딸이 이렇게 이야기했다는 식으로 말입니다.

"오짱은 인생에서 만난 모든 것을 다 가지고 걷고 있네!"

사실 저도 인생에서 만난 것(특히 말) 중 소중한 것은 모두 지닌 채 걷기로 하며 살아왔고, 일도 그렇게 해왔다고 생각합니다. 저에게 관찰력이 있는 누나가 있었다면 아마 똑같은 비평을 했을 터입니다.

처음으로 미국에 간 것은 서른 살 때였습니다. 당시 하버드대학의 교수였던 키신저 박사의 하기 국제 세미나에 참가하기 위해서였습니다. 참가자가 시민을 상대로 이야기하는 저녁 때의 일이었습니다. 제가 히로시마의 피폭자 2세 이야기를 하자 청중인 여성들이 저를 둘러싸고, 그렇다면 진주만은 어떤가, 하고 추궁했습니다.

"이러저러하게 시작되어 이러저러하게 끝난 전쟁을 원통하게 생각합니다."

저는 이렇게 대답하고, 가져간 자료를 보여주었습니다. 피폭 직후의 나가사키에서 촬영된 어머니 가슴에 안긴 갓난아기 사진이었습니다. 어떤 사람이 "Poor creature!"라고 탄식했고 모두가 입을 다물었습니다.

"가엾어라!" 하는 관용구이겠지만, 저에게는 지금도 그 말이 '가련한 창조물'로 각인되어 있습니다. 거의 35년이 지난 후 하버드대학의 명예박사 학위를 받는 자리에서 옆에 앉은 노암 촘스키 박사는, 어린 시절 여름캠프에서 히로시마의 피폭 사실을 알았고 그것을 축하하는 모임이 열렸는데 자신은 거기서 빠져나와 숲으로 들어가 날이 저물 때까지 앉아 있었다는 이야기를 들려주었습니다.

저와 마찬가지로 특별함의 수집가로서 경애하고 있는 사람이 건축가 하라 히로시(原広司, 1936~)입니다. 그는 세계의 취락(聚落)을 철저하게 조사하며 걷고·보고·생각한 것을 모아서 『취락의 가르침 100』[58] 이라는 조그마한 책을 만들었습니다.

하라 씨는 안데스 티티카카 호수의 '물 위에 뜬 새의 취락'(浮鳥の集落)과 티그리스·유프라테스 하류의 '가족 섬'(家族島), 둘 다 갈대로 만든 이 주거 사진들을 싣고 자신이 생각했다기보다 인류가 갈고 닦아낸 지혜를 이해하고 다음과 같이 정리합니다. 그리고 이 취락의 가르침을 '불똥 현상'(飛び火現象)이라 명명합니다.

> 멀리 떨어진 데서 비슷한 것이 생각되고, 비슷한 것이 만들어졌다.
> 마찬가지로 지금 생각되고 있는 것을 먼 옛날의 누군가가 생각했다.

저의 장남 히카리는 지적장애를 안고 있습니다만, 30년 전 우리의 가족생활을 녹음해둔 것을 들어보니 뜻밖에도 그땐 말을 아주 잘했습니다(더 어린 남동생이나 여동생보다는 단순한 문법과 적은 단어로 생생하게). 그런데 중년에 접어들고 나서는 말을 잘 하지 않는 나날을 보내게 되었습니다. 조카들이 찾아오면 거리를 두고 지켜보는 것은 저와 같습니다만(뭔가 위험한 것이나 장소에 다가가지 않도록 주의를 기울이고 있습니다), 그들을 둘러싼 가족의 대화에는 끼어들지 않습니다.

---

58) 原広司, 『集落の教え100』, 彰国社, 1998.

히카리가 하루 종일 하는 것은 FM 라디오와 CD, 또는 최근 채널이 늘어난 텔레비전으로 클래식 음악을 듣는 일입니다. 히카리는 서고를 정리한 후의 내 책과 거의 비슷한 수의 CD를 갖고 있습니다. 하지만 자신이 직접 저나 아내에게 음악에 관한 이야기를 하는 일은 없습니다. 그래서 그가 집중하고 있는 악보를 늘어놓고 볼 뿐, 인생에서 그가 만난 음악이 지금 어떻게 정리되고 있는지는 알 수 없습니다.

다만 가족이 다함께 요시다 히데카즈(吉田秀和, 1913~2012)[59] 씨의 라디오 프로그램을 듣고 있다가 낯선 작곡가나 작품이 나와 그에게 물어보면 자신의 컬렉션에서 그 CD를 가져다주거나 가끔 찾을 수 없을 때는 애용하는 『표준음악사전』[60]에서 그 항목을 찾아 보여줍니다.

그런데 저는 지금 '후기 일'(late work)에서도 더 뒤쪽의 소설을 쓰고 있습니다. 그 과정에서 상당히 오래전 저의 생활에서 커다란 위치를 차지하고 있던 한 음악을, 소설 속의 나 자신과 겹치는 화자에게 회상하도록 하는 일이 필요했습니다. 누구의 어떤 작품인지는 확실히 기억하고 있습니다. 괴로운 사건이 있어 일을 할 수 없게 된 반년 동안 늘 들었던 작품이었기 때문입니다. 다만 그 연주가가 떠오르지 않았습니다. 이미 밤이 깊어 히카리는 자고 있었습니다. 몇 명의 피아니스트를 골라 들어보았지만 아무도 저에게 그 시기의 감정을 되돌려주지

---

59) 음악평론가이자 수필가.

60) 『標準音樂辭典』, 音樂之友社, 1991.

못했습니다.

그래서 저는 히카리가 한밤중이 지나 화장실에 가고 제가 일어나 있으면 담요를 덮어주는 시간까지 기다렸습니다.

"아빠가 아주 옛날에 몸이 안 좋아서 매일 〈베토벤의 피아노 소나타, 작품 111〉을 들었지? 그거 누구 연주였더라?"

히카리는 다시 한 번 침대에서 일어나, 그에게는 특별한 피아니스트 프리드리히 굴다(Friedrich Gulda, 1930~2000)의 CD 두 장을 꺼내 1958년에 특별히 녹음한 모노럴(monaural) 판을 틀어주었습니다. 정답. 우리는 소리를 조그맣게 해놓고 동이 틀 때까지 들었습니다.

'큰사람'과
공생해왔다

2007년 8월 4일 오다 마코토(小田実, 1932~2007)[61] 씨의 장례식에서 도널드 킨(Donald Keen, 1922~)[62] 선생님이 고전 그리스어의 젊은 연구자였던 오다 씨를 추억했습니다. 저도 아오야마의 회장으로 가는 지하철에서 그가 생애 최후에 번역해서 출간한 『일리아스』 제1권을 읽었습니다.(〈스바루〉 2007년 7월호)

---

61) 일본의 작가이자 정치운동가. 일본에 많은 사소설을 비판하고 전체소설을 지향했다. '9조 모임'의 발기인 중 한 사람이다.

62) 미국 출신의 일본문학자 · 일본학자. 일본문학과 일본문화 연구의 제일인자이며 문예평론가로서도 많은 저작이 있다. 일본문화를 서구에 소개한 많은 업적이 있으며 일본 국적을 취득했다.

베트남 전쟁에 반대하는 데모를 조직하고 선두에 섰던 오다 씨로부터 집회에 참여해달라는 말을 듣고 처음으로 나갔던 때에도, 그와는 『일리아스』 첫머리의 수렁에 빠진 트로이 전쟁에서 이탈할지 머물지하는, 지도자 사이에서 이루어지는 뜨거운 논쟁 이야기를 했습니다.

그러고 나서 40년 후 '9조 모임'에서 다시 만났을 때 그는 『일리아스』의 특징적인 그리스 시법(詩法)에 대한 제 질문에 유쾌하게 대답해주었습니다. 이미 큰 규모가 되어 오랫동안 이어지고 있는 사회적 활동과 장편소설의 집필에 더해 전문가의 초심을 잃지 않고 있는 오다 마코토 씨가 인상적이었습니다.

다음 날 아침 아사히신문 기사에서 추모장에 내걸린 환한 초상과 함께 확인한, '큰사람'이라는 쓰루미 슌스케 씨의 말, 가토 슈이치(加藤周一, 1919~2008) 씨의 조사(弔辭)에서 다음과 같은 구절에 저도 공감했습니다.

> 그의 호소는 각별한 설득력을 가지고 있었습니다. 그 호소에 응하는 데에 우리의 희망이 열려 있습니다.

장례식이 끝난 뒤 저는 젊은 사람들이 인터넷으로 교신하거나 검색한다는, 저에게는 새로운 풍속의 장소를 알려주어 『일리아스』의 나머지 부분을 천천히 읽었고, 밤이 되어 이노우에 히사시(井上ひさし, 1934~2010) 씨의 희곡 『로맨스』(ロマンス, 2007)를 공연하는 극장으로 갔습니다.

소년 체호프가 몰두해 있던 노래와 무용, 웃음으로 가득 찬 전개의 (그러나 연극적인 핵심은 통했습니다) 보드빌[63]. 그것을 출발점으로 해서 더듬어 가보니 만년의 대작도 새로운 매력을 보여주는… 이노우에 씨의 그런 확신이 분명한 신작이었습니다. 게다가 그렇게 그려지는 체호프의 생애 자체에, 역시 이노우에 씨의 소년 시절에서 시작하여 활발한 창작 활동을 관통하며 커다란 구상의 근작들에 이르는 '비밀'이 우직하게 겹쳐 있었습니다.

병상의 체호프를 문병하는 톨스토이. 하자마 간페이(間寛平, 1949~)[64]가 폭력 노인을 품위 있게 거대화하고 있는 듯한, 하지만 늙은 톨스토이가 계속 지녀온 활력과 위엄은 확실히 이랬을 거라고 납득할 수 있게 해주는 장면이었습니다.

크게 웃는 사이에도 제 가슴 속에서는 낮에 애도한 사람에 대한 추억이 꿈틀거리고 있었습니다. 집으로 돌아가는 전차에서 읽은 공연 팸플릿에 그 열쇠가 있었습니다.

이노우에 씨는 히로시마의 경험에 대한 인간적인 기억을 세계의 것으로 한 희곡『아버지와 살면』[65]을 모스크바에서도 공연했습니다. 그

---

63) 프랑스의 가벼운 희극. 곡예·촌극·팬터마임·무용 등을 도입하여 19세기 중엽 뮤직홀의 흥행물로 유행했다. 현재는 코믹 쇼 등의 희극적 촌극을 말하는 경우가 많다.
64) 일본의 희극 탤런트·배우.

때 방문한, 멜리호보에 있는 체호프의 옛 집에서 '어떤 때라도 희망을 가질 것'이라는 이 '큰사람'의 이야기를 들었던 것 같다고 썼습니다.

그 다음 주, 저는 '큰사람'이라고 할 수밖에 없는 사람이 고난을 극복하면서 '희망'을 전하는 목소리를 듣는 독서를 했습니다. 다다 도미오(多田富雄, 1934~2010)의 『과묵한 거인』[66]입니다.

세계적인 이 면역학자를 제가 다다 씨라고 부르는 것은, 저 자신도 이 사람과 함께, 그리고 오다 미노루·이노우에 히사시 씨와 함께(이 책에서 요약하겠습니다만), '전후의 첫 소년들'이었다는 것, '굴절은 했지만 처음으로 자유를 손에 넣은 자였다는 것', '우리의 원점이었고 동시에 전후 일본의 원점이었던' 나날, 일본의 다양한 지방에서 미래를 향해 자유로운 선택을 하고 그것을 전개하고 실현시키려고 해왔던 일을 생각하기 때문입니다.

다다 도미오 씨는 정말 '큰사람'입니다. 인간다운 비통한 유머도 담아 그 자신을 이렇게 정의하고 있습니다.

'거인'은 여전히 동작이 굼뜨고 걸을 수도 없다. 원고를 쓰는 것도 다른 사람의 열 배 시간이 걸린다. 아직 목소리는 몇 음절밖에 이어

---

65) 『父と暮せば』, 1994년 고마쓰자(座)에서 공연, 2004년 구로키 가즈오(黒木和雄) 감독에 의해 영화로도 만들어졌다.

66) 多田富雄, 『寡黙なる巨人』, 集英社, 2007.

지지 못하고 발음도 명료하지 않다. 일상 생활에서는 여전히 말수가
적은 '과묵한 거인'에 지나지 않는다.

그래도 나는 그를 믿는다. 중증의 장애를 가지고 목소리도 내지 못
하며 사회에서는 가장 약자가 된 바람에 나는 강력한 발언권을 가진
'거인'이 되었던 것이다. 말은 못하지만 아이러니하게도 말의 힘을
이용해 살고 있다.

다다 씨는 그 '말의 힘'으로 '재활 진료 보수 개정을 생각하는 모
임'을 시작했고 많은 서명을 받아(그 유명한 후생성을 상대로) 일진일퇴
하면서 불굴의 싸움을 하고 있습니다. 그것은 전후 체제의 한 면입
니다.

선거에서 나온 국민의 목소리는 듣지 않고 이상한 확신을 가지고
말하는 아베 수상에게 저는 그가 존경하는 외할아버지[67]의 1960년 성
명을 떠올립니다.

목소리 있는 목소리에 굴하지 않고 목소리 없는 목소리에 귀 기울
인다.

---

67) 기시 노부스케(岸信介, 1896~1987)를 말한다. 제56대(1957~1960), 제57대(1960~1962) 내각총
   리대신. 태평양전쟁 후 A급 전범 용의자로 체포되었으나 불기소 처분을 받은 후 공직에서 추
   방되었다가 정계에 복귀했다.

'전후 체제로부터의 탈각'이라는 애매한 구호가 일정한 매력을 가지는 것은, 사실 탈각한 후의 체제가 구체적으로 드러나지 않았기 때문입니다. 그런 만큼 정부가 바뀌어도 계속 살아남을 것 같습니다. 거기에 저항할 실마리의 정체는, 전후 민주주의 체제에서 용기를 얻은 세대로부터 건네져야만 합니다.

단단히
기억하고 있읍시다

얼마 전 「아이들을 위한 카라마조프」라는 글을 썼다고 합니다만, 이라고 시작되는 고등학교 1학년 세 명의 이름이 연서된 편지가 도착했습니다. 여름방학 때 『카라마조프 씨네 형제들』을 읽고 싶다고 했더니 국어선생님이 가르쳐주었다는 편지였는데, 마침 그 글을 담은 『'새로운 사람'에게』의 문고판 교정쇄를 보고 있던 저는, 드문 일일지도 모르겠지만, 하며 그 부분을 복사하여 그 학생들에게 보냈습니다.

곧바로, 당신의 계획이라면 읽기 쉬울 것 같다, 가을이 되면 전체를 다 읽을 생각이다, 하는 답이 왔습니다. 저도 평판이 좋은, 가메야마 이쿠오(龜山郁夫) 씨가 번역한 『카라마조프 씨네 형제들』[68]을 읽기로 했습니다.

그러다가 저는 자신도 마쓰야마의 고등학생일 때 처음으로 읽으려다 고생했고, 그것이 계기가 되어 계획을 세웠던 일을 떠올렸습니다. 두 살 많은 친구가 요네카와 마사오(米川正夫) 씨가 번역한, 귀중한 책을 빌려주었습니다. 하지만 저에게는 여러 인물의 관계도, 그들이 떠드는 말도 어려워서 잘 읽어나갈 수가 없었습니다. 친구는 다 읽으면 이야기하자고 재촉했습니다.

저는 전전(戰前)에 나온 이와나미 문고 네 권을 만지작거리다가 읽을 수 없을 것 같은 부분이 하나로 묶을 수 있을 만큼 한데 모여 있다는 걸 알았습니다. 그래서 계획을 짰습니다.

제4부 제10권 '소년들'에서부터 읽기 시작합니다. 도중에 제 계획의 주인공 꼴랴 끄라소뜨낀이 소설의 앞쪽에서 했던 일이 이야기에 나오면, 두 군데 쯤인 그 부분을 찾아 읽습니다. 그리고 에필로그 3 '일류샤의 장례식', '바위 앞에서의 조사'에서 끝냅니다.

읽어나가는 중에 저는 열중했습니다. 도스토예프스키가 어린이에 대해 아름다운 성질로 간주하고 있는 듯한 부분의 관찰과 어린이의 내면에 들어간 상상이 쓰여 있습니다. 꼴랴는 열세 살이라는 나이보다 그 이상의 일을 하려고 애를 쓰고 있지만, 더욱 어리게 느껴지는 감

---

68) 亀山郁夫訳, 『カラマーゾフの兄弟1~5』, 光文社古典新訳文庫, 2006. 인용은 여기에서.

정도 훨씬 조숙한 지력도 모두 생생하게 표현되어 있습니다.

그의 뛰어난 친구이며 스승 같기도 한(이 책을 빌려준 친구가 저에게는 바로 그러했습니다) 알료샤는 아이들이 회복한 우정의 요제었년, 병든 일류샤가 죽었을 때 연설을 합니다.

> 뭔가 좋은 추억, 특히 어린 시절의, 부모와 함께 지냈던 시절의 추억만큼 그 후의 인생에서 소중하고 강력하며 건전하고 유익한 것은 없습니다. 여러분은 여러분의 교육에 대해 여러 이야기를 들어왔겠지만, 어렸을 때부터 중요시해온 멋지고 신성한 추억, 어쩌면 그것이야말로 가장 좋은 교육일지도 모릅니다.
>
> 우리가 살아가는 가운데 그런 추억을 많이 모은 사람은 평생 구원을 받습니다. 혹시라도 우리들 마음에, 설령 하나라도 좋은 추억이 남아 있다면 언젠가 그것이 우리를 구원해줄 것입니다.

그리고 알료샤는, 죽은 소년이 모욕당한 아버지를 위해 그곳에 있는 반 친구 전원에게 혼자 저항한 것을 포함하여, 그를 "단단히 기억하고 있읍시다!" 하고 말합니다.

저는 그때까지 소설을 읽고 받은 것과는 전혀 다른 감동을 받은 것 같았습니다. 단단히 기억하자는 것을 자신만의 격언으로 삼기로 하고 우선 그 부분을, 수학이나 물리 문제를 풀기 위한 종이에 옮겨 적었습니다.

제가 책을 돌려주러 가서 그 종이를 옆에 놓고 하도 떠들었더니 친구는 결국 "나에게 도스토예프스키는 『악령』이다" 하며 이야기를 잘 랐습니다. 오히려 그게 저를 살렸습니다.

그 지방(마쓰야마)을 무대로 한 작품이라 다들 나쓰메 소세키(夏目漱石, 1867~1916)의 『도련님』을 특별히 생각했습니다만, 저는 소세키의 친구이자 그 지역 출신인 마사오카 시키(正岡子規, 1867~1902)의 전집을 이 것저것 골라 읽었습니다.

> 나는 아이들을 교육하고 싶다. 지육知育·기육技育은 학교에 맡기고 미육美育·체육·덕육德育·기육氣育을 하겠다.[69]

저는 이 부분을 좋아해서 이 부분도 종이에 옮겨 적었습니다.

덕육이라고 해도 수신 교과서를 읽히는 게 아닌, 뛰어난 인간인 교사를 만나게 하기만 하면 됩니다. "기육은 의사意思를 발달시키게 한다"고 해서 중시하는데, 그것은 덕육에 가까운 것 같지만 그렇지 않습니다. "용맹심·인내심은 선악사정善惡邪正의 감感과는 다르다"고 말합니다.

저는 일류샤와 꼴랴처럼 자립하여 싸움도 하는 성격에서 기육의 성

---

69) 「병상섬어」(病牀囈語).

과를 상상했습니다. 이 소설에 이은 '제2의 소설'이 완성되었다면, 이라는 흔해빠진 설문에 가메야마 씨는 알료샤가 황제 암살자가 되었을 거라는 통설에 대한 설득력 있는 이설異說을 세웁니다. 그것을 실행하는 역은 꼴랴 끄라소뜨낀이라고.

그렇다면 일류샤를 문병한 뒤 알료샤가 "하지만 괜찮겠어요? 꼴랴, 당신은 장래에 무척 불행한 사람이 될 겁니다"라고 말하고 꼴랴가 "알고 있습니다"라고 말하는 구절, 의미 있는 척 이상하게 하는 말이라 어린 저에게는 싫었던 이 부분이 납득되었습니다.

알료샤는, 도스토예프스키와 함께 '그리스도교의 영혼을 가진 가공할 만한 사회주의자'가 되는 꼴랴를 예견하고 있었으니까요.

쓰는
'생활 습관'

　최근 몇 년 동안, 소설을 써나가기 위해 조언을 해달라는 편지를 받는 일이 거듭되었습니다. 효과는 잘 모르겠지만, 먼저 어떻게 쓰기 시작하는가 하는 질문에는, 제가 프랑스어 학습도 할 겸 새로운 번역을 원문에 맞춰 검토하는 데서 문체를 발견했다는 경험을 들려주었습니다.

　하지만 제가 역점을 둔 것은, (직업적인 작가가 될 수 있나 없나와는 별도로) 어떻게 계속 써나갈 수 있을까 하는 문제라서, 영어 책을 읽는 젊은 사람에게는 플래너리 오코너(Flannery O'Connor, 1925~1964)의 서간집을 권했습니다. 『The Habit of Being : Letters of Flannery O'Connor』(Farrar,

Straus and Giroux)입니다만, 큰 책을 적절하게 편집해서 원문이 가진 맛까지 살려낸 번역이 올 봄에 나왔습니다. 『존재하는 것의 습관』[70]입니다.

저보다 열 살이 많은 여성 오코너는 미국 남부의 가난한 가톨릭 농민들에 대한 관찰을 탁월한 단편으로 그려냈습니다. 홍반성낭창紅斑性狼瘡이라는 난치병(코르티손[cortisone]계의 신약이 개발되던 시기였습니다)과 싸우면서 끈질기게 작업을 계속한 것으로도 잘 알려져 있습니다. 그런데 어머니의 농장에서 공작을 사육한다거나 개성이 드러나는 유화 자화상을 그리는 고독한 생활을 하면서 알찬 내용의 유쾌한 편지를 남겼습니다. 그중에서도 어떻게 소설을 쓰고, 쓰는 것을 삶과 어떻게 조화를 이루게 할지, 그리고 신앙을 포함한 현실 생활을 어떻게 심화시킬지 솔직하게 털어놓았습니다.

젊은 극작가에게 보내는 편지.
저의 단편을 마음에 들어 한 데다 침체 상태에 빠지지 않은 것으로 느껴주셨다고 하니 무척 기쁩니다. 그렇지만 지금까지 침체 상태에 빠진 일이 여러 차례 있었습니다. 그래도 그런 길을 더듬어온 일은 쓰레기통으로 보냈다고 생각합니다. 무엇을 남기는가와 같은 정도

---

70) フラナリー・オコナー, 横山貞子訳, 『存在することの習慣−フラナリー・オコナー書簡集』, 筑摩書房, 2007.

로 무엇을 버렸는가에 의해 자기 자신을 알게 되는 것 같습니다. 그것은 때로 무서울 정도입니다.

다시 한 번 젊은 작가에게.
독자적인 본질에 어울리지 않고 기준에 미치지 않는다고 해서 자신이 쓴 글을 찢어버리거나 하지 말 것. 일반적인 비평 원칙에 따르려고 자신의 본능을 버릴 위험이 있습니다.

이 두 가지는 모순되어 있는 것 같고, 상대가 쓰고 있고 자신도 계속 쓰고 있는 공통의 발판에 선 것입니다만, 소설을 고쳐 쓰는 데 중요한 가르침을 포함하고 있습니다.

오코너가 많은 영향을 받은, 프랑스에서 미국으로 옮겨가 프린스턴 대학에서 가르치고 있던 철학자이자 신학자인 자크 마리탱(Jacques Maritain, 1882~1973)의 습관에 대한 독특한 의미 부여를, 그녀는 강연이나 에세이에서 언급합니다. 어떤 직업에도 계속 해나감으로써 자신의 것이 되는, 습관이라고도 말하고 싶은 기능의 축적이 있는데, 그것이 일찍이 만난 적이 없는 어려움을 자력으로 극복할 수 있게 해준다는 것입니다.

매일 소설을 쓰는 습관도 시간을 들인 경험으로 길러짐으로써 쓰는 사람의 인격 그 자체가 되고 살아갈 마음의 준비를 해준다, 그것이 신앙을 지탱해준다고 그녀는 생각했던 것 같습니다.

그녀는 신앙이 없는 사람으로 여겨지는 작가에게 보내는 편지에 이렇게 썼고, 그 작가와 같은 입장에 있는 저는 자신을 돌아봅니다.

소설처럼 긴 글을 쓸 때는, 자신에게 또 다른 누군가에게도 가장 중대한 문제 이외의 것을 써서는 안 된다고 생각합니다. 저의 경우는 늘 성스러운 것을 추구하는 마음과 현대라는 시대에 충만해 있는 성스러운 것에 대한 불신 사이에서 생기는 갈등이 그 중대한 문제에 해당합니다. 믿는 것은 어느 시대에나 어렵습니다만, 우리가 살고 있는 현대에는 더 한층 어렵습니다.

하지만 자신이 창조하는 인물을 소설 안에서 어중간한 자세로 정지시켜둘 수는 없다고 오코너는 덧붙입니다. 이 목소리를 떠올리고 또 다음의 호소를 확인할 때 저는 그제서야 허리를 폈습니다.

당신의 결점은 인내가 없는 것이지 에너지가 부족한 것이 아닙니다. 만약 인내도 에너지도 있다면 고쳐 쓰기를 좀 더 계속해야 합니다.

오코너의 신앙에서 연상한 것인데, 지난달 오키나와의 대규모 집회에서 질문하는 고등학생 영상을 보고 일본의 가톨릭 작가 소노 아야코(曾野綾子, 1931~) 씨가 도카시키지마의 전적비(戰跡碑)에 새긴 문장을 떠올렸습니다. 섬의 교육위원회가 발행하고 있는 책에서 인용합니다.

3월 27일, 억수같이 내리는 빗속에서 미군의 공격에 내몰린 섬 주민들은 온나(恩納) 강변 외의 몇 군데에 집결했는데, 이튿날인 28일 적의 손에 넘어가기보다 스스로 자결하는 길을 택했다. 일가가 빙 둘러앉아 수류탄을 터뜨리거나 힘 있는 아버지나 오빠가 힘이 없는 어머니나 여동생의 생명을 끊었다. 거기에 있는 것은 사랑이었다. 이날 전후로 394명의 섬 주민들이 목숨을 잃었다. (6학년용 사회과 향토 자료)

그들을 죽음으로 몰아넣은 것은 미군뿐이었을까요? 어머니도 유아도 스스로 죽음을 선택했을까요? 사랑이라는 말이 이런 것일까요?

물음은 계속되겠지요.

인간을
더럽히는 것에 대하여

　신칸센을 타면 차장 밖의 단풍을 보는 것이 낙입니다만, 이번에는 피고로서 오사카 지방재판소의 법정에 서러 가는 여행이었습니다. 기차 안에서는 주로 원고 측 대리인인 도쿠나가 신이치(德永信一) 변호사가 〈정론正論〉(2006년 9월호)에 발표한 논문이 저 개인에 대한 도전이라고도 할 수 있는 글이어서 주의 깊게 읽었습니다. 증언에서 답했던 것을 인용하겠습니다.

　2000년 10월 사법제도개혁심의회에서 소노 아야코 씨는, 오에 씨가 『오키나와 노트』에서 아카마쓰(赤松) 전 대위를 '죄의 거괴(罪の

巨塊)[71]' 등이라고 '신의 시점'에서 단죄한 것을 비난하며 이렇게 말합니다.

"그것은 '오키나와 현민의 목숨을 태연히 희생시킨 괴물 같은 인물'이라는 풍문을 기정사실화하고 증오를 증폭시키며 '자신은 평화주의자지만 세상에는 이런 악인이 있다'는 형태로 아카마쓰 전 대위를 단죄하여 아카마쓰 부대에 속했던 사람들의 마음에 깊은 상처를 준… 그것은 바로 인간의 입장을 넘어선 린치였습니다.(사법제도개혁 심의회 의사록)"

소노 아야코 씨의 『어떤 신화의 배경-오키나와·도카시키지마의 집단 자결』[72]에는 이렇게 쓰여 있습니다. 직접 옮기겠습니다.

오에 겐자부로 씨는 『오키나와 노트』에서 다음과 같이 썼다.
"게라마 제도에서 벌어진 집단 자결의 책임자도, 그런 자기 기만과 타자에 대한 기만을 끊임없이 반복해왔을 것이다. 인간으로서 그것을 속죄하기 위해서는 너무나도 많은 죄의 거괴(巨塊) 앞에서…."
이러한 단정은 나로서는 할 수 없는 강력한 것이다. '많은 죄의 거

---

71) 거괴(巨塊)는 'corpus delicti'의 번역어로 쓰인 표현이다. 통상은 '사살된 사체(屍塊)' 등으로 번역된다. 한편 거괴(巨魁)는 악당의 우두머리를 뜻한다. 문장 내의 논리상 이 두 단어를 헷갈린 데서 나온 비판일 것이다.

72) 曾野綾子, 『ある神話の背景 沖縄·渡嘉敷島の集団自決』, 文藝春秋, 1973.

괴'라는 최대급의 고발 형태를 사용하는 것은, 나에게는 두 가지 이유에서 불가능하다.

첫째, 한 시민으로서 나는 사실을 그 정도로 확실하게 인정하는 것이 불가능하다. 왜냐하면 나는 거기에 없었기 때문이다.

둘째, 인간으로서 나는 타인의 심리, 특히 '죄'를 그 정도로 명확하게 증명할 수 없다. 왜냐하면 나는 신이 아니기 때문이다.

저보다 먼저 증언한 원고 아카마쓰 히데카즈(赤松秀一)[73]는, 『오키나와 노트』를 안 것은 소노 씨의 저서를 통해서였고, 『오키나와 노트』를 입수했지만 띄엄띄엄 읽었을 뿐이라고 분명히 말했습니다.

또 한 사람의 원고 우메자와 유타카(梅沢裕) 씨가 분노를 느낀 것도 『오키나와 노트』를 직접 읽어서라기보다 『어떤 신화의 배경』에 이끌려서라고 보는 것이 타당한 것 같습니다. 두 원고는 게라마 제도의 수비대장을 제가 '극악인'으로 말하고 있다는 취지로 말합니다만, 『오키나와 노트』에서 저는 한 번도 극악인은 고사하고 악인이라고도 쓰지 않았습니다.

저는 일본의 군대인 오키나와의 제32군, 그리고 두 섬의 수비대, 그 수직 구조 전체가 430명에 이르는 섬사람들에게 '집단 자결'의 죽음

---

73) 아카마쓰 요시쓰구(赤松嘉次) 전 대위의 동생.

을 강제한 '죄'를, '신의 시점'에서가 아니라 인간의 눈으로 비판했습니다. 그 전쟁 범죄가 한 개인의(그가 악인이었기 때문에 나온) 소행이었다고는 생각하지 않기 때문입니다.

저는 소노 아야코 씨의 입론이 텍스트의 오독에 의한 것이라고 설명했습니다. 먼저 『오키나와 노트』에서 문제가 된 부분을 강조하여 인용하겠습니다.

> 인간으로서 그것을 속죄하기 위해서는 너무나도 많은 죄의 거괴 앞에서 그가 어떻게든 제정신으로 살아남기를 바란다.

'그'란 도카시키지마의 수비대장입니다. 죄의 거괴는 '많은 수의 사체'입니다. 죄의 거괴 앞에 선 그를 죄의 거괴라고 독해하는 것은 문법적으로 맞지 않습니다.

저는 도카시키지마의 산속에 너부러진 3백이 넘는 사체라고 쓰고 싶지 않았습니다. 수험생 때 녹색 펭귄북스로 영어 공부를 한 저는 '사체 없는 살인'이라는 유의 소설에서, 타살된 사체를 가리키는 'corpus delicti'라는 단어를 배웠습니다. 원래의 라틴어로는 corpus가 신체나 유형물, delicti가 '죄의'라는 뜻입니다. 저는 그대로 죄의 덩어리(塊)라는 일본어로 하고, 그것도 많은 수라는 의미에서 죄의 거괴(巨塊)라고 했습니다.

많은 거괴(巨きい巨塊)라면 동어반복입니다만, 너무나도 많다면 거

괴의 거(巨)라는 한자를 강조한 것이라는 사실을 확실히 보여줄 수 있습니다.

주심문(主審問)도 거의 마지막에 이르자 피고 측 변호인인 아키야마 미키오(秋山幹男) 씨가 서증(書證)에서 『어떤 신화의 배경』의 한 구절을 읽도록 저에게 요구했습니다.

소노 아야코 씨는, '집단 자결'이 일어났을 때 아카마쓰 요시쓰구 대위 밑의 중대장이었던 도미노 미노루(富野稔) 소위가 자위대의 일등 육좌(一等陸佐)[74]로 근무한 지역을 방문하여 다음과 같은 담화를 나누었고 그것을 그의 책 핵심에 두었습니다.

> 오히려 제가 이상하다고 생각하는 것은, 그렇게 나라에 목숨을 바치겠다는 아름다운 마음으로 죽은 사람들을, 전후가 되어 왜, 그건 명령으로 강요된 것이다, 하는 식으로 말하여 그 깨끗한 죽음을 스스로 더럽히는가('스스로'는 원문 그대로) 하는 점입니다. 저는 그걸 이해할 수가 없습니다.

"이렇게 말하는 자야말로 인간을 더럽히고 있다고 믿습니다."
이렇게 말하며 저는 증언을 마쳤습니다.

---

74) 대령에 해당.

현대의
'기쁜 지식'

도쿄에서 학교를 다니던 어느 가을날, 작은 전단지를 보고 그다음 날 교토에서 후카세 모토히로(深瀨基寬, 1895~1966) 교수의 '정년 기념 강의'가 있다는 걸 알았습니다. 야간열차를 타고 그 대학에 도착하여 학생과로 보이는 창구로 가서 상황을 물어보았습니다. 신분증명서를 보여 달라고 했습니다.

그 대학의 학생이 아니어도 교수가 다른 데서 한 집중강의에 등록했다면 들을 수 있는 거 아니냐고 물으려 했습니다만, 저는 난감한 나머지 이렇게 말하고 말았습니다.

"선생님이 번역하신 위스턴 오든(Wystan Hugh Auden, 1907~1973)의 한

구절에서 제목을 딴 소설 『보기 전에 뛰어라』[75]를 쓴 사람입니다."

그러자 방 안쪽에서 와하는 웃음소리가 일어 저는 얼굴이 빨개진 채 물러나고 말았습니다.

10년이 지나 책에 들어 있는 그때의 강의록을 읽어보니 제가 그때 청강을 허락받았다고 해도 이해하지 못했을 것 같았습니다. 하지만 그때부터 선생님의 책과 관련하여 계속 읽어온 것은 옳았다는 생각이 들었습니다. 『후카세 모토히로집』 제1권[76]에 실려 있는 기념 강연 「기쁜 지식(悅ばしき知識)」입니다.

저는 대학의 교양학부에 들어가자마자 구내서점에서 영문 원시가 붙어 있다는 이유로 후카세 모토히로 선생님이 번역한 『엘리엇』을 샀고, 이듬해에는 『오든 시집』도 구해 정신없이 봤습니다. 이 영문학자의 번역에 의지하여 영국 현대시를 읽어가자고 결심한 것입니다.

저는 특히 위스턴 오든의 다음과 같은 구절에 감동했습니다.

아아, 들려온다, 내 주위로 상하이에서 솟아나는
게릴라전의 아득히 먼 저편의 중얼거림에 뒤섞여
· · · · · · · · · · · · · · · · · ·
'인간'의 소리 – "우리의 광기를 참고 견딜 길을 가르쳐달라".

---

75) 大江健三郎, 『見るまえに跳べ』, 新潮社, 1958.
76) 深瀬基寛, 『深瀬基寛集』 第1卷, 筑摩書房, 1968.

일본 해군육전대(海軍陸戰隊)가 상하이에서 교전을 시작한 것은 제가 태어나기 3년 전입니다만, 그 뉴스를 영국에서 듣고 이렇게 반응한 시인이 있습니다. 현실 정치를 비판하면서 인간의 영혼으로 표현하고 있습니다. 그 번역과 원시에 스무 살의 일본인이 마음속 깊은 곳에서 흔들렸던 것입니다. 문학이란 이런 것이구나, 하고 말이지요.

제가 교토대학 안에까지 들어갔으면서 마지막 한 발을 내디딜 용기가 없어 도망치고 만 것은 스물세 살 때이고, 강의 텍스트를 읽은 것은 서른세 살 때입니다. 거기에서 다시 『오든 시집』의 번역과 설명을 정독하고, 앞에서 인용한 시구에서 제목을 만들어 중편소설(『보기 전에 뛰어라』)을 썼습니다. 머리에 기형을 가지고 태어났으나 살아남은 장남과의 사생활에 밀착한 작품이지만 이는 자신의 영혼이라고 확신하며 말입니다. 그리고 나서 직접적으로 사회에 펼쳐놓고 생각해보자며(오든의 상하이가 환기하는 방식으로) 『오키나와 노트』를 쓰기 시작했습니다.

소설가가 되고 장년기에 접어들어 전기를 모색하던 저에게 후카세 씨의(이 친근한 호칭은 저 혼자만의 시에 쓸 뿐이었지만) 「기쁜 지식」을 학습하고 납득한 일이 얼마나 큰 영향력을 발휘했는지, 다시 읽어보니 망연자실할 정도였습니다.

후카세 씨는 당시 물리학에서 '계면(界面)'으로 번역되는 전문용어였던 interface를 (지금의 사전은 이질적인 두 개가 상접하는 경계면, 접점이나 양쪽에 걸치는 분야라고 설명하고 있습니다만), 내부와 외부가 효과적으로 의미를 교환하는 특별한 장소를 가리킨다며 시에 응용하는 논의를 소개하고 있습니다.

시인은 이 수법으로 내적인 영혼을 바깥쪽의 현실에 맞대고, 사회에 대해서나 신비적인 회구에 대해서도 마찬가지로 표현할 수 있는 말을 갖는다, 라며 멋진 예를 듭니다. 딜런 토머스(Dylan Marlais Thomas, 1914~1953)의 "Rage, rage against the dying of the light!"입니다.

그리고 강의를 듣는 사람들에게 스스로 번역할 것을 촉구하기 위해 이런 설명을 붙여놓고 있습니다.

> 'rage'는 '미친 듯이 날뛰어라'는 뜻인데, 미쳐라, 미쳐라, 라고 합니다. 너는 미치광이가 되라고 말하는 겁니다. 미쳐라, 미쳐라. 나는 미치광이가 됨으로써 빛을 지킨다고 말합니다.

신문에 인쇄되는 용어로서는 온당하지 않은 표현을 쓰고 있지만, 교토의 가을 대기 속에 있는 수강자들은 후카세 씨의 표현에서 오히려 인간에 대한 깊은 통찰과 날카로운 상황 비판을 들었을 것입니다. 후카세 씨는, 이제 현대문명의 빛은 사라질 위기에 있지만 그 옹호를 지향하며 바로 광기의 한 발짝 앞에서 쓰는 그 시인의 말이야말로 동시대를 사는 자신의 '기쁜 지식'이라는 말로 강의를 마쳤으니까요.

젊은 저에게 현대시는 난해했습니다. 그것이 프랑스 소설을 잘 읽기 위해 대학에 다니면서 영국 시를 이해하는 훈련을 하고 싶다며 후카세 씨의 책으로 독학을 시작한 이유입니다.

그런데 오랫동안 해온 소설가로서의 일은, '후카세의 interface 이론'에서처럼 자신의 속 깊은 곳을 매우 거친 외부와 맞대고 문질러 거기에서 표현의 리얼리티를 달성시키는 것이었고, 저의 삶도 그것으로 단련되었던 것 같습니다.

그 경험으로 저는 젊은 사람들이 자신의 '기쁜 지식'을 조속히 찾고, 새로운 현대의 위기에 대비할 수 있기를 바랍니다.

귀를 기울이게 하는
'진실한 문체'

　연초에 서고에 틀어박혀 오랜만에 책 읽기에 열중하거나 힘을 써서 정리하는 일을 했다는 것은 이 에세이[77]에도 몇 번 썼습니다. 오늘은 하루 온종일 기억이 희미한 물건을 찾았습니다. '어린이를 위한 되도록 큰 책'을 쓰려고 벌써 오랫동안 그 자료 상자를 쌓아두고 있습니다. 스스로 자신을 볶아대는 마음과 그 책을 쓰기 위한 정말 성숙한 문체는 아직 만들어지지 않았다는 마음이 다 같이 절실했지만, 올해는 그

---

77) 저자가 아사히신문에 연재한 칼럼 〈정의집〉을 가리킨다.

런 골판지 상자들에서 특별히 찾아내고 싶은 것이 있었습니다.

작년에 저는 『아름다운 애너벨 리 싸늘하게 죽다』[78]라는 소설을 냈습니다. 열일곱 살 때 히나쓰 고노스케(日夏耿之介, 1890~1971) 씨가 번역한 『포(Poe) 시집』[79]을 만났고, 당시 지방도시에도 있던 미국문화센터의 도서실에서 원시를 베낀 그 책을 서고에서 찾아낸 일이 계기가 되었습니다. 그런데 그 작품을 쓴 후에도 어린이를 위한 책의 자료 상자에 넣어둔 것 중에 '애너벨 리'에 관계된 뭔가가 또 하나 있다는 생각이 남아 있었습니다.

결국 발견한 것은 귄터 그라스(Günter Grass, 1927~2015)의 『양철북』을 읽고 메모한 카드였습니다. 이 작품을 해설한 가와무라 지로(川村二郎, 1928~2008) 씨가, 그라스는 포의 유명한 시를 비튼 단시를 썼다고 소개하고 "그 묘사는 대단히 추잡하고, 잃어버린 아름다움에 밀려오는 그 슬픔은 비길 데 없이 순일(純一)"하다고 쓰고 있었습니다. 이것이 내 소설에 대한 비평이었다면 좋을 텐데, 라며 절실히 생각했습니다.

그런데 고무줄로 묶어놓은 카드의 대부분은 『양철북』에서 뽑아 쓴 것이었습니다. 세 살이 된 생일에 지하실로 떨어져 신체의 성장이 멈추고 만, 양철북을 두드리는 것과 큰소리를 지르는 것만이 자기표현

---

78) 大江健三郎, 『臈たしアナベル・リイ總毛立ちつ身まかりつ』, 新潮社, 2007.
　　오에 겐자부로, 박유하 옮김, 『아름다운 애너벨 리 싸늘하게 죽다』, 문학동네, 2009.
79) 日夏耿之介訳, 『ポオ詩集』, 創元社, 1950.

의 수단이 된 소년이 겪은 나치 통치하의 역사입니다.

카드에 적힌 날짜를 보니 네 살짜리 아들 히카리가 지적 발육이 늦어지는 것과 소리(그리고 음악)에 민감하게 집중하는 것이 분명해신 시기였습니다. 사실 저는 그라스의 장편에서 큰 격려를 받았고, 일본에 온 그와 대담한 것을 시작으로 깊은 친교를 맺게 되었습니다.

동서독일이 통일된 다음 날 공개 대화를 하고 노벨상 백 년을 기념하여 나딘 고디머(Nadine Gordimer, 1923~2014), 가오싱젠(高行健, 1940~)과 제가 패널로 참석한 토론회에서도 그라스는 청중석에서 참가해 주었습니다. 그와 저는 아사히신문 지면에서, 그것도 시간 차를 두고 네 번 서한을 주고 받았습니다. 그 한 회에서 그라스는, 제2차 세계대전이 끝나갈 무렵 프랑스에서 패주하는 길에 독일 소년병들이 전선에서 도망쳤다는 이유로 자국 군대에 의해 처형당해 가로수에 매달려 있었던 일을 썼습니다. 그 명예회복을 요구하는 운동을 호소한 것에 저도 서명했습니다.

그리고 재작년, 그라스는 자서전(『양파 껍질을 벗기며』)에서 소년 시절 나치의 무장친위대원이었다는 과거를 밝혀 독일뿐만 아니라 유럽의 여러 나라로부터 비난을 받았습니다. 저는 빈약한 독일어 실력으로 그 원문의 담담한 한 구절을 읽었고, 작년에 일본에서도 아름다운 책으로 나온 그라스의 시화집 『책을 읽지 않는 사람에게 보내는 선물』[80)]에서는 다음의 짧은 시에 시선이 끌렸습니다.

오래 써서 낡은 나의 올리베티 타자기는,

아무리 부지런히 내가 거짓말을 하고,

원고를 고쳐 쓸 때마다, 오타 하나 정도는,

어떻게든 진실에 다가가고 있다는 증인.

그라스가 예쁜 파란색 수채화로 그린, 애용하는 타자기 그림에 붙어 있는 이 시에서 저는 그가 기억 속의 고통스런 경험을 하는 소년의 소리에 계속 귀를 기울여왔다는 것을 느꼈습니다. 그리하여 끝내 도달한 진실의 문체로 작가가 새로운 이야기를 쓰기를 저는 기대합니다.

그라스는 양철북과 큰소리를 지르는 것으로밖에 표현할 수 없는 세 살 아이에서 도망병으로서 나무에 매달린 소년들에 이르기까지 평생 그들의 목소리, 그들의 침묵 편에 달라붙어 온 사람입니다. 저는 어떤 표현 의사도 갖지 않은 것처럼 보이는 아이에게 아내가 온갖 수단을 다 동원하여 목소리를 내도록 유도하는 옆에서 제 스스로의 관찰을 통해 (또 읽은 책에서 배워) 아이의 표현을 대신하는 것을 꿈꾸었습니다.

'어린이를 위한 되도록 큰 책'의 자료 상자에는 30년 전에 적어둔, 『오키나와 현사(沖縄県史)』 제10권에서 뽑아 쓴 카드도 있었습니다. 도카시키지마에서 섬 주민의 강요된 집단 자결이 일어난 후 군이 항복할

---

80) 飯吉光夫訳, 『本を讀まない人への贈り物』, 西村書店, 2007.

때까지 일어난 일을, 수비대장의 부관이었던 지넨 조보쿠(知念朝睦) 전 소위(이 이름에서 오키나와 출신이라는 것은 분명합니다)가 쓴 수기입니다.

미군 포로가 되었다가 도망쳐 돌아온 두 소년이 보초선에서 일본군에게 붙잡혀 본부로 끌려와 있었습니다. 아카마쓰 대장이 소년들을 엄하게 꾸중했습니다.

"황민으로서 포로가 된 너희들은 어떻게 그 오명을 씻을 테냐!"

"죽겠습니다!"

소년들은 이렇게 대답하고 나무에 목을 매고 죽었습니다.

저는 한밤의 나무 그늘, 소년들의 목소리에 귀를 기울이고 싶었습니다.

궁지를 극복하는
인간의 원리

　학창시절의 제 습관으로서 지금도 때때로 하고 있는 것이 있습니다. 읽고 있는 책의 한 구절을 카드에 옮겨 적고, 외국어라면 번역을 해서 정확히 인용하려고 합니다. 최근에 자주 깨닫게 되는 것은, 그 구절은 기억하는데 어떤 책에서 옮겨 적은 건지를 기억하지 못한다는 사실입니다.

　2008년 2월 22일부터 도쿄에서 시작되는 세계 펜포럼 〈재해와 문화〉에서 강연을 합니다. 그 준비를 하는 중에, 기억하고 있는 한 구절을 인용하려고 동시통역사를 위해 원문을 준비하려고 했습니다. 셰익스피어의 작품인 것은 확실했기 때문에, 다카하시 야스야리 씨한테 물어보자고 생각한 순간, 저는 그 친구가 이 세상에 없다는 사실을 깨닫고 이중으로 우울해지고 말았습니다.

그러던 저는 아내가 어떤 말이냐고 묻자, 당신도 나한테 들었을 텐데, 하며 이야기해주었습니다. 두 줄쯤 되는 셰익스피어의 말을 프랑스 소설가가 인용했고, 그것을 번역해서 카드에 적어 놓은 것을 자주 인용했는데, 기억에 남아 있는 것은, '그렇게 생각하기 시작해서는 안 된다,' 하는 부분인데, 하고 말이지요.

저는 읽은 책을 정리하는 것이 일이라고 여러 차례 써왔습니다. 아내는 인생에서 정말 소중하다고 생각하는 책을 다 보관하고 있는, 그런 타입의 사람입니다. 고등학교를 막 졸업한 아내와 제가 알게 된 것은 친구의 어머니로부터, 전쟁이 시작된 무렵에 나온 책으로 (올해 아사히상을 받은 이시이 모모코 씨가 번역한) 『곰돌이 푸우 이야기』(Winnie-the-Pooh, 1926)[81]와 『푸우야, 그래도 나는 네가 좋아』(The House at Pooh Corner, 1928)[82]를 딸이 빌려주었다가 잃어버려 슬퍼하고 있다, 어디서 찾을 수 없을까, 하는 부탁을 받은 것이 계기였습니다. 곧바로 구해서 보내주자 고맙다는 편지가 왔고, 그 딸과는 지금도 함께 살고 있습니다.

며칠 지나 아내가 프랑수아즈 사강(Françoise Sagan, 1935~2004)의 펭귄북

---

81) A・A・ミルン, 石井桃子訳, 『クマのプーさん』, 岩波書店, 1940.
82) A・A・ミルン, 石井桃子訳, 『プー横丁にたった家』, 岩波書店, 1942.

스 영어판을 건넸습니다. 속표지에 『맥베스』에서 인용한 구절이 있고, 소설은 구어적으로 고쳐 말한 그 구절을 여성이 부드럽게 이야기하는 장면에서 매듭지어져 있었습니다. 제2막 제2장, 덩컨 왕을 죽이고 이제 후회에 휩싸여 있는 맥베스를 부인이 엄중하게 나무라는 대사이므로, 사강다운 아이러니는 분명합니다.

"이런 것은 그런 식으로 생각해서는 안 돼. 서로 정신이 이상해지거든."

아내가 윌리엄 모리스의 꽃무늬를 찍은 종이로 싸놓은 책 『Those without shadows』(내가 읽은 것은 『Dans un mois, dans un an』)를 훑어보다가 1961년에 출판된 것을 본 저는 여러 가지 것들을 떠올렸습니다.

그 2년 후에 장남 히카리가 머리에 장애를 가진 채 태어났고, 생명을 건지기 위한 수술은 성공했지만 여러 가지로 불안해서 의사들에게 물어서 들은 내용을 앞으로 일어날 수 있는 일의 하나로서 아내에게 설명했습니다. 저는 대체로 비관적인 것을 상상해버립니다. 자신을 질타하고 격려할 생각이긴 했지만요.

'그렇게 생각해서는 안 돼' 운운하는 것이 저의 말버릇이 되었습니다.

아내는 처음부터 일관되게 히카리에 대해 적극적으로 생각하는 사람이었습니다만, 대체 이 인용이 사강의 어떤 문맥에서 나온 것인지를 읽어보려 했다고 합니다.

그런데 저는 우리의 포럼이 개최되는 도쿄에 진도 7의 직하형 지진이 일어날 확률이 높다고 전문가들이 경고하고 있다는 것도 생각하지 않을 수 없습니다. 지적인 장애에 신체적인 장애까지 더해지고 있는 히카리와 우리 노부부 셋이서 도망치려고 우왕좌왕하는 날을 생각할 뿐인 제가 실효성 있는 제언을 할 합당한 사람이 아니라는 것은 잘 알고 있습니다.

다만 인간이 문화를 만들고 발전시키기 위해 지켜야 할 것은, 가까운 미래가 아무리 무서운 것이라도 제 정신을 가진 인간으로 할 수 없는 방식으로 생각하기 시작해서는 안 된다는 것도 알고 있습니다.

이 원리를 모든 참가자와 함께 확인하기 위해 제가 기대하고 있는 것은 개회 당일로 예정된, 이노우에 히사시의 낭독극 『리틀 보이, 빅 타이푼』[83]입니다. 리틀 보이는 히로시마에 투하된 폭탄을 미 공군 병사들이 부르는 애칭이고, 빅 타이푼은 원폭 직후의 주코쿠(中国) 지방을 덮친 태풍입니다. 이노우에의 작품은 재해의 인위적 요인과 이상한 자연현상이 복합된 20세기 최악의 사태를 떠올리게 하고, 게다가 그 궁지를 인간이 어떻게 극복했는가를 이야기하겠지요.

저는 제 가정에 일어난 개인적 규모의 재해를 사회적으로 큰 재해에 결부시켜 생각하게 된 경위부터 이야기할 생각입니다. 45년 전 여름, 히로시마 원폭병원에서 저는, 자신도 피폭을 당하면서 '기름과 머

---

83) 『リトル・ボー、ビッグ・タイフーン—少年口伝隊一九四五』(2008年, 日本ペンクラブ).

큐로크롬'으로 엄청난 수의 환자를 치료하기 시작하여 끝내 모든 원폭증(atomic bomb disease)이 나타나는 것과 격투하게 된 시게토 후미오 박사를 만났습니다. 저는 그 사람으로부터 궁지에서 '올바르게 생각하기 시작하는 법'을 배웠다고 생각합니다.

그래서
세계의 순서가
아래에서부터 바뀐다

2008년 3월 초, '9조 모임'은 〈오다 마코토 씨의 뜻을 이어받아〉라는 강연회를 개최했습니다. 그는 자신의 사상으로 현실을 바꾸는 운동을 일으키고, 그것을 통해 사상도 심화시킵니다. 이 다면적인 '신념의 인간'(志の人)을 존경하지만, 저는 소설가의 영역을 벗어나는 일이 없었던 사람으로서 오다 마코토의 소설에 대해 이야기했습니다.

오다 씨의 죽음을 애도하는 글로, 소설가 하야시 교코(林京子, 1930~2017) 씨가 그의 『HIROSHIMA』[84]는 원폭문학이라기보다 보편적인 세계문학으로서도 뛰어나다고 말했습니다. 그 말에 공감하는 저는 고단샤 문예문고에서 이 작품을 복간해주기를 희망합니다.(희망은 현실이 되었습니다)

하야시 씨는 나가사키에서 피폭한 사람으로 핵 실험이 처음으로 실시된 '그라운드 제로'에 서서 깊이 성찰한 내용을 썼습니다만(저는 9·11테러가 일어난 장소를 가리키게 된 이 말로 인해 이 말의 원 의미가 사라지지 않기를 바랍니다), 오다 씨도 바로 그 실험이 실시되기 전 미국 남부의 들판을 무대로 이야기를 시작합니다.

"들판은 달리는 데 적합하다. 실제로 조는 늘 거기서 달렸다." 그곳에 살고 있던 인디언, 일본계 미국인, 흑인, 가난한 백인 등이 다양한 캐릭터로 원자폭탄을 떨어뜨리는 측으로 그려지고, 원자폭탄이 떨어진 지역의 사람들도 다양하게 그려집니다. '전체소설[85]가(全體小說家)로서 오다 마코토의 실력은 힘차게 발휘되고 있습니다.

그러나 바로 오다 마코토다운 소설의 클라이맥스는, 제2차 세계대전 후 베트남전쟁을 포함해 시간이 지난 단계에서 어느 자선병원의 무료병동을 그린 제3부입니다. 거기에서의 화자는 인디언 노인이고, 치료하고 있는 의사는 '몸집이 큰 흑인 사내'로 불립니다.

덕분에 보기 좋게 폐암에 걸린 나 같은 사람의 가슴을 열고 수술을

---

84) 小田実, 『Hiroshima』, 講談社, 1981.
85) 사르트르가 제창한 개념으로, 인간이 살고 있는 총체적인 현실을 하나의 문학작품으로 표출하고자 하는 시도다. 예컨대 19세기 소설에서 보자면 톨스토이의 『전쟁과 평화』나 스탕달의 『적과 흑』, 20세기 초기의 소설에서는 프루스트의 『잃어버린 시간을 찾아서』나 조이스의 『율리시즈』가 이에 해당한다.

한다. 그쪽으로 콩고산(産)의 검게 빛나는 팔이 움직이고, 또 나처럼 우라늄 광산에서 일해 폐암에 걸린 인디언을 수술하는 것은 이것으로 열 명째라고, 검붉고 두툼한 입술을 움직여 내게 그렇게 말하고 있었다. 그러고 나서 코끼리처럼 슬픈 눈빛으로 나를 쳐다본다. 다시 말해 그것으로 목숨을 구한 사람이 한 사람도 없다고 알려주는 눈의 움직임이다.

이 병실에 일본계 미국인인 맹인 소년이 들어옵니다. 우라늄 광산의 지하수를 마시고 암으로 죽은 부모의 아이입니다. 그도 암을 앓고 있는데 자신은 인디언 론이라는 또 한 사람의 소년이라는 말을 꺼냅니다. 이 인디언 부족의 신화에, 세계는 멸망하고 신생한다는 믿음이 있다고 소설 전반에서 이야기하고 있습니다. 론은 이전 세계에서 '그라운드 제로'의 실험을 가까운 데서 보고 시력을 잃었습니다. 그의 기억을 통째로 이어받아 지금의 세계에서 괴로워하고 있는 것이라고 소년은 말합니다.

또 한 사람의 환자는 예전에 해병대원이었던 백인 글렌으로, 베트남전쟁에서 실제로 핵무기를 사용했을 때의 비밀훈련으로 피폭해 암수술을 받은 참입니다.

화자인 노인은 전장에서의 경험이나 전생의 기억, 악몽이 그들을 괴롭히는 모습을 말하고, 자신의 신화적인 환상도 넣습니다. 이만큼 극단적인 사건이 그들의 신상에 집중되는 것은 부자연스럽지 않은가

하고 의심하는 독자도, 하지만 이러한 정황의 축적이 20세기 후반이 지 않았느냐고 반문하면 반론할 수 없겠지요.

오다 마코토는 이 소설을 1981년에 출판했습니다. 그때까지 거의 10년간 세계 문학계에서는 제3부에서 보이는 이 수법이 새로운 조류를 이루었습니다. 라틴아메리카의 가브리엘 가르시아 마르케스(Gabriel Garcia Márquez, 1927~2014)에서 중국의 모옌(莫言, 1955~)에 이르기까지. 그리고 저 자신도 그중 한 사람이었습니다. 오다 마코토는 그리스 고전 연구에서 시작하여 해외문학의 움직임에 깊이 주목했던 작가로, 그의 독특한 점은 그렇게 하면서도 현실사회에 대한 인식을 게을리 하지 않았다는 점입니다.

기괴한 흥분이 점차 고양되어가는 병실에, 백악관에서 그들을 초대하는 헬리콥터가 도착합니다. 미국 대통령과 일본의 정치지도자가 회견을 하는 축하 의식이 열립니다. 핵 시대의 희생자와 의사가 그 자리에 초대된다고 합니다. 그들은 아주 기분 좋게 선물을 준비합니다.

'그라운드 제로'를 향해 가며 우선 전원이 땅바닥에 오줌을 쌉니다. 그리고 젖은 땅을 파내(방사능에 오염되어 있기도 합니다만), 무거운 납 상자에 넣어 헬리콥터에 싣고 백악관으로 향합니다. 앞뜰에 착륙하기 직전 헬리콥터는 속도를 잃고 납 상자에 가득 담긴 흙이 축하 의식에 참석한 사람들 위로 쏟아집니다. 맹인 소년은 조용히 말합니다. "그래서 세계의 순서가 아래에서부터 바뀐다."

그러나 모든 것은 환자들의 환상이고 '몸집이 큰 흑인 사내'는 병상을 둘러보고 "그들은 죽었다…. 모두 죽었다"라고 중얼거립니다. '신념의 인간'이었던 오다 마코토가 분방한 미래도를 그린 후 환상을 공유하는 자들 모두의 죽음을 알리는, 슬픔에 찬 모습으로 소설을 맺고 있는 것에 저는 감동했습니다. 오다 마코토는 큰 슬픔의 인간이기도 했습니다.

노년에 일지처럼
시를 쓴다

연구자가 된 친구의 서재를 볼 때마다 저는 아마추어 독서가라는 느낌이 듭니다. 그래도 열여섯, 열일곱 살부터 지금까지 영향을 받은 문학자와 사상가의 주요 책으로 침실 벽을 둘러치고, 이것으로 책을 읽는 것은 끝이라고 인지하는 날을 그 안에서 맞이할 수 있기를 희망하고 있습니다.

지난 1년간 그 책장의 재배열을 주도한 것은 시인이자 영문학자인 니시와키 준자부로(西脇順三郎, 1894~1982)의 저작이었습니다.

마흔한 살 때 멕시코시티에서 일주일에 한 번 가르치는 것 외에는 아파트에 틀어박혀 『핀치 런너 조서』(ピンチランナー調書, 1976)를 쓰고 귀

국하여 출판했습니다만, 모조리 좋지 않은 평가였습니다. 그런데 그 해가 저물 무렵 한 장의 엽서가 왔습니다.

이제부터는 해학의 시대입니다. 니시와키 준자부로.

저도 이 영문학자가 엘리엇의 『황무지』[86], 제임스 조이스의 『율리시즈』가 쓰인 해에 영국에 유학하여 서구의 20세기 문학을 동시대적으로 수용한 사람이라는 것은 잘 알고 있었습니다. 하지만 저에게는 그해 여든두 살이 된 대시인의 작품이 난해하고 이 사람의 해학이라는 것이 저에게 맞는 것인지 자신이 없어 답장을 할 용기가 없었습니다.

오랜만에 『핀치 런너 조서』를 다시 읽었더니, 그때는 이미 친하게 지내게 된 대시인의 유머와 위트를 아울러 갖춘 정신의 운동에, 젊었던 제 자신의 작업도 어떻게든 뒤쫓아 가고 있었다는 느낌이 들어 제가 격려를 받았다는 걸 자각했습니다.

지적 장애를 가진 아이와 그 아버지 각자의 내면이 교대로 나옵니다. 아이는 침묵하고 있지만 성숙한 어른이 되고, 아버지는 십대의 무모함과 활기를 되찾아 도쿄 전체의 억압적인 권위에 항의하고 다닙니다. 그것을 양호학교의 사친회 동료인 작가에게 편지로 전한다는 소

---

86) T.S.エリオット, 西脇順三郎訳, 『荒地』, 創元社, 1952.

설입니다.

재미있게 느끼는 것은, 지금의 제 가정에 이 부자와 같은 분위기가 있다는 점입니다. 아들은 장애야 변함이 없지만 평온한 생활을 하며 작곡을 계속하고 있고, 아버지는 노년의 한복판에 있지만 문학적인 것에 그치지 않고 물의를 일으키고 있습니다. 알뜰하고 주도면밀하게 일하는 어머니가 균형을 잡아줍니다.

그런데 시인 니시와키 준자부로에 대한 저의 열중은 엘리엇의 『네 개의 사중주』(The Four Quartets, 1944)에 대한 그의 번역[87]에서 시작되었습니다. 그런데 때마침 『니시와키 준자부로 컬렉션』[88]과 니쿠라 도시카즈(新倉俊一, 1932~2002)의 『평전 니시와키 준자부로』[89]가 출간돼 니시와키의 세계에 다시 이끌리게 되었습니다. 몇 해 전부터 쓰고 있는, 나날의 사건이나 독서 감상 카드에 당연히 초심자다운 피상적인 모방이기는 해도, 제 자신은 니시와키 스타일이라고 생각하는 시가 섞여갑니다.

새로운   지적 소설가의
멋진 구절들을 읽었다.

---

87) エリオット, 西脇順三郎訳, 『四つの四重奏曲』, 1967.
88) 新倉俊一編, 『西脇順三郎コレクション』全6卷, 慶應義塾大学出版会, 2007.
89) 新倉俊一, 『評伝西脇順三郎』, 慶應義塾大学出版会, 2004.

이른 아침 가로의 전신주 옆에,

엉덩이를 드러내놓고

똥을 누는 것을 보고,

개인가 하고 생각했던 아가씨가,

노숙자 남자인 걸 알고,

걸으면서 토하고 만다.

하지만 진정할 시간을 기다려,

옷을 여미고, 역으로 향한다.

젊은   여성의 품격.

아들을

도보훈련에 데려간

운하를 따라 난   산책 코스에서,

작은 간질 발작의 징조가 있다.

울적하여,

그 자신의 밖이나

깊은 안쪽에 있다.

쉬었다가

천천히 걷는 일의 되풀이로,

고지대의 집에 도착했다.

성취감에   소파에 드러누워,

『나그네 돌아오지 않고』[90]를 읽고 있으니

분발한 아내가,

아들이 속옷에 싸놓은 것을 뭉쳐

손에 들고 달려갔다.

이층 화장실에서 처리하는 모양이다.

욕실로 가다가,

어슴푸레한 복도에

분홍빛이 도는 하얀 엉덩이를

굵직한 허벅지로 지탱하며

('테베의 대문'을

실체는 모른 채 상기한다!)

엎드려 있는   아들이,

처치를 기다리고 있었다.

일요일이라 사람이 많았던 산책코스에서

이렇게 되었다면

노인은 움직일 수도 없다.

공포와, 잘 참아주었구나

하는 안도에   슬픔.

---

90) 西脇順三郎, 『旅人かへらず』, 東京出版, 1947.

기시감이 있는   인생의 오묘함.

저는 작가로서 살아오는 동안 카드를 상자에 모아 소실의 세부를 만드는 소재로 삼아왔습니다. 하지만 이제 앞으로 쓸 소설을 몇 작품이나 준비할 여유는 없고, 카드의 시를 짬짬이 가다듬어 조만간 『유품의 노래(形見の歌)』라는 자가판(自家版) 시집으로 정리하여 오래된(또는 새로운) 지우에게 보낼 생각입니다.

그리고 각각의 전문분야에서 업적을 쌓고 지금은 아마추어 지식인으로 살고 있는 이 사람 저 사람의 시집을 기대하는 마음도 있습니다.

얼굴에 나타나는
역사·전통·문화

오사라기 지로(大佛次郞, 1897~1973)의 『천황의 세기』[91)에 이어지는 텔레비전 시리즈를, 시바 료타로(司馬遼太郎, 1923~1996)의 작품을 원작으로 찍고 싶다는 이타미 주조의 의논을 받은 적이 있습니다. 저는 시바 료타로 씨에게 찾아가, 주의 깊게 만들겠다, 아무튼 주의 깊게 만들겠다, 고 말해보면 어떻겠느냐고 대답했습니다.

교섭은 성립되지 않았지만, 그 후에 만난 시바 료타로 씨는 "그 사람 이인(異人)이더군" 하며 감개무량한 모습이어서, 저도 열일곱 살에

---

91) 논픽션 『天皇の世紀』(1969~73, 未完)

만났을 때 같은 느낌을 받았다며 찬동을 표했습니다.

이인이라는 말은, 그 사람과는 다른 사람이라든가, 빨간 구두를 신은 여자애를 데려간 사람이라든가 하는 말처럼 귀에 익습니다. 하지만 뛰어난 사람, 보통과는 다른 사람이라는 의미도 있다는 것을, 고등학생 때 아버지의 유품인 한화사전을 보고 알았습니다. 저는 전학을 간 학교에서 친구가 된 이타미 소년을, 그 두 가지 뜻을 합친 데다 외모까지 특별한 사람으로 파악하고 있었습니다.

제가 소설을 쓰기 시작하고 나서 곧바로 편집자에게서 소개받은 작가는 아베 고보(安部公房, 1924~1993)였는데, 개인적으로도 존경했습니다. 시바 료타로 씨가 만년의 아베 고보와 친했다는 이야기를 듣고(저는 정치적인 일로 대립하여 아베 씨와 만나지 않게 되었습니다), 시바 씨는 아베 고보에게서 역시 이인을 발견한 것이라며 기뻐했습니다.

교제하기 시작하던 무렵, 아베 씨는 "자네는 코끼리의 임신 기간을 아나?" 하고 물었습니다. 제럴드 더럴(Gerald Malcolm Durrell, 1925~1995)의 동물 채집기를 모으고 있던 저는 18~22개월인데 보통은 19개월이라고 대답했습니다.

"이 양반은 그걸 몰라서 도쿄대학의 추가시험에서 떨어졌대요."

화가였던 부인 아베 마치(安部眞知, 1926~1993) 씨가 옆에서 말했습니다.

저는 반신반의했습니다. 그런데 올 5월 도쿄대학 의학부·의학부속병원 창립 150주년 행사에서 이야기할 기회를 얻어 준비하는 중에 받은 『의대생과 그 시대―도쿄대학 의학부 졸업앨범으로 본 일본 근대

의학의 발자취』[92]를 읽다가 신기한 발견을 했습니다.

우울해 보이는 아베 고보의 사진이었습니다. 그 졸업시험은 산부인과 하세가와 도시오(長谷川敏雄) 교수가 출제한 것이었는데, 아베 씨가 의사로서가 아니라 작가로 살아가겠다고 약속했기 때문에 가까스로 통과되었다고 합니다. 나중에 하세가와 교수는 이 천재의 졸업을 1년 늦추었다며 그때의 사정을 말했습니다.

같은 페이지에 1943년에 졸업한 의대생 열두 명의 사진이 있습니다. 그중 네 명이 전사했다고 기록되어 있는데, 마지막 줄 오른쪽 끝에 혼자만 모자를 안 쓰고, 단정하기는 하지만 강한 이인의 기백을 풍기는 의대생이 서 있습니다. 청년 가토 슈이치입니다.

가토 슈이치 씨는 사사(佐佐) 내과에 들어가 혈액학을 전공하고 소르본 대학, 파스퇴르 연구소에 유학했습니다. 그러나 의업을 그만두고 문필업에 전념하여 국내외의 대학에서 일본문학·사상사를 강의했다고도 쓰여 있습니다. 『데쓰몬클럽(鉄門俱樂部)[93] 창립 백주년 기념지』에 인용되어 있는, 가토 씨 글의 후반을 옮겨 적겠습니다.

임상의학과 문학이란 내 안에서 어떻게 관련되어 있었는가. 직접 관

---

92) 東京大学医学部医学部附属病院創立150周年記念アルバム編集委員会, 『医学生とその時代－東京大学医学部卒業アルバムにみる日本近代医学の歩み』, 中央公論新社, 2008.
93) 도쿄대학 의학부 의학과 졸업생의 동창회.

련되는 것은 없었다. 나는 어떤 종류의 절충주의도 좋아하지 않는다. 하지만 연구실에서의 경험이 내 문필업에 영향을 미치지 않은 건 아니다. 사실의 존중과 합리적 추론의 습관은 내 작품의 모든 것에 영향을 미치고 있다고 생각한다.

그대로 현재에 이른 가토 슈이치 씨의 확실하고 풍부한 지속에 감탄할 따름입니다. 그리고 어쩌면 저만이 증언할 수 있는 사실일지도 모르는 일을 써두고자 합니다.

와타나베 가즈오 선생님이 돌아가셨을 때 부인으로부터, 이건 허버트 노먼(Egerton Herbert Norman, 1909~1957)[94] 씨에 대한 추억과 함께 소중히 간직하고 있었다, 며 마르그리트 유르스나르(Marguerite Yourcenar, 1903~1987)의 소설 한 권을 받았습니다. 허버트 노먼은 1952년 8월 와타나베 가즈오에게 그 소설을 보내는 헌사에, 막 끝난 파리 근무에서 인상에 남아 있는 것은 이 신간과 옛 친구인 스페인 정치가의 딸 마리아 카사레스가 외국인이면서 코메디프랑세즈에서 호연을 펼쳤다는 것, 당신의 친구인 젊은 의학자 가토 슈이치가 서구의 학예뿐만 아니라 정치 정황에도 정통했다는 것이라고 썼습니다.

허버트 노먼은 패전 직후에 주일 캐나다 대표부원으로 도쿄에 있으

---

94) 캐나다의 외교관이자 일본사 연구자.

며 마루야마 마사오나 와타나베 가즈오와 친교를 맺었고, 『일본에서의 근대 국가 성립』[95]을 낸 역사가이기도 했습니다. 하지만 수에즈전쟁 때 주이집트 캐나다 대사로 일하던 중 매카시 선풍으로 인한 충격으로 자살했습니다.

저는 앞에서 말한 앨범을 지치지도 않고 들여다보았습니다. 이 나라 근대 의학의 시작에서부터 인턴 제도를 둘러싼 투쟁에서 교수와 학생이 대결하는 스냅 사진에 이르기까지, 대학의 역사·전통·독특한 문화의 성립이 인간의 얼굴을 하고 나타나는 것에 진실로 끌려들어갔습니다.

일본 근대에 관련된 지식인의 얼굴들에 대해서도 같은 생각을 했습니다. 허버트 노먼 씨가 죽은 것이 1957년, 가토 슈이치가 문필에 전념하기 시작한 것이 1958년입니다. 두 사람에게 직접적인 관계가 없었다고 해도 말이지요.

---

95) E.H. Norman, 大窪愿二訳, 『日本における近代国家の成立』, 時事通信社, 1947.

에두름이
지닌 힘

17년 전 에드워드 사이드를 저에게 소개해준 친구가 새롭고 훌륭한 재능이라며 터키의 작가를 추천해 주었습니다. 그 친구에게 받은 영어 번역본을 곧바로 읽고 유쾌하게 이야기했습니다. 그 작가가 오르한 파묵(Orhan Pamuk, 1952~)입니다. 그는 그 후 몇 년마다 충실한 성과를 냈고, 이제 가장 매력적인 현역 노벨상 작가입니다.

그가 일본에 온 기회에 요미우리신문사에서 공개 토론을 하게 되었는데, 저는 잇따라 나온 일본어 번역본을 읽고 준비했습니다. 그 번역의 질에 대해 먼저 질문을 해올 터이기 때문이었습니다.

처음으로 읽고 깊이 매혹된 작품은, 파묵이 생의 대부분을 보낸 대도시에 대한 개인적인 회상과 문화사 연구에 입각한 단장(短章)을 모은 『이스탄불-도시 그리고 추억』[96]입니다.

이 책에는 우선 저 자신의 소설 이미지의 하나와 겹치는, 신기하고 흥미로운 구절이 있어 우리의 대화는 탄력을 받았습니다. 파묵은 소년 시절에 매료된 『이스탄불 백과사전(istanbul Ansiklopedisi)』을 "일련의 기묘하고 이상한 사건과 놀랄 만하고 오싹하며 섬뜩하고 게다가 혐오감을 불러일으키는 그림의 행렬로서 보여주는" 것이라 이야기합니다.

파묵이 이스탄불의 근본적인 자질이라고 하는 우수(憂愁)라는 성정의 실례라고도 하고 싶은, 너무 커서 미완으로 끝난 사전의 편찬자인 역사가 레샤트 에크렘 코추(Reşad Ekrem Koçu)라는 인물상 자체도 재미있지만, 그가 쓴 한 항목에 이런 기술이 있다고 합니다.

15세기의 어느 파샤(오스만투르크의 대신이나 군정관에게 주어진 칭호인데 우리 세대는 어렸을 때 터키공화국 초대 대통령의 이름을 케말 파샤라고 배웠습니다) 중의 한 사람이, 기병들이 일으킨 반란의 책임을 지고 참수되었습니다. 증오의 대상이었을 그 머리를 기병들은 축구를 하듯이 발로 차고 다녔습니다. 정렬한 병사들의 발 밑에 그 머리를 배치한 삽화가 첨부되어 있습니다.

---

96) オルハン パムク, 和久井路子訳, 『イスタンブール-思い出とこの町』, 藤原書店, 2007.
　　오르한 파묵, 이난아 옮김, 『이스탄불-도시 그리고 추억』, 민음사, 2008.

저는 젊었을 때 『만엔 원년의 풋볼』[97]이라는 장편소설을 썼습니다. 만엔 원년, 즉 1860년 시코쿠(四国)의 산촌에서 일어난 농민 봉기의 전승을 1960년의 미일안전보장조약 반대 시민투쟁과 겹쳐놓은 작품입니다. 할머니가 저를 놀라게 하기도 하고 재미있게 하기도 했던, 번(藩) 압정자의 머리를 잘라 안고는 무사들의 포위망을 뚫고 달려 마을 진지로 가지고 돌아왔다는 전설로부터 백 년 후의 젊은이들이 머리로 비유된 볼을 차며 풋볼 훈련을 하는 장면을 그렸습니다.

머리를 들고 달린다면 럭비가 아니냐고 비평가들에게 놀림을 당한 분함을 떠올리는 저는, 파묵의 책에 들어 있는 삽화를 확대경으로 보며 즐겼습니다.

파묵의 소설 중에서 가장 감동을 받은 작품은 『눈』[98]입니다. 이 작품은 현대 터키의 이야기입니다. 공화국 성립 이래의 서구지향주의로 인해 정치나 교육을 종교와 분리하는 제도가 지배적이 된 가운데, 학교에 다닐 때 이슬람 신앙에 따라 히잡을 쓰지 못하게 된 여학생들이 잇따라 자살합니다.

지방도시 카르스로 조사하러 온 기자가 원리적인 이슬람주의자나 세속주의의 유력자들, 여학생들을 지원하는 학생운동가들, 그리고 경

---

97) 오에 겐자부로, 박유하 옮김, 『만엔 원년의 풋볼』, 웅진지식하우스, 2007.
98) オルハン・パムク, 和久井路子訳, 『雪』, 藤原書店, 2006.
　　오르한 파묵, 이난아 옮김, 『눈 1, 2』, 민음사, 2005.

찰이라는 여러 관계자들 사이의 격렬한 소용돌이에 휩쓸립니다. 눈으로 교통이 두절된 도시에 군의 쿠데타까지 일어납니다.

그런 다양한 전개를 현실감 있고 속도감 있는 문체로 그려낸 필력은 훌륭해서, 이 장편이 9·11 이후의 미국에서 많은 독자를 얻었다는 사실을 납득하게 합니다.

번역이 그 매력을 충분히 전해주고 있다고 말하면서 저는 한 가지 의문을 표했습니다. 영어 번역본(Faber & Faber, 2005)으로 읽을 때 저는 이야기의 기세를 쭉 타고 읽어나갈 수 있었지만, 일본어 번역본을 읽을 때는 열중하는 데 자주 방해를 받았다고 말입니다.

> 나중에야 몇 년 동안, 그 순간을 생각할 때마다 자신의 행복 탓에 '라지베르트(군청색)'의 분노를 보지 못했다는 것을 후회와 함께 느꼈다. (많은 예 중의 하나입니다.)

번역자는 소설을 이야기할 때를 미래의 어느 시간으로 옮겨 그때 후회를 느꼈다고 묘사합니다. 영어 번역에서는 강조를 한 부분이 가정법의 would return, would feel로 표현되고 있습니다. 다시 말해 현재 이야기하는 시간은 일관되어 있는 것입니다. 이런 경우 근대 일본어는 그 순간으로 돌아가 생각하고 느낄 것이라는 가정법의 직역을 이용해왔습니다. 왜 그렇게 하지 않았을까요?

파묵은 답을 보류했습니다. 만약 터키어 원문에 가정법이나 접속법이 없다면 저의 잘못된 지레짐작이 됩니다. 다만 저의 본뜻은 일본의 젊은 번역가와 독자들이 번역투의 에두름을 경원하는 것에 대한 불만이라고 말하고 싶습니다.

번역투라는 이유만으로 일본어가 고생스럽게 만들어온 표현의 힘을 모두 포기해도 좋은 걸까요?

용감하고 신중한
정치소설을
쓰는 방법

앞의 글에서 오르한 파묵의 『눈』을 예로 들어 많이 사용되는 가정법이 소설의 진행을 중단시킨다고 말하며, 일본어가 번역투로서 만들어온 직역 문체를 이용하면 이 소설도 이야기되는 시간의 흐름에 따라 자연스럽게 읽힐 수 있을 거라고 했습니다.

그런데 교정쇄를 수정하는 과정에서 가정법 부분을 빼 인용을 짧게 하고 그것에 이어지는 부분만 예로 들었기 때문에 제가 보여준 would의 예는 오히려 '자주 … 하곤 했다'라는 '과거의 습관·반복'을 나타낸다는 가르침을 많은 분들로부터 받았습니다.

다시 다른 부분을 길게 인용하여 제가 뜻한 바를 설명하겠습니다.

독자 여러분은, 카ka가 떠난 이 마차 여행이 그의 일생을 되돌릴 수 없는 형태로 바꾸었다거나 '라지베르트'의 호출을 받음으로써 그에게 반환점이 되었다는 식으로 생각하지 않았으면 한다. 나는 그렇게 생각하지 않는다. 카르스에서 카에게 찾아오는 것을 뒤집을 수 있어 '행복'을 찾아낼 기회가 앞으로도 많을 테니까. 하지만 사태가 어쩔 수 없는, 최종적인 형태가 된 뒤에 자초지종을 몇 년이나 후회하면서 돌아볼 때, 혹시라도 그때 이펙이 그의 방에서, 창문 앞에서 카에게 말해야 할 말을 할 수 있었다면, 그는 '라지베르트'가 있는 데로 가는 것을 그만두었을 거라고 수백 번이나 생각했다.

제가 강조를 한 곳이 영어 번역본에서는 가정법이 되어 있는 부분의 일본어 번역입니다. 그리고 뒤로 이어지는 would에 의해 과거에 반복된 일이 말해집니다.

그런데 저는 소설의 현재 시간보다 나중 시점의 후회를 과거형으로 서술하는 표현 방식이 읽는 것을 방해한다고 말하고, 가정법을 번역하는 방법을 궁리함으로써 작자가 주인공에게 바싹 다가가 이야기해나가는 시간의 움직임을 따를 수는 없을까 하고 주문했던 것입니다.

지금 앞의 부분을 옮겨 적으면서 저는 자신의 근본적인 잘못을 깨달았습니다. 번역자 와쿠이 미치코(和久井路子) 씨에게 사과를 해야 할 일입니다. 이 스타일은 파묵이 그의 '유일한 정치소설'이라는 『눈』을 위해 의식적으로 만든 것으로, 와쿠이 씨가 터키어를 직접 번역한 이

것은 그런 점을 정성껏 살린 것이라고 생각하게 되었기 때문입니다.

카는 앞의 인용에 나온 마차를 타고 나간 외출에서 실제로 서로 사랑했고 함께 출국할 약속까지 했던 이펙이 '라지베르트'의 정인(情人)이었다는 사실을 알고, 그 질투심에서 이슬람 원리주의 활동가의 은신처를 밀고합니다. 당국이 '라지베르트'를 사살했다는 소식을 듣고 모든 것을 알게 된 이펙은 카와 헤어져 카르스에 남고, 카는 프랑크푸르트로 혼자 돌아가 회한에 찬 추상(追想)의 나날을 보내다 결국 활동가 동지에게 암살당합니다.

친구 카가 남긴 시집을 읽으며 카르스에서의 족적을 더듬는 소설의 화자가 파묵 자신이라는 것도 강조됩니다. 눈이 내리기 시작한 카르스를 떠나는 기차의 창으로 시민의 생활을 바라보는 파묵은 울기 시작합니다. 이 아름다운 마지막 장면은 무척 인상적입니다만, 왜 이야기의 세부를 모두 이미 완결된 과거의 것으로 하여 작자가 눈물을 흘리는 것일까? 그것이 납득되지 않았던 것입니다.

이슬람 신앙에 독실한 여학생이 근대화 이래의 세속주의 국시(國是)로 인해 히잡을 쓰고 교실로 들어가는 것을 금지 당하자 그것을 고민하여 자살합니다. 『눈』은 계속되는 자살을 보도할 목적으로 카가 조사하러 오는 장면에서 시작되는 정치소설입니다.

하지만 소설의 클라이맥스는 격렬한 고양으로 향하는 사랑의 이야기이고, 질투심에 의한 밀고, 권력의 테러와 그것에 대한 보복은 미스터리 구조가 되기도 합니다. 그리고 깊은 회한이 모든 인물의 정동(情

動, emotion)을 다 차지하고 조용한 눈에 감싸입니다. 왜 이렇게 이야기를 끝냈을까요? 지금은 저도 이해합니다.

그것은 작자가 용감함과 경험으로 단련된 신중함을 아울러 갖추고 있는, 정치소설 작자이기 때문입니다. 그에게는 지나간 정황을 쓰고 있다고 말할 필요가 있었던 것입니다.

오르한 파묵이 일본을 떠난 직후 신문은 터키의 헌법재판소가 여학생이 대학 구내에서 히잡을 착용할 수 있다는 커다란 변혁을 담은 헌법 개정을, 역으로 위헌이라고 판결했다는 소식을 전했습니다.

때마침 도쿄를 방문하고 있던 터키 대통령은 그 헌법 개정을 주도한, 친 이슬람의 여당인 정의개발당(正義開發黨, AKP)의 창당 멤버입니다. 대통령은 AKP를 중심으로 하는 터키의 정치 운영에 이 헌법재판소의 판단은 영향을 미치지 않을 것이라고 말했습니다. "종교는 개인 문제이고 국정과는 무관하다. 앞으로도 EU 가맹을 향한 개혁은 가장 우선시된다"는 말도 했다고 합니다만, 파묵이 그린 복잡한 정황은 지금도 여전히 현재의 것입니다.

새로이
소설을 쓰기 시작하는
사람에게 1

63년 전 초여름, 시코쿠의 골짜기에 있는 초등학교에 대형 짐칸을 단 자전거를 타고 온 남자가 교장 선생님과 교섭하여 학생들에게 마을의 개를 모아오게 했습니다. 죽여서 벗긴 가죽을 북방의 전장에 있는 군인의 외투를 만드는 데 쓴다는 것이었습니다.

저도 '리'라고 부르는 개를 데려갔는데, 동생이 숲 어귀에서 끈을 풀어 쫓아버렸습니다. 그 뒤를 쫓아간 동생은 어두운 숲에서 기다리고 있는 리를 그곳 나무에 묶어두고 왔다고 했습니다.

상급생에게 혼이 나서 난처한 내가, 늘 봉당 안쪽에서 잠을 자고 있는 옆집의 늙은 개를 데리러 가자 온화한 사람이었던 주인 아주머니가 "우리 '다마'를 죽게 할 성싶으냐!" 하며 꾸중을 했습니다.

　사랑하는 것을 지키는 지혜와 용기를 배운(자신이 부끄럽기도 했던) 날이었습니다만, 개의 처분을 도운 상급생은 저항하는 개를 얌전히 하게 하는 법을 들었다고 하여 저에게 더욱 무섭고 불쾌한 충격을 주었습니다.

　제가 처음으로 널리 사람들 눈에 띄는 곳에 발표한 단편소설은 그 일에 대한 이야기입니다. 먼저 저는 이 주제를 시와 단막극으로 썼습니다. 잊어버렸다고 생각하고 있던 시를 찾아준 사람이 있었습니다.

　　너를 물어죽일 만큼 큰 개를 처리하려면

　　우선 너의 고환을 주물러라

　　그 손바닥 냄새를　　죽여야 할 개에게 맡게 하라

　　개는 환장한다　　그 기회를 놓치지 말고 쳐라
　　　· · · · · · · · · · · · ·
　　커다란 희망을 담은 공포의 비명을 지르며

　　개나

　　네가

　　죽는다

　　또는　　너희는 결혼한다

　강조를 한 구절은 루쉰의 글에서 인용했을 텐데 확인할 수가 없습니다. 아무튼 이 시를 단편으로 만든 것이 스물두 살 때였습니다. 그것이 비평가와 편집자의 눈에 띄어 노년에 이른 지금까지 거의 쉬지 않고 소설을 쓰는 인생이 되었습니다. 저도 자신에게는 이 직업밖에 없었다는 걸 알고 있습니다. 하지만 좀 더 다른 소설가가 될 수 있지 않았을까, 하는 생각은 자주 했습니다. 그래서 앞으로 소설을 쓰려는 사람에게 전해주고 싶은 생각이 있습니다.

그때 제가 10년 이상이나 갖고 있던 주제를 단편으로 쓴 것은 다행스러운 일이었다고 생각합니다. 자신에게 쓸 필요가 있었고, 나름대로 재능도 무르익었던 것 같습니다. 소설가의 수련은 무엇보다 우선 하나의 작품을 완성해내는 데서 시작합니다. 다음으로 중요한 것이 곧바로 발표하지 않고 고쳐 쓰기 시작하는 강한 의지입니다.

젊은 소설가의 첫 번째 작품은 그 자체로서 가치가 없다는 것일까요?

그렇지 않습니다. 거기에는 대체로 평생 그의 특질을 이루는, 독창적인 것이 포함되어 있습니다. 카프카나 아베 고보의 초기 작품을 떠올려보시기 바랍니다.

다만 그 특질을 먼저 자신이 확실히 파악하기(자신을 발견하기) 위해서는 최초로 완성한 작품을 고쳐 쓰는 것이 필요한 것입니다. 젊은 작자가 첫 번째 작품을 쓰기 전부터(어려운 표현입니다만) 구조화하는 것은 불가능합니다. 하지만 그에게 고쳐 쓰려는 강한 의지가 있다면 그 작업이 그를 구조적인 소설의 작가로 만들어줄 것입니다. 다시 말해 처음에는 구상할 수 없었던 것을 차츰 그 자신의 구체적인 표현으로 만들 수 있게 되는 것입니다.

만약 제가 그 단편을 완성한 젊은 작가 옆에 있다면 당장 고쳐 쓰기를 시작하도록 했겠지요.

이건 시가 제시한 주제를 잘 산문화하고 있다, 그러나 소설의 이점은 시간과 공간을 확대할 수 있다는 점이다.

자네는 지방에서 올라온 학생의 심리를, 개를 처분하는 아르바이트 풍경 속에서 경쾌하게 그리고 있지만, 소년 시절에 겪은 그의 쓰라린 기억과 연결할 수는 없을까? 주변 인물인 여학생은 재미있는 인물상으로 스케치했을 뿐인데 그녀를 정면으로 다시 포착하여 젊은이에게 대치하면 전후 10년의 사회에서 보이는 각각의 양상을 보여주게 될 것이다. 이 두 인물을 현실감 있게 추적하면 두드러지지는 않지만 매력적인 한 권의 청춘소설이 될 수 있지 않을까? 그것은 소설가로서 자네의 출발점을 견고하게 할 것이다.

또 하나, 자네가 의식하지 않고 표현하고 있는, 시의 마지막 행에서 보이는 방심할 수 없는 유머를 소설로 고쳐 씀으로써 자신의 자질로 한다면 자네는 좀 더 다른 소설가가 될 수 있을 것이다.

저는 이 에세이에서 가끔 새롭게 소설을 쓰려는 사람에게 계속 호소할 생각입니다. 그 이유는 다음과 같습니다. 세계를 뒤덮고 있는 시장 원리의 큰 물결은 순문학 시장에도 미쳐, 신인의 성공에는 다음

신인의 성공이 기대됩니다. 오래 계속할 수 있는 일을 준비시킬 상황이 아닙니다. 살아남으려면 다양한 저항력을 키워둘 필요가 있습니다.

여유 있는 진지함이
필요하다

2008년 9월 초 NHK 교육텔레비전의 화면에서 이타미 주조의 사진을 봤습니다, 자기도 모르게 숨을 삼킬 만큼 정겨운 사진이었습니다. 마쓰야마의 고등학교에 다닐 때 반 친구들과 찍은 단체사진입니다. 다들 교복과 교모 차림인데 혼자만 장발에 자유로운 모습입니다. 좋은 환경에서 자란 사람 특유의 미소를 짓고 있습니다.

칼럼니스트 아마노 유키치(天野祐吉, 1933~) 씨의 회상이 이어졌습니다. 자신은 거리를 두고 보고 있었는데, 그의 눈에도 이색적인 모습이 뚜렷했던 모양입니다. 다들 가방을 들고 등교하는데 옆구리에 책만 끼고 왔다고 합니다. 프랑스어 원서였다는 사람도 있는데, 그것은 거짓말일 것입니다(호의적인 쓴웃음).

그런데 이타미 씨는 학교가 파하면 랭보의 『Poésies』를 들고 어디로 갔을까요? 두 살 아래의 고등학생이었던 제 하숙으로 왔습니다. 그가 골라준 시 「Sensation」이나 「Roman」에는 훗날의 장정 그림 스타일이 이미 엿보이는 4B 연필의 밑줄이 그어져 있고, 본문에는 HB 연필의 작은 글씨로 제가 써넣은 글이 있습니다. 그 책은 지금도 제 서가에 꽂혀 있습니다.

랭보의 시 첫 줄을 무라카미 기쿠이치로(村上菊一郎, 1910~1982) 씨의 번역으로 (그 나이를 막 넘어선) "열일곱 살 무렵에는 건실하게 있을 수 없네"[99]라고 읊조리는 일도 있었습니다만, 그는 교사로서 성실하게 원시를 확실히 파악해야 한다며 암송하게 했습니다. On n'est pas sérieux, quand on a dixsept ans.

이타미 씨의 개인수업이 끝난 것은 그 전해에 나온 와타나베 가즈오 선생님의 『프랑스 르네상스 단장』[100]에 제가 열중하게 되었기 때문입니다. 이타미 씨가 몇 살 위의 친구들과 음악이나 회화에 대한 이야기를 하는 자리에서도 저는 그 책 이야기를 했습니다. 그래서 이타미 씨는 저에게 도쿄대학의 프랑스문학과로 가라고 해서 저는 정나미가 떨어졌습니다.

저는 결심했습니다. 전국 모의고사를 보고 실력이 부족하다는 것을

---

99) 랭보의 시 〈Roman〉의 첫 구절.
100) 渡辺一夫, 『フランスルネサンス斷章』, 岩波新書, 1950.

안 저는 학교에 가서도 아침에 출석 체크가 끝나기만 하면 점령군의 문화센터로 가서 문을 닫을 때까지 시험문제를 풀었습니다. 그래도 1년 재수를 해서 가까스로 대학에 들어가자 제 머리에는 어학 공부밖에 없었습니다. 도쿄에 올라와 있던 이타미 씨가 전보를 쳐서 저를 불렀습니다. 그의 아파트로 가자 그는 바이올린으로 바흐의 〈무반주 바이올린 파르티타〉를 연습하고 있었습니다. 저는 그 옆에서 동사활용표를 외우고 있는 형편이었습니다. 소설을 쓰기 시작하자 이제 1년 내내 소설, 소설이었습니다.

그래도 이타미 씨의 관찰력과 교양을 늘 배우고(이야기하기 시작하면 늘 진지합니다) 그의 여동생과 결혼까지 했습니다만, 새롭게 그를 둘러싸고 있는 뛰어난 친구들에게 녹아들 여유는 없었습니다.

1995년 가을, 이타미 만사쿠 50주기 법회가 있어 그의 가족이 마쓰야마로 갈 때 제 가족도 초대를 받았습니다. 그 고장에서 보낸 인생의 꽃다운 시기로 돌아간 기쁜 추억, 그것도 마지막으로 다 같이 즐긴 추억입니다. 저녁식사 모임 때 그는 저에게 야나기타 구니오(柳田国男, 1875~1962)의, 할아버지로부터 손자에게 전해지는 문화(말)의 전승 이야기를 하라고 했습니다.

저는 그것이야말로 회복하고 싶다, 자네들 손자에게 조부 이야기를 하겠다고 이야기를 꺼내자 그는 이타미 만사쿠의 업적을 이야기했습니다. 아내는 새로운 희극영화의 개척자였던 만사쿠가 (이타미 주조도 그렇습니다만) 난센스라는 기법의 의미를 설명한, 쇼와 초기(자유로운 문

화에 대한 군부의 압박이 시작된 시대)의 글을 인용한 걸 기억하고 있다고
말합니다. 난센스 따위라는 불성실함을 배척하는 풍조에 진지하게 저
항하는 글입니다.

> 생각건대 난센스여, 신세를 졌구나, 하고 이별의 한 마디 쯤 하고 싶
> 은 마음이 없는 것도 아니다. 하지만 아무튼 우리는 나아가지 않으
> 면 안 된다. 잘못된 것을 주장하고 있던 시대부터 아무 것도 주장하
> 지 않는 시대로 온 것처럼, 아무 것도 주장하지 않는 시대에서 진정
> 한 것을 주장하는 시대로! 혹시라도 우리의 앞길이 완전히 막히지
> 않았다면."(「신시대 영화에 관한 고찰」)[101]

이 여행을 찍은 비디오에 이타미 씨가 제 장남에게 주의 깊고 부드
러운 눈빛을 보내는 장면이 있습니다. 그는 장애를 가진 히카리와의
공생을 그린 제 소설 『조용한 생활』[102]을 영화화했습니다.[103] 흥행을
걱정한 모양인지 이타미 씨는 이해하기 어려운 아버지 모델의 성실한
생활방식에 대해 중학교나 고등학교의 선생님들에게 이야기를 하는
프로모션을 했습니다.

---

101) 伊丹万作, 「新時代映画に関する考察」, 『映画科学研究』 第8輯, 往來社, 1931.

102) 오에 겐자부로, 김수희 옮김, 『조용한 생활』, 고려원, 1995.

103) 이타미 주조 감독, 〈조용한 생활〉(1995).

저에게는 그 아이러니도 몸에 사무쳤습니다. 고등학교 때 어느 날부터 수험공부에 열중하기 시작했는데, 저의 여유 없는 성실함에 질린 사람이 이타미 씨입니다. 그는 본질적으로 성실하고 또 여유로 가득찬 시크한 사람이었습니다. 역시 성실한 이타미 만사쿠는 전쟁 말기에 이렇게 썼습니다.

> 생각건대 예술의 수행도 요컨대 자기를 단련하여 어떠한 경우에도 흔들리지 않는 훌륭한 여유를 쌓아올리는 것이 그만인 것 같다. 그리고 예술의 역할이란 요컨대 사람들의 마음에 여유의 세계관을 심어주는 것 이외에는 없는 것 같다. (「여유 등에 대하여」)[104]

이타미 부자를 이어주는 인간과 예술의 작풍이 지금 주목받고 있는 것에서 시대의 필연을 느낍니다.

---

104) 伊丹万作, 「余裕のことなど」, 『新映画』, 1944年 6月号.

사람에게는
몇 권의 책이 필요할까

이지메의 일종임에는 틀림없지만, 우스꽝스러움과 씁쓸한 뒷맛과 함께 떠올리는 일이 있습니다.

마을 골짜기에 막 생긴 신제 중학교의 학생이었던 시절 몇 주간 교문에서 불량학생 대장(우리에게는 이런 호칭이 없었습니다만)과 그 패거리들에게 붙잡혔습니다.

"아직도 이 책을 읽고 있네, 이거!"

제 윗옷 호주머니에서 이와나미 문고 한 권을 꺼낸 그들은 쿡쿡 찌르고 괴롭히며 저를 비웃었습니다.

그 책은 사회과 선생님에게 빌려 커버를 씌운 『톨스토이 일기초』[105]

였는데, 뭔가 정체를 알 수 없는 책을 매일 읽고 있는 제가 비위에 거슬린 모양이었습니다. 당시에는 몇 종류의 책을 병행해서 읽기로 하고 있었는데 이 책은 쉬는 시간에 몇 페이지씩 읽었습니다. 저의 이해력으로는 지루해서 그 이상 읽어나갈 수 없었습니다. 하지만 일단 읽기 시작한 책은 끝까지 읽는 것이 저의 의지적인 습관이었습니다.

선생님이 이 책에는 '사람에게는 몇 권의 책이 필요한가'라는 것이 쓰여 있다고 해서 저는 자신에게 몇 권이 필요한지 알고 싶었던 것입니다. 어쩌면 선생님은, 사람에게는 얼마만큼의 토지가 필요한가, 라는 톨스토이의 우화와 헷갈렸는지도 모르겠습니다.

청년기 이후 '사람에게는 몇 권의 책(을 갖고 있는 것)이 필요한가'라는 문제는 저에게 수납공간의 형태로 다가왔습니다. 가족이 생기자 주택 사정의 절실함도 더해져 (이 이야기는 이미 몇 차례 썼습니다만) 어떤 기간별로 대폭 정리할 필요가 생겼습니다. 열흘쯤 걸려 선별하고 처분한 책이 당장 필요하게 되어 다시 사는 일이 거듭 생겼습니다.

최근에는 아사히신문의 서평란에서 프리먼 존 다이슨(Freeman John Dyson, 1923~)의 새로운 책 『반역으로서의 과학(The Scientist as Rebel)』[106]을 보고 구해 읽기 시작했습니다. 번역서도 원서도 절판인 『무기와 희망

---

105) トルストイ, 除村吉太郎訳, 『トルストイ日記抄』, 岩波文庫, 1935.

106) フリーマン・ダイソン, 柴田裕之訳, 『叛逆としての科学 —本を語り, 文化を読む22章』, みすず書房, 2008.

(Weapons and hope)』[107]에 다시 수록된 「평화주의자들」이라는 장이 특히 정겨웠습니다.

20년쯤 전에 『무기와 희망』을 읽고 큰 감명을 받은 저는 세계의 핵 폐기 가능성을 찾는다는 텔레비전 프로그램의 일환으로서 이 저명한 원자물리학자를 만나러 프린스턴대학으로 찾아갔습니다. 그의 독특한 깊이, 넓은 지식과 유머에 감동했습니다.

심야, 서고에 들어간 저는 안쪽에 산처럼 쌓여 있는 책들 사이를 어림잡아 헤치고 들어갔습니다. 간신히 찾아낸 저는 예전에 읽고 다시 읽으며 그어 놓은 빨간색 밑줄과 새로운 책의 능숙한 번역에 다시 밑줄 그은 부분을 비교해봤습니다. 다이슨에 대해서라기보다 지금 현재의 자신에 대한 발견이 있었습니다.

그것은 나중에 말하기로 하고, 저는 새로운 책(역시 제 평생의 주제라고 생각하는)의 핵 상황과 관련된 글, 특히 두 과학자에 대한 작은 평전에서 깊은 인상을 받았습니다. 이런 이야기 서술 방식에서 다이슨은 정말 눈부신 필자입니다.

> 오펜하이머는 일단 쉬는 일이 없었다. (…) 그리하여 그는 멈춰 서서 휴식을 취하거나 숙려하는 일도 없이 오로지 생애 최고의 업적인, 로스아라모스연구소에서의 사명을 완수하기 위해 매진했다. 그의 초

---

107) フリーマン・ダイソン, 伏見康治ほか共訳, 『核兵器と人間』, みすず書房, 1986.

조감이 없었다면 연구소의 일은 좀 더 천천히 진행되었을 것이다. 그 경우 일본이 항복하고, 히로시마와 나가사키에 원폭을 투하하는 일 없이 제2차 세계대전이 조용히 종언을 고했을 가능성이 있다.

그리고 또 하나의 평전에서는 이렇게 썼다.

1944년 독일이 원자폭탄을 가질 수 없는 것이 명확해진 시점에서 로스아라모스에 있던 많은 과학자들 중 단 한 사람밖에 연구에서 손을 떼지 않았다는 것. 그것이 조지프 로트블랫(Joseph Rotblat, 1908~2005)이었다는 것. 로트블랫이 로스아라모스를 떠나 퍼그워시회의 Pugwash Conference[108] 운동의 지도자가 되어 세계 각국의 과학자들을 결속해 로스아라모스가 낳은 악을 제거하기 위해 불굴의 노력을 했다는 것.

그런데 새로운 책에 다시 수록되어 있는 글에서 저는, 20년 전에는 아무런 표시 없이 그대로 남겨둔 부분에 이번에는 빨간 줄을 그었습니다. 다이슨이 '정치적 평화주의'자의 성취에서보다, 예컨대 퀘이커교도의 '개인적 윤리 규범으로서의 평화주의'에 기대를 걸어보자고 말한 부분입니다.

다이슨은 미래 세계의 평화 구상에서 "비폭력 저항의 개념을 한 나

---

108) 모든 핵무기와 전쟁을 없애자고 호소하는 과학자들의 국제회의.

라의 외교 정책의 유효한 기반으로 하는 일"을 해내는 나라의 소중함을 말합니다.

작고 균질하며 압제에 조용히 저항하는 긴 전통을 가진 나라 중에는 그런 나라가 있을지도 모른다.

지금의 일본은 그런 나라가 아닙니다. 하지만 저는 '9조 모임'의 지방 집회에서 만나는 사람들에게서, 경험에서 나온 '개인적 윤리 규범으로서의 평화주의'를 봅니다. 작은 모임은 7천 개에 달합니다만, 정치적 조직화는 하지 않습니다. 저는 이 새로운 국민이 평화 헌법을 전통으로 하고 있기도 하다는 것을 생각합니다.

계속해서
잊지 않기를 바라고 있다

이미 한겨울인 독일에 다녀왔습니다. 베를린고등연구소에서 배정해준 4층 방에서 10년 만에 바라본 조망, 다양한 종류의 떡갈나무(일본에 있는 것보다 큼지막한)의 누런 잎, 오렌지색에 가까운 플라타너스의 잎 등이 모두 정겨움으로 가슴을 흔들어 놓았습니다.

그때 제 일은 베를린자유대학에서, 유명한 출판사가 마련한 S. 피셔문학 객원강좌의 제1진 가운데 한 사람으로 강의하는 것이었습니다. 세기말의 겨울, 저는 몇 해 전부터 친구들을 차례로 잃고(그런 나이에 접어들었습니다) 울적한 상태였습니다.

다케미쓰 도루(武満徹, 1930~1996), 이타미 주조 등에 대한 추억을 노트에 적으며(강의 준비와는 별도로) 긴 밤을 보냈습니다. 그것이 머지않아 장편 『체인지링』이 되었고, 독일어 번역본은 앞에서 말한 피셔 출판사에서 나왔습니다. 이번 여행도, 한편으로는 『체인지링』으로 시작되는 3부작의 마지막 작품인 『책이여, 안녕!』의 간행에 맞춰 독일의 다섯 도시에서 낭독회를 하기 위해서였습니다.

젊을 때부터의 버릇입니다만, 외국 여행을 떠날 때는 출발할 때까지 읽고 있던 큰 책을 가져가 마음이 침울해질 때를 대비합니다. 이번에는 오랫동안 그 이후의 책[109]이 나오기를 기다리고 있는 『토마스 만의 일기 1951~1952』[110]였습니다.

위업이라고 할 만한 번역입니다. 예컨대 원저의 출판사인 피셔출판사의 편집자 주에 더해 번역자의 주석도 아주 상세한데, 특히 2권에서는 더욱 깊은 정성이 느껴집니다.

---

109) 기노쿠니야쇼텐출판(紀伊国屋書店出版)에서 전10권으로 기획되었으며 아래의 8권이 나왔고 아직 완결되지는 않았다.

1933年-1934年, 岩田行一ほか訳, 1985.

1935年-1936年, 森川俊夫訳, 1988.

1937年-1939年, 森川俊夫訳, 2000.

1940年-1943年, 森川俊夫·横塚祥隆訳, 1995.

1944年-1946年, 森川俊夫·佐藤正樹·田中曉訳, 2002.

1946年-1948年, 森川俊夫·洲崎惠三訳, 2003.

1949年-1950年, 森川俊夫·佐藤正樹訳, 2004.

1951年-1952年, 森川俊夫訳, 2008.

110) トーマス·マン, 森川俊夫訳, 『トーマス·マン日記 1951~1952』, 紀伊國屋書店, 2008.

이미 노령에 이른 토마스 만은, 전쟁 중 미국에 망명해서 민주주의 옹호자로서 칭송을 받았던 것과는 완전히 상황이 바뀌어 궁지에 빠졌습니다. 매카시 선풍의 직격을 받지는 않았지만 영향은 가까이 닥쳐왔고, 미국 생활을 정리하는 것도 염두에 둔 채 유럽에 체재할 때도 그 영향은 그를 따라다녔습니다.

바로 그때 그 어려움의 원인이 된 미국의 정치 정황의 변화에 대해, 한국전쟁을 계기로 그것이 세계대전으로 이어지지 않을까 하고 토마스 만에게 근심을 호소한 일본인 청년이 있었습니다. 전집에도 수록되어 있습니다만, 토마스 만으로부터 답장을 받은 청년은 지금 이 책의 번역자로서 후기에 이렇게 적었습니다.

거듭 개인적인 일이라 송구스럽지만, 제가 토마스 만으로부터 편지를 받은 1951년, 그의 나이는 일흔여섯이었습니다. 1951년과 1952년의 일기를 한창 번역하고 있던 2006년에 저도 일흔여섯이 되었습니다. 이 우연한 조응이나 원환(圓環)에 감개무량했지만, 55년 전의 한국전쟁과 비슷한 부조리한 전쟁이 아프가니스탄과 이라크에서 아직도 계속되고 있는 상황에는 기가 막혀 말이 나오지 않습니다. '테러와는 싸우는 것 말고는 없다'며 무력을 행사하는 잡박한 논리에 세계가 파국으로 향하는 것은 절대 사절입니다. 미국의 파시즘화라는 토마스 만의 불길한 예견이 이런 형태로 실현되는 것일까요?

독일에서의 또 한 가지 일로서 제가 베를린자유대학에서 그 강좌의 10주년을 기념하여 강연한 것은, 현재에 이르기까지 저의 문학에 대해서, 그리고 마침 그 이튿날 오사카고등재판소에서 판결이 나오는, 오키나와전에서 (제가 확신하는 바로는 강제적인) 일본군의 관여에 의한 섬 주민 430여 명의 집단 사망을 둘러싼 소송에 대해서였습니다.

　저는 제가 1970년에 썼고 지금도 계속 읽히고 있는 한 권의 책, 즉 거기에 쓰인 내용 때문에 싸워왔습니다. 최후변론에서 원고 측은 명예회복뿐만 아니라 그들이 '커다란 정치적 목적'도 갖고 있다고 분명히 말했습니다. 그들은 그것이 '아름다운 순국사(殉國死)'였다며 내셔널리즘을 부활시키기 위한 정서적 불을 지르는 임무를 맡고 있는 것입니다.

　전쟁 책임에 대해 언제까지고 민감한 독일 청중에게 얼마간 관심을 불러일으켰다고 생각합니다. 판결이 나온 다음 날 베를린 문학의 집 (Literaturhaus)에서 열린 낭독회에서 토론의 사회자가 우리가 승소했다는 사실을 알리자 청중의 박수가 터져 나왔습니다.

　여행하는 동안 책을 읽는 것과는 별도로 저는 10월, 무산된 강연을 다시 하기 위해 야마가타로 갈 준비를 했습니다. 아사히신문에도 나왔습니다만, 이것도 10년 전 베를린의 겨울밤과 마찬가지로 침울한 나날을 서고에 틀어박혀, 입장권 영수증을 가지고 다시 입장해주신 분들에게(이것도 이노우에 씨의 제안) 제 책 문고판에 사인을 해 나눠줄 준비를 했습니다. 여전히 건재한 친구 이노우에 히사시의 도움을 받은 건 물론입니다.

　다만 기사에 있던 attention은 주의하자고 호소하는 느낌이므로 '적
반하장으로'라는 말로 정정합니다. 이는 시몬 베유에게서 배운 것으
로 'attentif (주의깊게)'라는, 스스로 경계하자는 뜻입니다.

　하긴 슈투트가르트의 호텔 침대 옆에 두고 온 강연원고가 도착하는
걸 기다리는 형편이었으니 노년의 징표는 심각합니다. 원고가 도착하
지 않아도 가겠습니다!

새로이
비평을 쓰기 시작하는
사람에게

젊을 때부터 지금에 이르기까지 문학을 중심으로 책을 읽어오면서 저는 '평전'에서 가장 많은 걸 배웠습니다. 시도 소설도 아니라는 것이 이상하게 여겨질지도 모르겠습니다. 그런데 인간이 개인의 영혼에서, 사회·세계와의 관련에서 어떻게 살아가야 할 것인지, 시인에 대해서, 작가에 대해서, 또한 좀 더 넓은 영역의 사상가에 대해서 정말 소중한 발견을 하도록 저를 이끌어준 것은 평전이었습니다.

특히 시인과 사상가의 평전이었습니다. 대부분의 사전에서 평전이라는 말은 '비평을 뒤섞은 전기'라고 매정하게 정의됩니다. 저는 그것을 볼 때마다 critical biography의 직역으로 만들어진 말이 아닐까 생각합니다.

시인이나 사상가로 가는 직접적인 또는 최종적인 길이 그 시집, 종종 고전이 되어 있는 그 저작에 있다는 것도 경험으로 알고 있습니다. 제가 처음으로 어떤 시인, 어떤 사상가를 만난 것도 그것을 통해서였습니다.

하지만, 특히 외국어 시와 번역으로 읽는 고전은, 젊은 저를 날카롭게 매혹하면서도 동시에 어렵고 지루하게 느끼게 하기도 한 텍스트였습니다.

시인으로서도, 사상가로서도 위대한 윌리엄 블레이크(William Blake, 1757~1827)를 우연처럼 만난 것은 열아홉 살 때였습니다만, 제가 그 사람을 확인했다고 생각한 것은 삼십대 중반에 들어섰을 때였습니다. 널리 알려져 있는, 노스럽 프라이(Herman Northrop Frye, 1912~1991)가 쓴 평전을 읽었기 때문입니다. 그러고 나서 블레이크의 모든 시집이 친숙해졌습니다. 그 뒤에도 블레이크의 사회적 측면에 대해서는 데이비드 어드먼(David V. Erdman)의 『블레이크―제국을 거역하는 예언자(Blake―Prophet Against Empire)』, 신비적인 측면에 대해서는 캐슬린 레인(Kathleen Raine)의 『블레이크와 전통(Blake and Tradition)』을 책상의 양쪽에 두고, 한가운데에 전체 시집을 펼쳐놓고 읽었습니다. 블레이크의 그림에 대해 이해할 수 있게 되었다고 생각하는 것도 이 두 학자에게 배워서입니다.

모든 평전이 그렇다는 것은 아닙니다. 한 시인에 관한 평전을 모아 읽는 중에 본능 같은 것이 작동하여 자신의 스승으로 삼고 싶은 '독자'를 찾아냅니다. 그 독자가 감동하여 표현하지 않고는 배길 수 없게 된 것을, 연구를 더하여 씁니다. 그 평전에서는 그 독자가 받아들인 시인의 전체적인 인간상이 전해집니다. 시인과 평전 작자, 이 두 스승을 한꺼번에 만나는 일이 일어납니다.

지금 순문학이 (장기적인 관점에서 보면, 문학이란 순문학밖에 없다고 저는 믿습니다만) 독자를 잃고 있다는 것은 이 나라의 문화적 상식입니다. 제가 새로운 비평가에게 기대하는 것은 더욱 넓은 장소에서(즉 순문학에 대한 우리 구세대의 완고한 신조 따위를 상대화하는, 생기발랄한 자유로움으로) 문학과 독자의 관계를 재건해주는 일입니다.

개인적인 계기로 자신의 '문학'을 만난 독자가 그 시인·작가·사상가를 계속 읽어나가면 '읽는 사람'이 되고, 나아가 생각하는 사람, 그리고 받아들인 것을 자신이 직접 표현하는 사람이 됩니다. 그렇게 해서 소설을 쓰기 시작하는 사람도 있습니다만, 저는 우선 자신이 발견한 책에 대해 노트하는 청년이었습니다.

일반적으로는 오히려 새로운 소설가의 탄생보다 새로운 비평가의 탄생이 자연스럽습니다. 그리고 그는 직업으로서의 비평가가 되지 못해도 계속해서 '읽는 사람'이 될 것이고, 머지않아 문학이나 문화에 대한 확실한 능력을 자각하게 될 것입니다(이 능력은 생각하는 힘, 쓰는 힘으로 축적되고 성숙됩니다).

그러나 수는 적더라도 비평가로서 살아갈 결심을 하는 젊은 사람이 있다면 저는 그가 (준비 기간을 갖고) 평전을 쓰는 데서 시작하기를 기대합니다. 그를, 읽는 사람, 생각하는 사람, 표현하는 사람으로 만든 대상에 대하여!

그것을 다시 일반적으로 펼친다면 저는, '평전적인 사람의 관점'이라는 능력을 개발하는 것의 의미를 생각합니다. 평전은 그렇게 그려내는 인물의 생애를 포착하면서도 그가 살았던 현실의 일상에서 했던 방식, 단적으로는 그가 표현한 말을 매력적으로 전합니다. 그것들이 어떻게 깊어지고 통합되어 그 사람을 만들어냈는지도.

젊은 사람들이 지금 사회적 존재로서 설레는 인물에 대해 앞으로 십수 년 후에 그 평전을 쓸 생각을 갖고, 현재 그의 방식이나 말을 다시 파악해보는 겁니다. 이런 관점을 익히길 권합니다.

올해의 출판물 중에서 제가 가장 열중해서 읽고, 여러 가지로 생각도 하고, 글을 쓰기도 한 것은 젊은 비평가 안도 레이지(安藤礼二, 1967~)의 『빛의 만다라』[111]라는 오리구치 시노부(折口信夫, 1887~1953) 평전이었습니다. 대시인이자 사상가의 우주관 구조를 동시대 서구의 새로운 조류로 잇는 역작인데, 소설 『사자의 서』[112]를 주도면밀하게 읽고 이해한 그 책은 저 같은 구세대까지 설득해내고 있습니다.

---

111) 安藤礼二, 『光の曼陀羅 日本文学論』, 講談社, 2008. 이 책은 2009년 제3회 오에 겐자부로상, 제20회 이토 세이 문학상을 받았다.
112) 折口信夫, 『死者の書』, 青磁社, 1943.(처음으로 게재된 것은 1939년)

말의 정의를
확인하고 다시 읽는다

젊은 시절, 그리고 장년이 되어도 제 방에서 혼자 일하는 것은 어쩔 수 없는 일이지만, 독서에 치우침이 생기지 않을까 하는 초조함이 있었습니다. 믿어버린 것을 고치기 힘들고 지식의 구멍을 메우는 것이 늦어지는 것도 자각하지 못한 채 있을 수는 없었기 때문입니다.

그런데 노년이 되어 남겨진 시간이 한정되자 오히려 책을 읽고 다시 읽는 데서 여유를 찾는 일이 있습니다. 가토 슈이치 씨가 세상을 떠났을 때 아사히신문에 썼기 때문에 또 그거냐고 할지도 모르겠지만, 제가 요즘 새롭게 읽는 습관으로 하고 있는 것에 대해 쓰겠습니다.

그 며칠 동안 신문에 실린 부보(訃報)가 부드러운 경의로 가득 차 있는 것에 공감하면서 한 가지만 정정을 신청할까 하는 생각을 했습니다. 가토 슈이치의 『일본문학사 서설』이 『만요슈(万葉集)』에서 오에 겐자부로까지 다룬다고 되어 있는 것은 틀린 게 아닐까, 하는 것입니다. 저는 1975년에 나온 초판부터 그것을 두 번, 세 번 읽었고, 읽을 때마다 색연필을 바꾸었기 때문에 화려하게 채색된 페이지도 있을 정도인데, 하권(1980)의 마지막 장은 시인 이시카와 다쿠보쿠(石川啄木, 1886~1912)로부터 시작되는 시대 구분이었으니까요.

어느 날 아침, 새롭게 증쇄된 지쿠마문예 문고판의 광고를 보고 가슴이 두근거렸습니다. 저는 신주쿠까지 가서 그 책을 구했고, 전후에 걸쳐 마지막 장이 가필되어 있는 것을 발견했습니다.

돌아오는 전철에서 자신에 대한 고마운 논평을 읽고, 제가 만약 그 부분을 읽은 후였다면 '9조 모임'에서 만년의 가토 씨에게 제가 먼저 가벼운 마음으로 이야기를 걸 용기를 내지 못했을 거라고 생각했습니다.

그리고 매일 아침 30분에서 한 시간을 목표로 그의 책을 다시 읽기 시작했습니다. 그런데 기본적인 말도 제가 생각하고 있는 것과 가토 씨의 정의가 어긋나 있는 게 아닌가 하고 마음에 걸렸고, 그런 말은 사전에서 찾아보고 있습니다. 고전의 제목과 저자명은 정확하게 발음할 수 있는지 확인합니다.

예컨대 '분화分化'라는 말입니다. 새로운 『고지엔(広辞苑)』 사전에 "균질적인 것이 이질적인 것으로 나눠지는 것. 또는 그 결과"라고 되어 있는 제1항은 저에게도 위화감이 없습니다. 제3항의 조건반사와 관련된 이과적인 설명은, 그런 측면에서 이 말이 나오면 주저하지 않고 사전을 찾아볼 것이므로 문제되지 않습니다. 하지만 요즘의 대화에서 '분화'를, 제2항의 "사회적 사상(事象)이 단순하고 동질적인 것에서 복잡하고 이질적으로 것으로 분기(分岐) 발전하는 것"이라고 이해해 온 것일까요?

사전을 찾아보고 제가 반성한 것은, 가토 씨가 먼저 『만요슈』의 시대'를 끝맺는 말에서 "다가올 시대에 일어날 수 있는 일은 이런 토착 세계관에 의한 외래문화의 '일본화'이고 토착 세계관 자체 내용의 '분화'와 그 표현 수단의 '세련화'가 될 것이다"라고 쓴 부분이었습니다. 그렇다면 '분화'란 나에게 어떤 의미였을까, 하고 마음에 걸렸던 것입니다.

그리고 저는 다음의 '최초의 전환기'에서 '분화'라는 말이 다음과 같이 사용되는 것을 확실히 받아들였습니다.

후세 일본문화의 세계관적 기초는 그 연원을 나라(奈良) 시대 이전에까지 거슬러 올라갈 수 있다. 하지만 그 세계관적 틀에서 분화한 문화 현상의 많은 형태나 경향, 세상에서 말하는 문화적 전통의 구체적인 측면의 많은 부분(물론 전부가 아니라)은 9세기까지 거슬러 올라갈 수 있다. 하지만 9세기 이전으로 거슬러 올라갈 수는 없다. 그런 의미에서 일본 문화의 역사는 나라 시대 및 그 전사(前史)와 9세기 이후 오늘날까지의 시기로 대별할 수도 있을 것이다.

이 책에서 가토 씨는, 예전에는 자주 본 말이지만 최근에는 그다지 보지 못한 말을 자연스럽게 사용하여 우리에게 오늘날의 사회에 대한 반성을 이끌어내기도 합니다.

> 일본에는 먼저 '다오야메부리'(たをやめぶり : 여성적이며 우아하고 섬세한 가풍)가 있고, 그 후 외국문화의 영향으로 '마스라오부리'(ますらおぶり : 남성적이며 느긋하고 대범한 가풍)가 만들어졌다.

그리고 다음 구절을 이렇게 덧붙입니다.

> 또한 전전(戰前)의 군국주의 권력이 『만요슈』를 '사키모리노우타'(防人の歌 : 수비 병사의 노래)로 대표시키려고 한 것은 물론 극단적인 왜곡이고 우민정책 이외의 아무것도 아니다.

저는 지금 각계의 실력자가 하는 일에서 '우민정책'을 보고 있습니다. 그 깊숙한 곳에서는 지금까지 되풀이되어 온 어리석음에 대한 둔감함도 보입니다.

연초의 모든 매스컴의 어두운 논조에서 저는 가토 씨가, 이시카와 다쿠보쿠가 그 시대(1910년 전후)의 폐색(閉塞)에 대해 비판한 것을 강력하게 평가한 구절을 생각했습니다. 마지막 텔레비전 방송에서 가토 씨가 '너희 세대의 폐색을 잘 보라'고 한 프로그램을, 젊은이들이 많이 시청했기를 진심으로 바랍니다.

'폐색'은 "가두고 막는 것. 갇히고 막히는 것"이라는 뜻입니다. 강권(強權)이 (이시카와 다쿠보쿠의 시대보다 다양한 방식으로) 사회를 닫습니다. 젊은이가 갇힌 사회를 응시하고 타개할 방향으로 나아가지 못하고 스스로를 닫아버리면, 폭발하는 것 말고는 없다고 외곬으로 생각하는 불행은 계속되겠지요.

밝지도 어둡지도 않은
'허망함' 속에서[113]

　『아름다운 애너벨 리 싸늘하게 죽다(らふたしアナベル・リイ總毛立ちつ身まかりつ)』[114]를 번역 출간한 중국의 출판사로부터 문학상 수상이 결정되었다는 연락이 왔습니다.

　선정한 이유를, "여배우 사쿠라는 절망 속에 있으며, 숲속에서 여성들의 협력 아래 희망을 찾아낸다. 그 과정을 통해 작자는 반세기에 이르는 '절망은 허망이다, 희망이 그런 것처럼'이라는 말로도 비견될 수

---

113) 루쉰이 1925년 1월 1일에 쓴 「희망」에 나오는 말이다.
114) 오에 겐자부로, 박유하 옮김, 『아름다운 애너벨 리 싸늘하게 죽다』, 문학동네, 2010.

있는 괴로운 사색에 대해 스스로의 결론을 얻었고, 절망 속에 있는 사람들에게 희망을 가져다주었다"라고 했습니다. 앞에 인용되어 있는, 헝가리 시인에 대한 루쉰의 번역[115]이 중국의 젊은 사람에게 어떻게 받아들여지고 있는지도 궁금해서 베이징으로 갔습니다.

제가 소설이나 에세이를 쓰기 시작한 직후 다케우치 요시미의 문하(門下)를 자처하는 부부의 투서에, 너 따위가 루쉰을 떠받들지 않았으면 좋겠다, 고 쓰여 있어 나는, 그래 좋다!, 하고 받아들여 그 이후에는 읽기만 했습니다. 그런데 『들풀(野草)』[116](다름 아닌 다케우치 요시미의 번역[117])에 있는 이 한 구절은 다시 읽을 때마다 마음이 흔들려 생각에 잠깁니다.

문학상 선정과도 관계가 있었던 중국 사회과학원 외국문학연구소에서 열린 모임에서, 범 아시아적 시각으로 근·현대 일본을 비판한 것으로 알려져 있는 쑨거(孫歌) 씨는, 거기에는 절망에 절망함으로써 희망으로 향한다는 다케우치 요시미의 읽기 방식도 있다고 들었다, 는 발언을 했습니다.

이 모임에서 가장 연장자는 가토 슈이치의 『일본문학사 서설』의 개역을 끝낸 참이라는 예웨이쿠(葉渭渠) 씨로, 그는 이렇게 물었습니다.

---

115) 헝가리의 시인은 산도르 페퇴피(Sándor Petöfi, 1823~1849)를 말한다. 루쉰은 「희망」(『들풀』)이라는 글에서 페퇴피의 시구를 빌려 "절망은 허망이다, 희망이 그런 것처럼"이라고 썼다.

116) 루쉰, 이욱연 옮김, 『들풀』, 문학동네, 2011.

117) 魯迅, 竹內好訳, 『野草』, 岩波文庫, 1955.

"당신의 소설은 개인적인 경험을 일본의 사회·시대로 잇는 것인데, 그 '접합점'은 어떻게 궁리합니까?"

"그건 소설의 내러티브에 의해서입니다. 작자인 저와 겹치는 화자가 개인 생활과 결부하여 써가는 방식인데, 당연히 작품 세계는 한정되고 마음껏 전개해나가기도 힘듭니다. 지금 노년과 죽음을 주제로 쓰고 있는 소설도 그런 점에서 잘 진척되지 않고 있습니다."

이렇게 대답하면서 제 머리에는 역시 루쉰의 모습이 문득 떠올랐습니다. 이어서 방문한 루쉰의 옛집인 박물관에서 정리와 보존이 잘 되어 있는 루쉰의 장서와 육필 원고 일부를 보면서 앞의 한 구절에 이어지는, "내가 밝지도 어둡지도 않은 '허망함' 속에서 목숨을 부지할 수 있다면, 사라진 저 슬프고 아득한 청춘을 찾으리라"[118]라는 문장이 떠올랐습니다. 저는 청춘에서 노년에 이르는 다양한 시기에 걸친 루쉰에 대한 경험, 절실했던 이런저런 경험 사이를 오가는 것 같았습니다. 게다가 앞으로의 짧은 여생에 이 두 가지 '허망함'의 어느 쪽에 달라붙어 살게 될 것인가 하는 생각도 했습니다.

그런데 저는 박물관의 인파 속에서 영어로 번역된 소설을 건네받았습니다. 문화대혁명기를 무대로 2005년에 쓰인 작품인데, 중국에서는 발매금지가 되었기 때문이라고 했습니다. Yan Liank 『Serve the People!』(Constable)이라는 책입니다.

---

118) 루쉰, 이욱연 옮김, 『들풀』, 문학동네, 2011, 38쪽.

'마오쩌둥 어록'의 한 구절을 패러디하여, 아름다운 상관 부인에 대한 한촌 출신의 젊은 병사 시종이 성(性)적으로 일탈하는 과정을 그린 것입니다. 문화대혁명기의 폐색된 시대를 폭발적으로 뒤집는 비평성과 절실한 인간관이 생생하게 전해졌습니다. 중국 지식인이 가진 심중(心中)의 깊이를 생각합니다.

저는 겨울방학 중인데도 큼직한 강의실을 가득 메워준 베이징대학 학생들에게, 희망을 이야기하는 루쉰의 복잡한 표현을 제 자신의 경험에 겹쳐놓고 이야기했습니다. 그것을 위해 전날 밤늦게까지 초고를 썼던 것인데, 저의 『히로시마 노트』를 새롭게 번역한 참이라는 젊은 여성이 철야로 제 강연 원고를 번역해주었습니다.

그래도 너무 길었으므로 제 말이 빨라졌고, 한마디 한마디 정확하게 전달하는 통역의 말이 끝나기도 전에 제가 앞서 말한다거나 역으로 통역이 제 말을 가로막아 갈피를 잡지 못하게 하기도 했습니다. 그러나 우리의 협동 작업은 성공적이었습니다. 중국 연구자의 실력은 실로 가공할 만합니다!

마침 이스라엘군의 가자 공격이 한창 격화되고 있었습니다. 바로 이 절망적인 상황을, 2003년에 세상을 떠난 문화이론가 에드워드 사이드가 팔레스타인 측에 서서 어떻게 예견했는지, 최후의 병상에서 허망의 희망적 관측을 받아들이지는 않았지만 그가 '의지의 행위로서의 낙관주의'라고 부르는 것을 어떻게 계속 가질 수 있었는지, 그것들에 대해 저는 이야기했습니다. 사이드의 생활방식과 『들풀』을 집필하던 중 또는 그 이후의 루쉰을 비교하기도 했습니다.

강연이 끝나고 간단한 뒤풀이 장소에서, 베이징대학이 구카이(空海, 774~835)의 『분쿄히후론(文鏡秘府論)』[119]에 대한 네 권짜리 교주판(校註版)을 출판한다는 이야기를 들었습니다.

저는 물론이고 그 책을 읽고 충분히 이해할 지금의 일본인은 많지 않을 것입니다. 그런데 중국에서 가토 슈이치의 책이 새롭게 번역되어 나온다고 합니다. 그 책에서 가토 슈이치는 일본 문화와 중국 사상이 만나는 그 첫 번째 전환기를 담당한 천재들의 작업을 이야기하고 있고, 『분쿄히후론』의 중국어 서문을 인용하여 명석한 이론가를 칭찬하고 거기에 있는 유머까지 다루고 있다고 저는 자랑(?)했습니다.

---

119) 중국 육조(六朝) 시대부터 당대(唐代) 시문의 평론·격식 등을 편술한 책.

세계의 끝을
응시하는 표현자

　30년이나 지난 일입니다만, 저는 이케부쿠로에서 열린 강연회에 갔습니다. 출연 순서를 기다리고 있는 청년과 저는 좁은 지하의 같은 방에 있었습니다(서로 이야기를 나누지는 않았습니다). 너무나도 독립적이고 재능이 풍부한 인상인 데다 보통 사람이 아니라는 느낌을 받았던 일은 결코 잊을 수가 없습니다. 그 청년은 여장을 하고 있었고, 당당하고 몸집이 큰 여자의 풍격이었던 것과는 별도로….

　곧바로 그가 연극계의 새로운 조류를 이끌어가고 있는 노다 히데키(野田秀樹, 1955~)라는 것을 알았습니다만, 기본적으로 히키코모리(은둔형 외톨이) 타입인 저는 노다 지도(NODA·MAP)[120]에 발을 들여놓는 일은 없었습니다.

그런데 그가 각본을 쓰고 연출한 작품 『파이퍼(パイパー)』를 보러 가게 되었습니다. 이제 문화계의 첨단도 아닐 티인 시부야의 극장을 찾아간 노인은 사람들 눈을 끌었겠지요. 제 좌석 주변에서 끊임없이 일어나는 아가씨들의 웃음소리에 저는 우선 따돌림을 당하는 듯한 기분이었습니다.

하지만 어마어마하고 스마트한 우주선이 무대로 내려오고, 그 구조체를 이루고 있던 무수한 파이프가 인간처럼 움직이는 개체(Piper)로 짜여 지구에서 온 이민들을 지탱하는 놀라움, 놀랍도록 신기하고 친숙해지기 쉬운, 좋은 공연을 보여준 두 여주인공…. 연극 속으로 끌려들어가는 데는 많은 시간이 필요하지 않았습니다.

무엇보다 잘 다듬어진 경묘(輕妙)함이 저항할 수 없게 했지만, 복잡하고도 완벽한 대사의 논리성! 요설의 장난 같았던 대화가 지구 밖으로의 이민사(移民史)를 설명하고, 그것을 가상현실의 정경으로 만들어가는 장치가 탁월하여 여러 시대가 차례로 전개되는 무대는 (연기하는 측도 보고 있는 측도) 머물러 있을 여유가 없었습니다.

그러는 사이 축제적인 말의 비등에 익숙해진 제 귀에 루쉰으로부터 받아들이고 있는 정겹고 무거운 주제의 변주가 쑥 들어왔습니다.

---

120) 노다 히데키의 공식 홈페이지.

화성에 막 도착한 인간은 희망으로 가득 차 있었다. 희망이 있었다. 지금 이 화성에 비하면. (…)

나는 지금의 화성에도 절망하지 않는다. 왜냐하면 절망은 인간이 머릿속에서 생각해낸 몽상이니까. 하지만 같은 정도의 희망도 갖지 않는다. 희망도 인간이 머릿속에서 만들어낸 몽상이니까.

그것에 이어서 저는 생각했습니다. 30년도 더 전에, 이건 보통 사람이 아니라고 느꼈던(솔직히 같은 방에 있기가 거북했습니다) 것은 그 청년의 내부에 있는 표현자로서의 '양도할 수 없는 것'이 밖으로 비어져 나왔기 때문이고, 그 본질이 견지되고 연극 현장에서 계속 단련되어 지금은 반짝반짝 빛나는 파이퍼들로 구체화되어 있다고.

화성으로의 이민을 가능하게 한 것은, 인간에게 행복을 준다는 목표로만 향해진 엄청난 수의 파이퍼들입니다. 이 기계의 근본적인 기능은 행복을 파괴하는 폭력을 파이프로 빨아들여 무력화하는 것입니다. 지구가 멸망하고 인공 식료품을 보급할 길이 끊어지자 파이퍼는 굶주린 인간을 행복하게 하려고 죽은 인간을 식료로 하는 시스템을 운영합니다.

이민 후 수백 년, 신세계가 인간을 행복하게 하지 않는다고 판단하자 파이퍼는 그 역사 시간의 되돌리기를 결행하여 화성으로 이민을 개시한 시점으로 향하게 합니다.

파이퍼는 인간이 화성에서 휘두르던 거대한 힘을 빨아들여 모아놓고, 바로 그 힘을 이용해 화성을 파괴한 것일까요?

아니요, 그들은 파괴하고 있다고 생각하지 않을 겁니다. 원래의 화성으로 되돌리고 있을 뿐이지요.

이제 이민을 시작한 시점으로 돌아간 화성에서는 이민 생존자가 식물의 싹을 틔워 새로운 식료를 키우는 노력을 시작합니다. 그 앞날에 희미한 빛을 던지며 막은 내립니다만, 저는 후반부에 거의 웃지 않게 된 관객이 받아들인 것은, 공포로 가득 찬 미래상에 대해 '생각하는' 무겁고 깊은 시간이었다고 생각합니다. 그것이 같이 있기 거북했던 기억으로 남아 있기만 할 리 없습니다.

세계적인 대불황을 실제의 빈곤으로 떠안은 젊은이가 그 극장에 있었다고는 생각하지 않습니다. 하지만 연극을 보고 생각한 것을, 가까운 미래에 다시 현실에 적용하여 생각하지 않을 수 없는 젊은이는 있겠지요.

저는 지금 일어나고 있는 것을 논평하는 전문가들에게서, 이 대불황도, 그것이 초래하고 있는 새로운 빈곤도 그럭저럭 극복할 수 있을 거라는 낙관주의, 그리고 머지않아 같은 일이 다시 일어날 것이고 그것 또한 극복할 수 있겠지만 더욱 심각하게 다시 일어날 게 뻔하다는 비관주의를 함께 느낍니다. 사고와 시스템의 근본적인 전환은 새로운 얼굴의 전문가에게 양보할 생각일까요?

극작가도 소설가도 전문가가 아닙니다만, 세계의 끝을 향해 어떻게든 현실적인 상상력을 계속 작동하게 하는 것은 언제나 아마추어 표현자들의 일입니다. 노다 히데키는 이 연극의 '현재 시점'을, 상연한 날로부터 백 년 뒤로 설정했습니다.

돌이킬 수 없는 것을
돌이킨다

의미로서는 그대로지만, 그것이 어떤 문장으로 표현되어 있었는가? 그것을 정확히 떠올릴 수 없으면 언제까지고 마음에 걸려하는 것이 제 성격이고, 그것이 문학을 평생의 업으로 삼은 출발점의 하나인지도 모르겠습니다.

여기에 내세운 한 구절이 누구의 작품인지는 확실합니다. 조금 전에도 이 사람의 셰익스피어 번역을 인용했는데, 그는 극작가 기노시타 준지(木下順二, 1914~2006)입니다. 하지만 너그럽고 온후하며 엄격한 사람과 얼굴을 마주하자, 이건 어디에 쓰여 있는 대사죠, 하고 물어볼 용기가 나지 않았습니다.

그런데 수주일 전의 어느 날, 그사이 노력을 좀 해서 그 대사를 찾아냈습니다. "도저히 돌이킬 수 없는 것을 어떻게든 돌이키기 위해."

다시 그것을 찾아보려고 결심한 계기는, 이노우에 히사시의 연극 『무사시(ムサシ)』(2009)를 보고 마음이 흔들렸으므로 사이타마의 극장에서 돌아오는 밤늦은 기차에서 생각하다가 한 장의 카드가 눈에 떠올랐던 일입니다.

머리에 기형을 가지고 태어난 장남 히카리는 우리 부부가 불러도 전혀 반응하지 않았습니다. 그런데 들새의 지저귐에 마음이 끌린다는 것을 알고, 그것을 인간의 음악으로 이끌어 그가 절대음감을 가졌다는 사실을 발견한 아내의 노력으로 조그만 극을 만들기까지에 이르렀습니다.

그 10년간의 일을 쓴 저의 글을 기노시타 씨가 읽고, "이번에 나온 책에 자네의 경험과 서로 통하는 데가 있을지도 모르겠네, 어쨌든 잘 되었네!" 하는 카드를 끼워서 『망각에 대하여』[121]라는 책을 보내주었습니다.

기노시타 씨는 『신과 사람 사이』[122]라는 대작을 완성하고 공연하는 날도 가까워졌는데, 제2부 '여름·남방의 로맨스'를 고쳐 쓰고 싶은 생각이 들어 극단에 폐를 끼쳐가면서 다시 썼다고 합니다. 『망각에 대

121) 木下順二, 『忘却について』, 平凡社, 1974.

122) 木下順二, 『神と人とのあいだ』, 講談社, 1972.

하여』는 그 경위를 자성하는 에세이인데, 거기에서 제가 불완전하게 기억해 온 그 대사를 인용할 수 있었습니다.

제2차 세계대전의 B·C급 전범으로 외지에서 처형된 연인을 그리워하는 여자 만담가 도보스케의 통절한 회한과 거기에서 나온 결의에 찬 대사였습니다.

기노시타 씨는 제 가정에서 일어난 일에 대해 (저는 뇌에 장애를 가진 히카리가 도저히 돌이킬 수 없다고 비관하는 일이 있었고, 아내는 어떻게든 돌이키기 위해 노력해왔습니다), 그 후의 어려움도 예상하면서 격려해주었습니다. 그래서 이 대사를 이를테면 가정의 모토로서 늘 떠올리면서도, 정확한 출처와 더욱 소중한 말투의 세부를 잊고 있었던 것입니다.

기노시타 씨는 앞의 에세이에서 (35년 전에 쓰인 것을, 그리고 지금 현재의 사회 정황을 생각하면서 인용합니다) 다음과 같이 썼습니다.

예컨대 병원에서 안온하게 죽은 것처럼 보이는 사람의 경우에도 현대의 일그러짐에 의해 그 사람이 살해당한 측면이 있다는 것을 간과해서는 안 되는 것과 동시에 이 일그러진 현대 안에서 걱정 없이 태평하게 살고 있는 우리가 무의식적으로 죽이는 측에 가담하고 있다는 측면도 간과해서는 안 된다는 것이다. 간과한다는 말을 좀 더 넓은 의미로, 잊는다는 말로 바꿔 말해도 좋을 것이다. 우리는 잊어서는 안 되는 것을 정말 많이 잊는다. 또는 잊어버리고 싶어 한다. 그리고 그 망각의 죄와 과오를 깨닫는 것은 종종 돌이킬 수 없게 되었을 때인 것 같다.

그런데 처음에 쓴 것처럼 제가 앞의 도보스케의 대사를 확실히 알
아내려고 결심한 것은, 우리 세대의 대표적인 극작가의 신작을 실컷
즐기면서 (좀 더 다르고, 그러나 틀림없이 기노시타 씨다운 유머도 반가워하면
서) 양자 사이에 통하는 것을 느꼈기 때문이었습니다.

그리고 기노시타 씨의 대사는 확인할 수 있었지만, 문예지에 실린
희곡(〈스바루〉 2009년 5월호)에는 그것에 대비시킬 수 있는 이노우에 씨
의 대사가 없었습니다. 유명한 결투[123]가 있었고 그 6년 후(그런데 죽지
않았던 사사키 고지로가, 라는 것이 이노우에 씨의 발상) 다시 미야모토 무사
시(宮本武藏, 1584~1645)와 싸우려고 합니다. 그것을 어떻게든 말리려고,
성불할 수 없는 망령들이 (산자들이 그들인 척하며 밝은 무대에서 벌이는 활
약이 볼 만한 장면을 이루는 것과 마찬가지로) 심야에 두 사람을 싸우지 않게
하려고 사력을 다합니다. 그리고 성공하여 그들은 성불합니다.

흥계로 넘치는 이노우에 희곡에서 그 흥계의 근간을 이루는, "두 사
람이 싸우지 않게 해준다면 저희 소원도 이루어집니다"라는 대사는
명쾌하지만 단순하지 않은가? 이렇게 불만을 드러내는 젊은 관객이

---

123) 1612년 4월 시모노세키에서 남쪽으로 500m 쯤 떨어진 조그마한 섬 간류지마(巖流島)에서 전
설의 검객 미야모토 무사시와 사사키 고지로(佐夕木小次郎)가 벌였던 결투. 무사시가 고지로
를 죽였다.

있다면, 요즘 도저히 돌이킬 수 없는 것에 대한 깊고 현실적인 인식을 보여주는 표현자 이노우에 히사시가, 그것을 어떻게든 돌이키기 위해 애쓰고 있는 '만년의 일'이라고 대변하고 싶습니다. 마찬가지로 그것이 노년인 제가 기노시타 씨의 대사를 이노우에 씨의 무대에서 들은 이유라고도 생각됩니다.

지적이고 조용한
슬픔의 표현

40년 전의 초여름, 〈세카이(世界)〉에서 연재를 시작했던 『오키나와 노트』를 교정하러 이와나미 출판사에 갔다가 '나라(奈良) 6대 대사(大寺) 대관(大觀)'의 제4회 배본(配本) 『고후쿠지 1(興福寺一)』을 봤습니다. 저는 10대 제자상(弟子像), 특히 스보다이(須菩提)와 라고라(羅睺羅)의 조용한 비원의 표정에 제 몸이 떨리는 것 같았습니다.

그 아름답고 큰 책 한 권이, 아내와 의논하여 정해놓은 월 도서비의 40퍼센트를 차지했습니다. 하지만 전권(全卷)을 주문했습니다. 그런데 저에게는 시간 간격을 두고 나온 배본을 꼼꼼히 들여다볼 여유가 없었습니다. 그 시대 컬러 인쇄의 건조 상태를 생각해서인지, 사진 사이에 끼워져 있는 얇은 종이가 남아 있는 것을 보면 제가 펼친 부분은 아주 대충이었던 것 같습니다.

제 반생을 돌이켜보면 그해는 가장 격렬하게 돌아다닌 나날의 연속이었습니다. 장애가 있는 장남을 키울 가장 신뢰할 수 있는 보좌역으로 딸을 기대했던 아내의 바람대로 태어난 여동생에 이어 남동생이 태어난 해이기도 합니다.

오키나와 문제란 무엇인가를 가르쳐준 후루겐 소켄(古堅宗憲) 씨가 사고사를 당했고, 저는 미군과 돼지가 함께 탄 배를 타고 그의 부모님이 계시는 이에지마(伊江島)로 찾아갔습니다. 통하지 않은 사투리 탓에 서로 미소만 지은 채 그저 묵묵히 있기만 한 날이었습니다. 나하(那覇)에서, 고자(コザ)에서, 대규모 시위에 참여하고 도쿄로 돌아온 날 밤에는 오키나와 데이(4월 28일)에 벌어진 급진 그룹의 게릴라 활동을 (그저 입회하고 싶다는 일념으로) 뒤쫓아 다녔습니다.

하지만 그런 와중에도 항상 의식에 있었던 듯, 제가 생각하고 있던 것을 확인하기 위해 도쿄국립박물관 '국보 아수라전(阿修羅展)'에 갔습니다. 초대받은 날에 소양 있는 사람들이나 전문가들 사이에 섞일 용기가 나지 않아 입관 제한 시간이 빠듯한 행렬을 뒤따랐기 때문에 어느새 아수라상을 에워싸고 시계방향으로 천천히 발걸음을 옮기는 온화한 군중(이라고 말하고 싶은)의 일원이 되었습니다. 그런데 그게 정답이었습니다.

먼저 얼마간 높은 데서 상을 바라봅니다. 자유롭게 그 전체를 본 것은 그때까지이고, 사람들의 완만한 압력을 사방에서 받으며 나아갑니다. 똑바로 머리를 세우고 있을 수 없기 때문에 수영할 때 숨을 쉬듯이 때때로 상의 머리 부분을 올려다보고 또 고개를 숙이고 발 디딜 곳을 확인하면서 발걸음을 옮깁니다. 그래도 (어쩌면 그렇기 때문에) 올려다볼 때마다 변하는(그렇다고도 말하고 싶은) 상의 얼굴 모양이 미묘하고도 확실하게 새로운 모습으로 나타나 감동했습니다.

제가 젊을 때부터 가장 영향을 받은 문학이론은 러시아형식주의입니다. 그런데 그중에서도 '낯설게 하기(異化)'라는 소설의 수법은, 잘 알고 있거나 익숙한 대상을, 그 신기한 양상을 철저히 밝혀내듯이 표현하여 진기한 것으로 수용하게 하는 것입니다.

인파의 머리 위로 한 순간에 본 (한 측면의) 아수라상의 머리 부분은 그것만으로도 아름다웠습니다. 하지만 자신의 발밑을 내려다봄으로써 균형을 잡으며 이동하고, 다음 한순간 올려다보는 것에는 조금 전 이미지의 잔상이 떠돌고 있지만, 거기에서도 '이화'된 미지의 측면이 나오는 것 같았습니다. 그것도 신선하게 깊어지고 종합된 모습이…, 낯설게 하기란 그런 기법입니다.

저는 합장한 두 손바닥의 부드럽고 가지런한 손가락, 두 손바닥 사이로 정면에서만 보이는 작은 간극으로 빨려드는 것 같았습니다. 게다가 반 발짝쯤 움직여 다시 한 번 올려다본 정면의 섬세한 젊은이의 얼굴 윤곽이 묵직한 안정감을 주는 데서도 제 몸 전체가 통째로 받아들여지는 것 같기도 했습니다.

집으로 돌아온 밤에 『고후쿠지 1, 2』를 책상 가득 펼쳐놓고 떠올린 것은, 평생 단 한 번 교토의 절에 동행한 어머니가 한 말이었습니다.

> 너는 부처님 앞에서도 멈춰 서지 않는구나. 학생 때도 책을 읽는 것
> 이 (사전을 찾으며 읽었으므로) 옆에서 보고 있으면 수선스러울 정도
> 고… 그게 그런 걸까?

아수라상을 도는 30분 정도에 교육된 저는 자유롭게 움직이거나 멈춰 설 수 있는 10대 제자상 코너로 돌아왔습니다. 그리고 앞서 본 사진의 강한 기억에 이끌려 직접 본 것 앞에서 시간을 보내고 왔습니다. 길쭉하게 선 모습을 직접 보고, 착의나 가사(袈裟)의 형태가 바로 상호 '이화'로 끌려들어가면서 저는 젊은 자신이, 청년·장년·노년의 승려가 보여주는 지적이고 조용한 슬픔의 표정에 얼마나 압도되었는지를 떠올렸습니다.

석가의 10대 제자에게라고는 말하지 않겠지만, 우리 시대의 이 나라 사람들은 그 조각의 모델이 된 1천3백 년 전 사람들의 표정에 미치지 못하는 게 아닐까 하는 미숙한 비관주의가 일어나는 것 같기도 했습니다.

그런데 현재의 저는 그 군상을 돌고 있는 사이, 아니, 저는 그때부터 이처럼 지적이고 조용한 용모의 사람들을 실제로 여러 명이나 만날 수 있었고, 그 사람들은 모두 노년의 슬픔도 보여주었다는 아득한 생각에 휩싸였습니다.

원자폭탄의 위력인가
인간적 비참인가

2009년 6월 2일, '9조 모임' 발족 5주년 집회를 했습니다. 〈가토 슈이치 씨의 뜻을 이어받아〉라는 주제는 전국에서 7,443개의 모임을 배경으로 참가한 사람들의 마음에 어울렸던 것 같습니다.

2007년, 참가를 호소한 사람들 중에서도 실력 있는 선도자였던 오다 마코토를 잃은 후 그 공백을 어떻게 메울까에 대해 이야기했는데, 가토 씨는 글에서 자주 써온 '해학'이라는 말을 멋지게 구체화한 표현으로 "아홉 명으로 출발할 때도 일종의 언어유희로 그렇게 했을 뿐이었다, 이제 남은 사람들끼리 하자, 둘도 없는 사람의 기억을 계속 가지자"고 말했습니다.

가토 씨의 인간과 사상에 대한 기억은 히비야 공회당을 가득 채웠습니다. 시인 가토 슈이치답게 운을 맞춘 가곡 〈사쿠라요코초〉[124]가 울려 퍼지는 가운데.

사실은 규모가 커진 '9조 모임'의 실질적인 활동에서 (지방의 모임에 나가 절실하게 느끼는 것이지만) 참여를 호소하는 사람의 역할은 크지 않습니다. 각각의 모임을 일상적으로 지지하는 개인들의 실체가 강하게 존재하기 때문입니다. 예컨대 이번 강연회에서처럼 그러한 에너지를 집결시키기 위한 사무국 자원봉사자의 활동이 눈부십니다.

내일을 생각하면 가장 의지가 되는, 전쟁을 알고 있는 세대(특히 여성)에, 젊은 세대를 어떻게 연결시킬지가 긴급한 과제이지만요.

저는 가토 씨의 기억을 새롭게 하고 계속 전하기를 바라며, 만약 오늘 가토 씨가 출석했다면 청중은 지금 세계에서 일어나고 있는 일, 그리고 그 초점을 이루는 북한의 미사일 발사와 핵실험에 대해 이야기를 듣고 싶어 할 것이라고 생각했습니다. 저는 가토 씨가 이야기할 것 같은 것을 상상했습니다.

저는 상상력과 관련된 일을 하고 있습니다. 이 직업에 종사하는 사람으로서의 모토는, 상상이 공상과 다른 것은 근거에 기초해서 이루어진 것이라는 야나기타 구니오의 정의입니다. 야나기타의 전집에서

---

124) 가토 슈이치의 시 「사쿠라요코초(さくら横ちょう)에 나카타 요시나오(中田喜直)가 곡을 붙인 노래(1950)와 벳쿠 사다오(別宮貞雄)가 곡을 붙인 노래가 있다.

이 두 단어를 모두 카드에 적은 적이 있습니다만, 애매한 혼용은 극히 적었습니다.

제가 상상의 근거로 삼은 것은 히로시마·나가사키에 원폭이 투하된 지 50년이 되는 해에 히로시마에서 열린 퍼그워시 회의에서 가토 씨가 한 강연입니다.[125]

가토 씨는 원자폭탄이 떨어진 후 히로시마에 들어간 첫 의학 조사단의 일원이었습니다. 거기에서 알게 된 피폭자 가정의 젊은이는 회복되었다고 믿고 있었는데 그에게서 치명적인 방사선 장애를 발견하는 괴로운 경험으로 이야기가 시작됩니다.

핵 시대의 군비 관리와 군축을 가로막는 장애와 장벽은 어떤 것일까? 히로시마의 참상에 대한 정보가 세계에 널리 퍼지지 못하고 세대 간의 단절도 있다는 것. 그리고 국가간의 불평등 문제. 핵실험 시뮬레이션 기법, 레벨의 차이. 이런 것들이 핵 상황을 생각할 때 키 포인트가 됩니다.

그리고 현재의 핵 상황을 타개하기 위해서는 핵보유국 사이 또는 핵보유국·비보유국 사이의 신뢰관계를 확립할 필요가 있다는 결론에 이릅니다.

"가토 씨답게 원리적으로 옳은 의견이다, 하지만 현실적으로 유효할까?"라고 묻는 사람에게 지금 세계의 정치권력이 어떻게 생각하고

---

125) 加藤周一, 『加藤周一セレクション』(全5卷), 平凡社, 1999.

있는지, 그 한 예를 보겠습니다.

새롭게 취임한 미국 국방부차관보(아시아·태평양 안전보장 문제 담당)는 북한 정세에 대응하여 일본 국내에서 논의되고 있는 적(敵)기지 공격 능력의 획득에 대해 "일본이 결정하면 미국은 당연히 가능한 한 모든 방법으로 지지할 것이다"라고 표명했다고 아사히신문이 전했습니다. 북한 기지에 대한 공격 능력에 대해 우리는, 일본을 사정거리에 두는 중거리 탄도미사일 '노동' 2백 발을 실전에 배치했다는 뉴스를 접했습니다.

제가 친하게 지내고 있는 히로시마의 저널리스트 가나이 도시히로(金井利博) 씨의 지론에는 다음과 같은 물음이 있습니다.

세계는 원자폭탄을 그 위력으로 기억하고 있을까, 인간이 입은 비참함으로 기억하고 있을까?

어느 해 히로시마에서 열린 회의가 길어져 심야가 되어서야, 가나이 도시히로 씨가 입원해 있다는 병원으로 병문안을 갔습니다. 어두운 병실에서 저를 알아본 가나이 씨가 오열을 하기에 암의 통증 때문인가 하고 마음속 깊은 곳이 바르르 떨려왔습니다. 하지만 그가 마음을 다잡고 말한 것은, 핵폐기에 대한 진전이 늦어지는 데 대한 원통함 때문이었습니다. 저는 자신의 장래를 생각하며 가끔 그날의 오열을 떠올리곤 합니다.

그래도 적극적인 마음을 불러일으키는 보도가 있었습니다. 예컨대 "원폭 방사선과 관련성이 있는 심사에 해당하는" 범위를 넓히라는 도쿄고등재판소의 원폭증(原爆症) 소송에 관한 판결입니다.

　저는 15년 후쯤이 인생의 절정기일 젊은 사람들에게 묻습니다. 그 세계의 평화는 핵을 포함한 폭력의 균형에 의해서일지, 국가 간의 불평등을 없애고 신뢰를 확립한 것에 의해서일지, 어느 쪽이 원리적이고 현실적이라고 생각합니까?

새로이
소설을 쓰기 시작하려는
사람에게 2

　아름답고 커다란 『체사레 파베세 문학집성』[126]을 장편 『유형』부터 읽기 시작한 저는 이탈리아 북부 출신의 주인공이 남단의 해변 마을로 흘러가 우선 그 지역의 식물 피키딘디아(Fichidindia)에서 깊은 인상을 받는 장면을 보고, '아, 이건 읽었는데, 나하의 호텔에서' 하고 조그맣게 소리를 질렀습니다.

　확인해보니 옛날 판은 1969년에 나온 것으로, 제가 표지 안쪽에 오키나와 식물 같은 것을 스케치해 두었습니다. 저는 소설을 쓰려고 생

---

126) チェーザレ・パヴェーゼ, 河島英昭訳, 『パヴェーゼ文学集成』(全6卷), 岩波書店, 2008.

각하고 있었는데, 여러 문제에 밀려서 『오키나와 노트』를 썼고 재판까지 포함해 40년이 흘렀습니다. 저는 그 작품들을 '집성'하기까지 걸린 옮긴이의 세월을 생각했습니다.

파베세의 첫 장편의 주인공은 젊은 지식인입니다. 무솔리니 정권하에서 반파시즘 운동을 뿌리 뽑으려는 경찰로부터, 지하조직과 연계되어 있을 것 같은 여자 친구들을 비호한 일로 체포되어 구금되었다가 유형에 처해졌습니다. 파베세의 체험에 근거한 작품입니다.

> 닫혔다 열렸다 하는 입구, 정리할 옷가지, 작은 책상이나 펜-자유의 몸을 누리는 모든 것-그것들을 다시 손에 넣었을 때의 기쁨, 그것이 회복기처럼 길고, 또 회복기처럼 은밀하게 그의 체내에 지속되고 있었다. 그것이 무르고 덧없다는 것을 스테파노는 금세 느꼈다. 모든 발견은 습관으로 편입되어 갈 것이다. 하지만 되도록 집 밖에서 생활하기로 하고, 그는 자신의 괴로운 감각을 저녁부터 새벽까지를 위해 남겨두었다.

1908년에 태어나 파시즘의 억압, 세계대전, 독일군에 대한 저항, 내전, 그리고 해방까지, 동시대의 거친 물결을 겪으며 그것을 쓰고 끝내 출판할 수 있었던 사람의 모든 소설을, 지금 가장 좋은 번역으로 읽을 수 있습니다. 그런 상황에서 특별히 이 젊은 작가의 장편을 이야기하는 것은, 석방되고 나서 곧바로 쓴 단편으로부터 전개된 것을 포함하여 (『파베세 문학 집성』에 『유형』도 수록되어 있습니다) 그의 작품에는 새로이 소설을 쓰려는 사람들에게 힌트가 될 만한 것이 풍부하게 존재하기 때문입니다.

단편에도 피키딘디아가 나오는 것은 젊고 뛰어난 작가의 관찰 본능에 의해서입니다. 거기에 나오는 것을 인간의 관점, 표현, 그리고 어떻게 문체를 주의 깊게 만들까 하는 것으로 발전시켜 장편으로 만들어 나가는 그 과정에서 뭔가를 배웠으면 합니다.

일본 문학계 신인들의 나이가 점점 낮아지는 것에 비하면, 파베세는 젊기도 했지만 동시대 지식인 사이에서 단련되어 있었고 그 자신이 멜빌의 『백경』, 제임스 조이스의 『젊은 예술가의 초상』을 비롯한 영미문학을 번역한, 감식안이 있는 사람이었습니다. 그에게 가장 소중한 것인 듯한 시도 썼습니다.

문학적으로도 훌륭하지만, 옛날의 저와 마찬가지로 너무 이르게 데뷔하고 만 신인들이 자력으로 평생의 일을 다시 시작하려고 할 때 이 『파베세 문학 집성』은 고급 교과서로서도 많은 도움이 될 것입니다.

혼자 모든 작품을 번역한 가와시마 히데아키(河島英昭, 1933~) 씨의 숙성된 문장은 최근에 드물어진, 번역에서 문체를 본질적으로 배우게 할 것입니다. 시일을 걸려 파베세의 인간과 시대를 중첩시키는 식으로 묘사하고 있는 해설(예컨대 여자 친구가 유형지에 있는 그를 배신하고 결혼하며, 게다가 그 배후에 있는 정치적인 것이 파베세가 죽은 후 일기의 출간에까지 영향을 미치는 경위 등)은, 소설을 쓰는 사람과 문학을 연구하는 사람 모두의 '살아간다는 일'(파베세의 일기 제목입니다)에 대해 가르쳐줄 것입니다.

다자이 오사무(太宰治, 1909~1948) 탄생 백 년 때 저에게도 작가의 자살에 대해 어떻게 생각하느냐는 질문이 왔습니다. 저는 전후의 어려움을 극복하고 대단한 일을 하여 명성을 얻은 다자이 오사무가 1948년, 파베세가 1950년에 한 자살을 비교하여, 태어난 해도 비슷한 두 작가의 작품을 자세히 읽어보면 어떻겠는가 하는 답을 했습니다.

자살이라는 사건에 대한 감상적인 공감은 두 사람 모두 받아들이지 않겠지만, 특히 파베세는 동시대에도, 자신을 향해서도 강력하게 견제하며 작품을 만들었습니다. 다음은 죽기 전해의 일기입니다.

> 네 시대의 역사적 원환을 너는 완결했다. 『유형』(유형자의 반파시즘), 『청춘의 유대』(지하운동의 반파시즘), 『언덕 안의 집』(레지스탕스), 『달과 화톳불』(레지스탕스 이후).

이 작품들은 사회의 측면을 포착하고 있고 서사(敍事)를 완성했으며, 이탈리아의 청년·장년의 서민상과 지식인상을 제시하기도 했습니다. 다시 말해 이 시대, 이 사회의 작가로서 해야 할 일은 다 한 것입니다.

여기에 든 장편을 모두 『파베세 문학 집성』으로 읽고 저는 그의 자기 평가가 아주 정당한 것이라고 생각했습니다. 그런데 이처럼 자각적이고도 종합적인 작가이자 지식인이 왜 자살하고 만 것일까요?

저에게는 그에 대한 답이 없습니다. 젊은 작가에게는 주의 깊게 읽을 것을 바라며, 저는 나이든 작가의 숙제로서 그의 작품을 계속 읽고 있습니다.

끈질김으로 봐서
어지간한 귀신이 아니다

　고등학교에 다닐 때 저는 소설을 쓰게 되리라고는 생각지도 않았습니다. 그런데도 두 작품의 제목을 정하고 계획을 짰습니다. '익사(水死)'와 '시동(尸童)127)'입니다. 지금 생각해보면 둘 다 패전 직전에 돌아가신 아버지와 관련되어 있습니다.

　'익사'는 아버지가 돌아가신 날, 남자로서 집에서 가장 연장자였던 제가, 홍수가 나던 심야에 아버지가 강에 나갔기 때문에 사고가

---

127) 신령을 잠시 들게 하기 위한 아이. 시동(尸童)은 일본어로 '시도(しどう)' 또는 '요리마시(よりまし)'라고 읽는다.

난 것이라고 우겨대며 어머니와 대립했던 일이 주제입니다. '시동'은 한화사전(漢和辭典)에서 이 단어를 발견하고 떠오른 공상에서 나온 것입니다.

우리 집의 가업은 지폐의 원료인 삼지닥나무의 하얀 속껍질을 납품하는 일이었습니다. 그 계절이 되면 화물열차 편으로 오사카의 내각 인쇄국에 납품하기 위해 하얀 속껍질을 직육면체로 뭉치는 작업이 시작됩니다.

뒷방에서 마을 처녀들이 그 속껍질을 작은 다발로 만듭니다. 감독하는 어머니에게 한 처녀가 말합니다. 결혼식을 올리자마자 출정한 옆집 청년이 전사했다는 공보(公報)가 왔다고. 신부는 비탄에 빠집니다. '귀신'이 씌어 이상해집니다. 산속 수도자가 불려오고, 그가 데려온 아이에게 '귀신'의 목소리로 말하도록 합니다.

"나는 살아 있는데!" 하고 '귀신'이 몇 번이나 말하기 때문에 그 말을 들은 신부는 제정신을 찾고 친정으로 돌아가기를 거절합니다. 그러고 나서 출정한 청년으로부터 편지가 도착합니다!

옆의 작은 방에서 완성된 다발을 검사하며 붙어 있는 겉껍질을 떼어내는 작업을 하고 있던 아버지가 혼잣말처럼 말합니다.

"그게 시동이야."

옆에서 듣고 있던 제가 묻자 아버지는 "주검시밑(尸)"이라고만 대답합니다.

아버지가 돌아가시고 자유롭게 볼 수 있게 된 한화사전을 보니 '주 검시밑' 부수의 '시(尸)'인 것 같았습니다. '요리마시(よりまし)'와 같은 의미의 시동(尸童)이라는 단어도 나옵니다. 하지만 무엇보다 저를 두근 거리게 한 것은, 시(尸)는 시(屍)의 본디 글자이고 그 글자가 상형문자이 기도 해서 그 옆에 붙어 있는 그림이었습니다. 누워 있는 사람 모습이 었는데, 저는 고대 문자를 직접 실감할 수 있어 깜짝 놀랐습니다.

고등학교에 들어가 선택과목으로 들은 고문(古文)에는 『헤이케 이야 기(平家物語)』 제3권의 일부가 실려 있었습니다. 나중에 겐레이몬인(建礼 門院, 1155~1213)이 되는 젊은 황후가 겪는 출산의 고통에 여러 '귀신'이 붙고, '요리마시'를 매개로 그 귀신들에게 말을 하게 하여 진정시키는 구절이었습니다. 제가 흥분하여 이런 예가 나오는 다른 고문을 가르 쳐달라고 하자 저를 못마땅해하던 선생님은 『겐지 이야기』에 그런 예 가 나오는데 그건 자기 힘으로 찾으라며 내쳤습니다.

여름방학에 골짜기의 집으로 돌아가 어머니가 낱권으로 갖고 있던 유호도(有朋堂) 문고판 『겐지 이야기』를 봤습니다. 출산 장면일 거라고 혼자 생각하며 보다가 '요리마시'라는 말은 사용되고 있지 않지만, 이 거다, 하는 장면을 찾아 의기양양하게 노트에 적었습니다. 지금도 대 강 암기하고 있습니다.

아오이(葵) 부인이 겪는 출산의 고통에 들린 온갖 귀신과 산 사람의 원령 등의 '귀신' 중에 육조 미야스도코로(六条御息所)[128]의 원령이 있 습니다. 하지만 영험한 도승이 술을 써도 이 '귀신'은 도승이 데려온

'요리마시'에게 저항하며 입을 다물고 가만히 있을 뿐입니다.

> 온갖 귀신과 산 사람의 원령이 나타나 자기 이름을 말했습니다. 그
> 가운데, 곁에 앉혀 놓은 아이에게 옮겨 가지 않고 몹시 괴롭히는 것
> 도 아니면서 아오이 부인의 몸에 딱 들러붙어 한시도 떠나지 않는
> 끈질긴 귀신이 하나 있었습니다.
> 영험한 도승의 기도에도 물러가지 않는 끈질김으로 봐서 어지간한
> 귀신이 아닌 듯싶었습니다.[129]

이 글에 나오는 '아이'가 '요리마시'이고, 여기에 나타난 것은 살아
있는 사람의 '귀신'인 육조 미야스도코로입니다. 저는 이것을 출발점
으로 '접시꽃 축제'(葵)를 여러 번 읽는 중에 이 지적인 여성에게 매료
되었습니다. 외국의 대학에 체재하고 있을 때, 『겐지 이야기』에 나오
는 여성 중에서 가장 매력적인 여성이 누구라고 생각하느냐는 질문을
받으면 늘 육조 미야스도코로라고 대답했습니다.

그리고 저는 이 구절에 '요리마시'에 대한 언급이 없는데도, 그가
소년이고 육조 미야스도코로에게 공감하여 그녀에게 '귀신'으로서
의 활동을 계속하게 하려고 도승에게 저항하고 있다고 생각하기도

---

128) 미야스도코로는 겐지가 사랑하던 여인 중의 한 명이고 아오이 부인은 정실이다.
129) 무라사키 시키부, 김난주 옮김, 『겐지 이야기 2』, 한길사, 2007, 146쪽.

했습니다.

'시동'이라는 제 소설의 구상은 거기에서 나온 것입니다. 실제로 저는 시코쿠(四国) 숲속의 커다란 나무 아래에 앉은 '요리마시'가 마을의 역사나 전승의 인물, 그리고 이 나라에서 세계로 퍼져나가는 다양한 인물들에게 '귀신'으로서 자신을 이야기하게 하는 단편(斷片)을 여러 편이나 썼습니다. 히로시마나 오키나와의 진정되지 않은 영혼을 위한 '요리마시' 역할이 생긴다면, 하고 바란 일도 있었습니다.

고등학생의 몽상은 끝내 달성되지 못했지만, 그래도 지금 저는 『익사(水死)』[130]라는 제목의 소설 초고를 썼고, 시간을 들여 교정을 하고 있는 중입니다.

"끈질김으로 봐서 어지간한 귀신이 아니다"[131]란 '귀신'에 대한 비평이지만, 소설가에게는 '귀신'과 '요리마시'를 합친 점이 있는 게 아닐까, 하고 계속 자신을 격려하고 있습니다.

---

130) 大江健三郎, 『水死』, 講談社, 2009.

131) 『겐지 이야기』의 '접시꽃 축제'(葵)에 나오는 말로 직역하면 "집착이 심한 기색, 보통이 아니다(執念き氣色, おぼろけのものにあらず)".

문화는
위기에 직면하는 기술

바흐의 그 음악을 들은 것은 1963년 가을이었습니다. 장소는 작곡가 다케미쓰 도루 씨의 작업실이었는데, 저는 정말 마음을 빼앗기면서도 건방지다고 생각될까봐 레코드를 치우는 다케미쓰 씨에게 피아니스트의 이름을 물어볼 수 없었습니다.

〈현악을 위한 레퀴엠〉[132]을 듣고 바로 그 작곡가인 다케미쓰 씨를 소개받았는데, 이토록 특별한 사람이 있을까, 하고 깊은 인상을 받았

---

132) 弦樂のためのレクイエム. 일본의 작곡가 다케미쓰 도루가 도쿄교향악단의 위탁으로 1957년에 작곡한 현악합주를 위한 작품이다.

습니다. 그 직후 다케미쓰 씨는 우리 집에서 2백 보쯤 떨어진 곳으로 이사를 왔습니다. 매일처럼 두 사람 중 한 사람이 찾아가 이야기를 나누는 나날이 이어졌습니다.

그런데 제 첫 아들이 머리에 장애를 가지고 태어나서, 저의 생활은 대학병원의 특별아동실과 아내가 입원해 있는 병실을 오가다가 심야에 집으로 돌아가는 것으로 일변했습니다. 그러던 어느날 아침 일찍 다케미쓰 씨의 목소리가 들려 나가보니, 산울타리 가득 이슬로 빛나고 있는 가운데 다케미쓰 씨가 커다란 종이봉지 두 개를 들고 서 있었습니다. NHK에서 철야로 일을 하고 LP 세트를 빌려왔으니 같이 듣자는 것이었습니다.

그의 집까지 함께 걸으면서 다케미쓰 씨가 먼저 〈마태수난곡〉 이야기를 했는데 제가 〈평균율 클라비아 곡집〉 제1권, 제2권을 골랐으므로 불만인 것 같았습니다만, 관대하게 네 시간 가까이 묵묵히 틀어주었습니다. 다 듣고 나서 준비 체조라도 하는 양 팔을 휘두르며 돌아갔다, 고 나중에 그에게 우스갯소리를 했지만요.

다케미쓰 씨는 음악 지식이 변변찮은 저에게 조마다 프렐류드와 푸가가 이어진다고 설명해주었을 뿐이었지만 저는 역시, 이토록 특별한 것이 있는가, 하고 매료되었습니다. 그러다가 한 달 정도의 어둡고 꽉막힌 상황에서 해방되어, 그런 식으로 인간은 나아가는 거구나, 하는 확신이 이어진 채 『개인적인 체험』의 서장을 쓰기 시작했습니다.

그 후 몇 가지 종류의 〈평균율 클라비아 곡집〉을 구해(CD 시대가 되어 복각판도 차례로 나왔습니다) 그때 들었던 걸 찾으려고 했습니다만, 제 가슴속에서는 늘 이게 아니라는 느낌만 들었습니다.

그리고 길기만 했던 올 장마가 한창일 때, 히카리가 결코 빼놓지 않고 듣는 요시다 히데카즈(吉田秀和, 1913~2012) 씨의 라디오 프로그램을 아들 옆에서 소설을 퇴고하며 듣고 있던 저는 망연자실했습니다. 바로 그 곡이 흘러나왔던 것입니다. 몸을 뒤로 돌려 다케미쓰 씨를 찾았을 정도였습니다.

히카리의 기억을 토대로 안젤라 휴이트(Angela Hewitt)라는 피아노 연주자의 CD를 찾는 중에 그녀의 〈평균율 클라비아 곡집〉 직수입 음반을 취급한 사람을 만났습니다. 그 소리가 무척 정겨워 가을이 된 지금도 계속 듣고 있습니다.

지금도 활약하고 있는 캐나다의 여성 피아니스트가 그 곡의 연주자였을 리는 없습니다. 하지만 제가 라디오를 듣고 받은 감동은 확실한 것이었습니다. 제 인생에서 특출한 음악적 경험이 46년을 사이에 두고(히카리의 나이입니다) 이 CD로 순환의 고리를 닫은 심정이었습니다.

이어서 이번에는 책에서 그와 똑같은 경험을 했습니다. 우송되어온 책을 정리하다가 야마구치 마사오(山口昌男, 1931~2013)의 『학문의 봄 — '지(知)와 놀이'의 10강의』[133]를 발견하고 반갑게 읽는 중에 마음이 흔들렸습니다.

---

133) 山口昌男, 『学問の春 - 〈知と遊び〉の10講義』, 平凡社新書, 2009.

저는 학부 중간에 학문에 대한 능력 부족을 자각하고 소설을 쓰는 길로 나아갈 결심을 했기 때문에 결국 학문에 대해서는 어중간하게 되고 말았습니다. 다만 와타나베 가즈오 교수의 모든 저작과 그때까지 혼자 읽고 있던 엘리엇이나 오든(Wystan Hugh Auden, 1907~1973)의 시집과 연구서로 채운 책장으로 침대를 둘러싸고, 우울해지면 며칠 동안 말 그대로 그 어두운 그늘로 숨어드는 나날을 계속하고 있었습니다. 그러다가 마흔이 되던 해, 그 책장의 책을 완전히 교체하는 사태가 벌어졌습니다.

그 지각변동은 야마구치 마사오의 『문화와 양의성』[134]에 의해 초래된 것이었습니다. 이 비교사회학자의 저작과 그 저작에 이탈리아 희극의 아를레키노(Arlecchino)[135]를 방불케 하며 눈부시게 등장하는 미지의 세계 저작자들에게 저는 빠져들었습니다.

다시 입문하는 것처럼 새로 나온 문고판을 읽은(10년 전 강의의 신선한 편집) 중년의 소설가는, 애를 태우기도 했던 당시의 탈선이 지금도 점프를 강요하지만, 거기에는 착지할 만한 새로운 지형에 대한 인식도 있다는 걸 깨달았습니다.

그리고 야마구치 씨는 정면으로 근본 사상을 말하는 사람이었습

---

134) 山口昌男, 『文化と兩義性』, 岩波書店, 1975(岩波現代文庫, 2000).

135) 이탈리아의 즉흥 희극인 코메디아 델 라르테에 나오는 익살스러운 광대 캐릭터. 흔히 검정 가면을 쓰고 마름모꼴 얼룩무늬가 있는 타이츠를 입은, 약아빠진 시골 출신의 하인으로 등장한다.

니다.

　　오늘날 비교연구를 해나갈 때 가장 중요한 과제는, 문화란 보통 그
렇게 생각되지 않지만 위기에 직면하는 기술이다.

　오늘날 위기는 세계에, 또한 이 나라에 머물러 있습니다. 그것과 연
결되어 있는 (게다가 외따로 떨어진) 개인의 위기도 극복하지 않으면 안
됩니다. 서점은 온갖 분야, 더군다나 온통 실용적인 책의 더미입니다.
　이런 때 위기에 직면하는 기술로서 가장 오래된, 문화에 대해 말하
는 책을 저는 주목합니다.

자연은
권리를 갖지 않는다

마을에 생긴 신제 중학교의 전교 자치회에서, 교문 옆 석상이 흔들거려 무섭다는 여학생의 발언이 나왔습니다. 의장인 저의 역할은 어떤 의견이 나왔는지를 정리하는 일이었습니다. 실제로 뭔가 해달라는 이야기는 달리 없었으므로 그것만 보고했습니다.

하지만 교감 선생님의 대응은 그 무렵 으레 하는 말, '자발적으로 하라!'였습니다. 그래서 혼자 대좌로 올라가 여러 가지로 조사를 한 후 저는 모두에게 뒤로 물러서라고 하고 석상을 쓰러뜨렸습니다.

원래 있던 동상은 자원으로서 군에 공출되어 석상으로 교체되었는데, 그때 교체된 석상의 모델은 나라를 위해 어떤 공부를 할지, 어떤 모범적인 행동을 할지 그 모범이 되는 사람이라는, 문부성에서 나온 사람의 설명이 있었습니다. 하지만 장작을 지고 걸으면서 책을 읽는 긴지로 소년[136]의 석상을 보고 저는, 우리에게는 책상에 앉아 읽을 책도 없는데, 하며 기이한 불만을 품었습니다.

그래도 잘했다고 말해주는 선생님에게, 저는 폼을 잡았을 뿐이라는 생각에 부끄러웠습니다.

언젠가 시카고대학의 데쓰오 나지타(テツオ ナジタ, 1936~) 교수에게 그 이야기를 했습니다. 그를 소개해준 이는 제가 처음으로 미국 대학에 체재한 이래 형으로 모셔온 마사오 미요시(三好將夫, 1928~2009) 교수였습니다.

나지타의 부모는 히로시마 현에서 미국으로 이민을 갔고, 전쟁이 시작되자 하와이의 군 기지에 채소를 공급하는 농장에 고용되었다가 종전이 되자 일자리를 잃었습니다. 나지타는 일가가 퇴거하는 작은 차의 짐칸에 혼자 서 있다가 귀국하는 미군을 가득 실은 거대한 트럭과 마주쳤는데, 그 진동과 장래에 대한 불안에 몸을 부르르 떨었다고 합니다.

우리는 깊은 산중에 있는 나지타의 생가 터에서 반쯤 야생화한 라임을 씹으며 이야기를 나눴는데, 그는 저의 오랜 선입견을 바로잡아

---

136) 에도 후기의 농정가이자 사상가인 니노미야 손토쿠(二宮尊德, 1787~1856)의 동상을 말한다. 각지의 초등학교에 장작을 지고 걸으며 책을 읽는 모습의 동상이 세워졌다.

주었습니다. 니노미야 손토쿠는 오히려 농민들에게 지식을 얻고 싶으
면 자연을 읽으라고 가르쳤다고 말이지요. 자연이야말로 언어이고 자
연의 문법을 아는 것이 우리의 교양이 되며 그것에 의해 확실한 행동
을 할 수 있게 된다고 말입니다.

제 인생의 행복은 학자 친구의 저작을 문학의 현장으로 끌어당겨
자신의 습관에 따라 읽어내고 직접적인 대화로 그것을 심화시키는 일
입니다. 그리고 저는 그의 저작을 이런 선에서 다시 읽고 또 새롭게 읽
어왔습니다.

그의 근래 저작인 『Doing 사상사』[137]에, 니노미야 손토쿠와 이단의
농업개혁자였던 안도 쇼에키(安藤昌益, 1703~1762)와도 공통되는, 자연의
문법을 읽는 방법이 서술되어 있습니다. 예컨대 "자연은 인권의 근원
이다, 하지만 자연은 권리를 갖지 않는다"와 같은.

저는 나지타의 이 말을, 뉴욕대학에서 5년 전에 열린 '중대하고도
긴급한 문제들'이라는 마사오 미요시 기념회의에서 들었습니다. 지금
책으로 확인해보니 나지타의 제언은 더욱 절실하게 생각됩니다.

부시 대통령과의 '우정' 때문에 '평화헌법'을 포기할지도 모른다
는 일본 정부에 그는 위기감을 갖고 있었습니다.

형세는 불리하고 비관적이 되지 않을 수 없지만 여기서 포기할 수는

---

137) テツオ ナジタ, 平野克弥他編訳, 『Doing思想史』, みすず書房, 2008.

없습니다. 일본 사람들에게 헌법의 재평가를 호소해야 할지도 모릅니다. '평화헌법'이 아니라 평화와 생태학의 헌법이라고 부르면 어떻겠는가 하고 말이지요. 평화는 생태학에서 불가결하고 생태학은 평화의 전제입니다. '평화헌법'은 해외에서의 합동군사작전에 참가하는 것을 금지한 정치적인 문서로서만이 아니라 (⋯) 자연계의 질서에 대한 폭력적인 개입을 금지하는 문서로서도 읽히지 않으면 안 됩니다.

나지타는 제목대로 자연이 그 자신을 지킬 권리를 갖지 않는다고 말하면서도 2백년 전 프랑스의 '인권선언'을 상기시키고 있습니다. 서설에서 시작하여 세 번 나오는 droits naturels라는 구절(자연권이라 번역되는 말입니다)에 포함되는 nature라는 말에 강조점을 두어, 우리로 하여금 새삼 "자연은 인권의 근원이다"라고 의식하도록 요구하고 있습니다.

나지타는 책의 제목에 대해, "'Doing'이라는 말은 지금까지 쓰인 적이 없던 역사에 형태를 부여하고 기술하기 위한 새로운 방법을 발견하는 것이 얼마나 시간이 걸리고 힘든 일인지를 나타내는 표현"이라고 설명합니다만, 근세 후반과 현대 각각의 궁지에 발을 디디고 공시적으로 사상사를 '하는' 것이 그의 연구와 교육의 일관된 방법입니다.

저는 정권을 교체시킨 민주당의 하토야마 씨가 핵폐기에 대한 희구를 오바마 대통령과 공유하고 지구온난화 대책을 선도하는 주도권을 표명한 것을 보고 나지타의 불굴의 의지가 메아리치는 소리를 듣는 심정이었습니다.

하지만 부시 시대부터 평화헌법을 포기하고 미국의 군사행동에 대한 협력을 원활하게 하고 싶었던 사람들이 민주당에서 실세를 유지하고 있다는 것도 사실입니다. 니노미야 손토쿠나 안도 쇼에키라면 '할' 것임에 틀림없는, 핵우산의 미망을 설명하고 평화를 위한 전쟁 같은 것은 본말전도라고 계속 말하는 것이 여당(민주당) 내에서 과연 가능한 일일까요?

미래를 만드는
브리콜라주

레비스트로스의 죽음을 알리는 기사를 읽은 날 아침, 제가 시작한 것은 삼십대 초에 고생하며 읽었던 이 대학자의 텍스트를 찾는 일이었습니다. 당시 아직 번역본이 나오지 않은 『La Pensée Sauvage』(야생의 사고), 즉 제가 그래도 구조주의라는 이름과 함께 아마추어 독서가에게도 평판이 들리던 이 책을 마루젠 서점에서 입수한 것은 개인적인 흥미에서였습니다.

저는 프랑스 신문의 서평란에서 조명을 받고 있다고 쓰여 있는 말 '브리콜라주(Bricolage)' [138]에 관심이 있었던 것입니다. 비교적 새롭고 큰 불일(佛日)사전을 보니 그 말은 다음과 같이 정의되어 있었습니다.

1, (가정 내 등에서) 수선·공작. 2, 응급수리. 그리고 3은 레비스트로스의 용어라고 말하며 손재주, 일관된 계획 없이 마침 그 자리에 있는 소재나 도구로 적당히 조합하여 문제를 해결해가는 방식이라고 되어 있었습니다.

저는 아버지가 돌아가신 후 유품인 작은 공구상자를 늘 옆에 두고 아주 낡은 건물인 집 자체를, 그리고 전쟁 전부터 있어 차례로 고장 나는 축음기나 선풍기를 수리했습니다. 도리어 망가뜨리고 만 일도 있었지만 공구상자는 어머니에게 귀중한 보물로 여겨졌습니다.

성인이 되고 나서도 공구상자는 내용을 바꿔가며 계속 쓰이고 있습니다. 지적장애가 있는 아들이 매일 밤 화장실 갈 때 들고 다니는 손전등은 스위치 부분의 플라스틱이 파손되어 얇은 금속 조각이 빠지거나 자주 고장을 일으켜 아들을 당혹스럽게 합니다. 정서적인 이유도 있는 것 같은데, 아들은 여러 해 동안 사용하고 있는 물건이 아니면 안 되는 경향이 있습니다.

굵고 빨간 줄무늬 스커트를 입은 개구리 모양인데, 그저 순수한 표정을 띠고 있을 뿐입니다. 일단 망가지면 수리하기가 무척 성가신 일이라 예비로 쓸 동일한 물건을 찾아봤으나 더는 만들지 않는 것 같았습니다. 시간을 들여 다시 조립하고 중심부의 나사를 조이는 단계에

---

138) 프랑스의 구조주의 인류학자 클로드 레비스트로스가 그의 저서 『야생의 사고』에서 신화와 의식(儀式)으로 대표되는 부족사회의 지적 활동이 가지는 성격을 나타내기 위해 사용한 용어에

서 퍽 하는 소리가 나면서 모든 부품이 사방으로 흩어지는 일도 종종 있습니다. 하지만 실패를 거듭한 후에 개구리 안쪽에서 불이 켜지면 옆에서 기다리고 있는 아들의 얼굴에 부드러운 빛 같은 미소가 떠오릅니다. 그것이 저에게도 소중한 것입니다.

저는 왜 제가 '브리콜라주'에 열중하는지를 알고 싶었는데, 바로 뒤에 쓴 『만엔 원년의 풋볼』에는 역시 통시적인 역사 감각과는 다른 것에 눈을 뜨게 해주는 레비스트로스의 힘이 영향을 끼치고 있는 것 같습니다.

그 점을 포함하여 오래된 책에 연필로 메모해놓은 것을 따라 다시 읽은 이 책이 저에게 새롭게 환기하는 생각을, 지금 입수한 번역본 『야생의 사고』[139]에서 인용하면서 요약하려고 합니다.

> 토기, 직포(織布), 농경, 동물의 가축화라는 문명을 만드는 중요한 기술들을 인류가 습득한 것은 신석기시대이지만, 그런 '구체적인 과학의 성과'는 머지않아 정밀과학, 자연과학이 가져온 성과와는 달랐다. 그러나 1만 년도 전에 확립된 그 성과는 지금도 우리 문명의 기층을 이루고 있다. 원시적 과학이라기보다 '제1과학'이라 칭하고 싶은 이런 종류의 지식이 사고의 측면에서 어떤 것이었는가를 공작의

---

139) クロード・レヴィ・ストロース, 大橋保夫訳, 『野生の思考』, みすず書房, 1976.

측면에서 상당히 잘 이해시켜주는 활동 형태가 현재 우리에게도 남아 있다. 즉 브리콜라주다. 그것을 통해 과학적 사고와는 다른 신화적 사고, 이를테면 일종의 지적 브리콜라주를 확인할 수 있다.

그런데 제가 서고에서 레비스트로스의 책을 찾아낸 것은 거기에 기술된 '브리콜라주'에 대한 기억을 정확히 하고 싶었기 때문입니다. 하지만 그것은 직접적으로 제가 오바마 대통령의 프라하 연설의 미래를 생각하는 것으로 이어져 있습니다. 핵폐기를 향해 본격적으로 움직이기 시작한다면 반드시 해야만 하는, 수고도 시간도 걸리는 큰 일은 2009년 현재 2만 개가 넘는다는 핵탄두를 하나씩 모두 폐기하는 것입니다.

핵무기의 총량이 엄청나게 거대해진 것이 이 혹성에 멸망을 초래할지도 모릅니다. 그 절박한 현실의 기괴함은 인간이 유사 이래 겹겹이 쌓아온 모든 신화적·주술적 상상력의 규모를 넘어섰다고 생각합니다. 그러한 궁지에 빠지게 한 것은 과학적 사고의 총체이지만, 지금까지의 과학자가 이 악몽을 모조리 없앨 코페르니쿠스적 전환 같은 길을 제시한 일은 없습니다.

제가 그런 방향의 행위 중에서 최고의 것으로 기억하는 것은, 물리학자로부터 기상학자에 이르기까지 실로 다양한 방면의 과학자들이 '핵겨울(Nuclear winter)' [140]에 의한 인류 멸망의 길을 세세하게 계산한 때였습니다. 그것이 가져온 핵군축에 대한 몇몇 국제조약이 활성화된

다면 결코 효과 없는 일이라고는 생각하지 않습니다. 그러나 압도적이었던 '핵겨울'에 대한 실감은 여전히 계속되고 있는 걸까요?

핵폐기 움직임이 실제로 존재하고 진행되고 있다며 전 세계의 시민에게 보여주는 시위로서, 일정한 수의 시민들이 그 기술과 수중에 있는 도구로 2만 분의 1의 핵탄두를 없애는 광경이 한 광장에서 전 세계로 위성 중계되는 날을 저는 꿈꾸고 있습니다.

---

140) 핵전쟁이 일어나면 도시와 삼림이 대화재를 일으켜 대량의 먼지와 연기 층이 생겨 햇볕이 지상에 도달하지 않아 기온이 저하되고 깜깜한 세상이 될 거라고 생각되는 기간을 말한다. 천문학자인 미국 코넬대학 칼 세이건 교수 등 과학자 그룹이 1983년에 이 이론을 발표했다. 미국과 소련 양국이 보유하고 있는 1만메가톤의 핵무기를 모두 사용하는 전면전쟁이 일어나면 60일 후에는 북반구의 중위도 지방에 영하 45도나 되는 북극과 같은 추위가 몰아쳐 인류는 멸망한다고 경고했다.

어떤 맑은
겨울날의 발견

　반년에 걸쳐 장편소설을 고쳐 쓰고 몇 번의 교정에 열중하다보니 어딘가 비일상적인 곳에 장기 체류하고 있는 것 같았습니다. 햇볕이 따사로운 겨울날 아침, 일어나면 하는 일 없이 소파에 드러누워 있습니다.

　벌써 마흔여섯 살인 히카리는 여느 때와 마찬가지로 새로 구한 CD를 잠깐씩 틀어보며 컬렉션의 선반을 정리하고 있습니다. 아내는 딸이 결혼한 후 백 개의 장미 묘목을 사와 키우기 시작한 장미 중 살아남은 것과 해마다 보충한 묘목으로 가득 찬 조그마한 정원에서 힘쓰는 일을 하고 있습니다. 벌레가 먹었다고 여겼던 가련한 들장미

교배종이 또렷하게 피운 꽃을, 거실에서 보이는 곳에 내놓겠다는 오늘 아침.

두 사람 다 제 시선에는 신경 쓰지 않지만, 물어보면 아내는 "처음에는 꽃이 피어도 그냥 그랬는데 해가 가면서 병충해를 면한 것들은 다 제가 정겹게 느끼는 꽃을 피워줘요. 이것도 저것도" 하며 그 실례를 보여줍니다.

히카리는 이 에세이에 쓴 일로 많은 정보를 얻어 다 갖추게 된 바흐의 〈평균율 클라비아 곡집〉의 CD를 그의 방식대로 분류하고 있습니다. 저는 거실까지 진출해온 소설의 카드, 노트, 각 단계의 초고를 모두 정리하여 완전히 새로운 환경으로 만들 생각입니다. 하지만 좀처럼 작업에 착수할 수가 없습니다.

젊었을 때는 다 쓴 소설의 잔불을 끄는 데 애를 먹었습니다. 그런데 지금은 아무 것도 하지 않고 있는 자신을 재촉할 힘이 있다면, 앞으로 어떤 소설을 쓰거나 쓰지 않거나 하는 것이 아니라 일찍이 없었던 경험으로 기다리고 있을, 현실에 찾아올 것에 대한 준비를 어떻게 시작할까 하는 생각을 합니다. 그것은 단호하게 결단하는 종류의 일이 아니라고도 느낍니다.

와타나베 가즈오 선생님은 이십대였던 저에게 소설의 방향에 대해서는 아무 말도 하지 않고 "소설을 쓰는 것 이외에 해야 할 노작(勞作)"으로서 3년마다 주제를 정해 매일 관련 책을 읽을 것을 권했습니다. 저는 내내 그렇게 해왔습니다만, 1960년대에 들어서자 주기는 2년, 1

년으로 짧아졌습니다. 그래도 소설의 마무리에 착수하기 전에 읽고 있던 가토 슈이치의 저작은 실제로 소파 옆 책상에 쌓여 있습니다. 새롭게 간행되기 시작한 『가토 슈이치 자선집』[141]입니다. 저는 그 선집을 읽기 시작했습니다. 그리고 깨닫게 된 것은 제1권에 있어야 할, 저에게 특별히 소중한 한 편이 포함되지 않았다는 것입니다.

가토 씨의 생전에 편집이 시작되었고, 그 후의 편자는 확실히 저자의 유지를 잇는 와시즈 쓰토무(鷲巣力, 1944~) 씨입니다. 가토 씨가 젊었을 때 쓴 다른 작품에 밀린 것일까요? 그래서 더 젊은 두 편자가 만든 매력적인 한 권의 선집인 『말과 전차를 응시하며』[142]를 보니, 거기에는 확실히 있었습니다.

「지식인의 임무」라는 제목 옆에 와타나베 가즈오 선생님에게 바치는 헌사가 프랑스어로 적혀 있습니다. 가토 씨는 앙드레 지드가 편찬한 토마스 만의 반파시즘 논집을 와타나베 선생님에게 빌려 밤을 새워 읽었습니다. 제2차 세계대전이 끝난 직후 와타나베 가즈오 선생님이 번역한 『다섯 개의 증언』[143]이 나왔을 때의 추억에 대해 쓴 글입니다. 같은 파시즘 국가가 벌이고 있는 전쟁의 한복판에서 토마스 만의 책에 환기되어 대화를 계속하기 위한 말은 일본어가 아니었던 것이지요.

---

141) 加藤周一(鷲巣力 編集), 『加藤周一自選集』(全10卷), 岩波書店, 2009.

142) 加藤周一(小森陽一·成田龍一 編集), 『言葉と戦車を見すえて』, ちくま学芸文庫, 2009.

143) トーマス·マン, 渡辺一夫訳, 『五つの証言』, 高志書房, 1946.

20년쯤 늦게 이 책을 찾고 있던 저에게 와타나베 가즈오 선생님은 앙드레 지드의 서문을 번역한 부분을 잘라내 다른 책에 썼다고 하며 나머지 부분을 주었습니다. 저는 가토 씨의 감명을 체험했습니다. 그리고 20년 가량 젊은 세대인 고모리 요이치(小森陽一, 1953~) 씨는 『말과 전차를 응시하며』의 해설에 이렇게 썼습니다.

> 가토 슈이치는 「지식인의 임무」(1947)에서 '무력했던 일본의 지식계급'을 '구하는 길'로서 '인민 속에 자신을 던져 인민과 함께 다시 일어서는 것 외에 있을 수 있을까' 하며 문제를 제기했다. 그 입장을 실천으로 전환한 것이 '9조 모임' 운동이었다. '9조 모임'을 구상하는 시점부터 나는 가토 슈이치에게 계속 달라붙어 있었는데, 거기서 가토 사상의 뿌리를 만났다고 느꼈다.

이제 소파에서 일어난 저는 대부분의 잎이 노랗게 물든 덤불 같은 뜰 귀퉁이에 몇 세대나 둥지를 틀었고 그 후에도 계속 찾아오는 박새나 동박새를 위한 먹이통을 고치고 있는 아내에게 물었습니다.

"히카리는 십대 전반에 작곡을 시작할 때까지, 자기만의 방식이기는 했어도 말을 잘 했어. 그런데 그 이후로 왜 늘 입을 다물고 있게 되었을까?"

"음악으로 만드는 게 자신이 정말 말하고 싶은 것을 더 잘 표현할 수 있다고 느끼는 게 아닐까요?"

"히카리가 30년 간 작곡한 악보를, 당신이나 히카리의 도움을 받아 언어로 번역하면 히카리의 전기(傳記)가 될지도 모르겠는데."

나는 이렇게 말했습니다. 그야말로 큰 작업이기는 하겠지만요.

관용만은
할 수 없었다

2010년 정월 초하루 아사히신문의 독서 특집에 저에 대한 인터뷰가 말끔히 정리되어 실려 있었습니다. 저는 그대로 '인생의 습관'을 계속 해왔는데, 지금도 생생하게 기능하고 있는지 시험해볼까 하는 생각을 했습니다.

제가 말한 것은 책에서 책으로의 자연스러운 '맥락'에 따라 읽어나가는 일, 게다가 시간을 두고 '다시 읽는 일'을 중요하게 생각한다는 것이었습니다. 전문 연구자로서 읽는 훈련을 하지 않은 아마추어의 습관입니다.

저는 작은 산처럼 쌓인 신간서적 더미에서 귄터 그라스가 스타일을 바꿔 쓰고 있는 자전의 두 번째 책 『상자형 카메라(Die Box)』[144]를 골랐습니다. 자전의 첫 번째 책[145]은 제2차 세계대전 말기 소년 그라스가 나치의 무장친위대원이었다는 것을 고백하여 세계적으로 센세이션을 불러일으켰습니다만, 그 내용만 돌출되어 있는 것이 아니라 머지않아 『양철북』으로 종합되는, 격동하는 사회에서 소년·청년으로 성장해가는 것을 좇아가는 문학적인 내용도 풍부한 책이었습니다.

두 번째 책은 '번뇌하는 사람'인 작가의 사생활을 적나라하게, 라는 취지의 광고도 있었지만, 어머니가 다른 여덟 명의 아이들에게 각자의 아버지상을 솔직하게 말하게 하는 스타일로, 창작과 사회활동이 특히 활발했던 그 시기 그라스의 초상, 반쯤은 등 뒤에서 바라본 그 초상이 떠오르는 책입니다.

다 읽고 나서 저는 곧바로 서고로 들어갔습니다. 그라스와 관련된 서적 더미를 파헤쳐 『암쥐』(Die Rättin, 1986)[146]를 다시 읽기 시작했습니다. 가족에게서 크리스마스 선물로 받은 쥐 바구니를 옆에 두고 집필에 힘쓰는 그라스의 모습이 인상 깊기도 했고, 이 작품은 반드시 다시 읽어야겠다고 마음먹은 장편소설이었기 때문입니다.

인터뷰 기사를 보충하자면, 캐나다의 문학연구자 노스럽 프라이

---

144) ギュンター・グラス, 藤川芳朗訳, 『箱型カメラ』, 集英社, 2009.

145) 『양파껍질을 벗기며(Beim Häuten der Zwiebel)』(2006).

146) ギュンター・グラス, 高本研一・依岡隆兒訳, 『女ねずみ』, 国書刊行会, 1994.

(Herman Northrop Frye, 1912~1991)로부터, 처음 읽을 때는 말의 미로를 헤매게 되기 십상이지만 '다시 읽을' 때는 방향을 가진 탐구가 된다는 걸 배웠습니다.

『암쥐』의 마지막에 가까운 부분에서 인류가 핵전쟁으로 멸망한 후 지구의 지배자가 된 쥐의 여성 지도자가 인간은 여러 가지를 할 수 있었지만 관용만은 할 수 없었다고 비판합니다. 그라스는 동서의 냉전 구조가 세계를 몇 번이나 파멸시킬 수 있는 핵무기를 가져 국제적 긴장이 극도로 높았던 1980년대에 이 작품을 썼습니다. 파국은 조지 오웰이 예고한 1984년으로 상정되어 있습니다(지금의 젊은 독자들 대부분은 무라카미 하루키의 『1Q84』를 떠올리겠지요).

번역의 시차가 있어 제가 읽을 수 있었던 것은 1994년이었습니다. "세계를 뒤덮고 있던 핵전쟁의 위기는 일단 벗어났지만"이라고 전제한 뒤 "여기에 그려져 있는 악몽의 가능성은 해소되지 않았다"고 옮긴이는 경고하고 있었습니다.

저는 그 이듬해에 그라스와 왕복서한을 시작했습니다. 그는 제1신에 이렇게 썼습니다.

> 우리는 1978년 도쿄에서, 그리고 1990년 프랑크푸르트 암 마인에서 만났습니다. 개인적인 만남에서도, 공개적인 자리에서도 우리는 바로 '우리의 공통된 테마', 즉 언제까지고 막으려고 하지 않는 상처에 대해 이야기했습니다.(『폭력에 저항하며 쓴다』[147])

·　·　·　·　·　·　·　·　·　·
　언제까지고 막으려고 하지 않는 상처는 과거에 뿌리내린 것만이 아니라 우리의 가까운 미래를 가로막고 있기도 하다는 것이 우리의 공통된 인식입니다. 마지막 페이지까지 다시 읽어나가면서 제가 새삼 무겁게 실감한 것은, '화자'가 여전히 인류가 존재한다면, 이라고 가정하는 말과 그것에 대한 대답입니다.

　　이번에야말로 우리는 서로를 생각하고, 게다가 평화를 좋아하고, 알겠어, 부드럽게 서로 사랑할 생각이야, 원래 그랬던 것처럼 말이야.
　　(…)
　　아름다운 꿈, 이라고 암쥐는 사라지기 전에 그렇게 말했다.

　얼마 전 그라스와 만난 것은 스톡홀름에서 열린 '노벨상 백주년 기념제'에서였습니다. 다른 분야 수상자들보다 수는 훨씬 적었지만 각자 서로의 작품을 잘 알고 있으므로 긴밀하고도 온화한 분위기였습니다. 우리에게 프랑스인 저널리스트가 물었습니다.
　"노벨문학상을 받은 사람들은 다들 그다지 축제적인 기분이 아닌 것 같네요?"
　저는 대답했습니다.

---

147) 大江健三郎, 『暴力に逆らって書く－大江健三郎往復書簡』, 朝日新聞社, 2006.

"우리는 20세기 후반에 세계 각각의 장소에서 인간이 짊어진 상처를 표현해왔고(라고 말하며 그것을 극복하는 희망을 모색하지 않았던 것은 아닙니다), 평생의 그 경험이 초래한 것을 아무도 감추려고 하지 않기 때문이 아닐까요? 하지만 그렇게 해서 완성한 작품에 대해서는 서로 적극적인 생각을 이야기하고 있습니다. 나지막한 목소리로…."

그때 저에게 다가온 그라스가 제 예복의 옷깃 장식을 반듯이 고쳐주었습니다. 옆자리에 앉은 부인이 보여준 미소에 대한 기억과 지금 『상자형 카메라』에서 발견한, 소설에 나오는 해양오염 조사에 힘쓰는 여성들은 그라스 자녀의 어머니들 모습이다, 라는 기술이 겹칩니다.

새로이
소설을 쓰기 시작하는
사람에게 3

생일날 아침, 거실 문에 붙어 있는 아들의 카드는, 두 팔에 빨강색과 파랑색 색연필로 칠한 봉을 들고 선 제 그림이었습니다. 가족이 카드로 축하의 뜻을 전하는 습관을 비웃는, 우리에게 향해진 어느 여성 시사평론가의 칼럼을 읽고, 말을 입으로 할 수 없는 사람이 쓴 수년 간의 카드를 기초로 단편을 쓴 적도 있습니다. 그런데 아버지의 사적인 분노가 노골적으로 드러나 '미발표 작품' 상자에 넣어둔 채입니다.

아들의 보행 훈련에 열중하고 있던 시기의 도구가 그려져 있어 저는 당사자가 다시 그 훈련을 하고 싶어 하는 거라고 생각하며 단단히 벼르고 있었습니다만, "아직 등뼈를 접질린 통증이 남아 있잖아요"라고 아내는 쌀쌀맞게 말했습니다. 저는 제 나이 '75'를 쓴 깃발도 그려져 있는 카드를 넣어두는 김에 미발표 상자에 담긴 작품 몇 개를 읽어보았습니다.

새삼스럽게 느낀 것은, 특히 소설을 쓰기 시작한 무렵에 제가 했던 것은 나날의 구체적인 증오나 비애를(자기 비평의 유머도 있지만) 기억에 새기기 위해서였다는 점이었습니다.

패전 며칠 후, 마을에 온 점령군 지프차의 통역 이야기(나중에 「갑작스러운 벙어리(不意の啞)」로 고쳐 쓴 것)나 요코스카(橫須賀)의 지인에게서 들은, 버스에 타서 나약한 청년을 둥치며 즐거워하는 미군들 이야기(얼마 후 「인간의 양(人間の羊)」으로 썼습니다) 등입니다.

제 작품 중에서 처음으로 널리 읽힌 「기묘한 일」(奇妙な仕事)[148]도 입원한 친구에게서 들은, 대학병원에서 실험용으로 기르고 있는 수많은 개가 아침저녁으로 일정한 시간에 일제히 짖기 시작한다는 이미지에 압도당해서였습니다. 노트에 적어놓은 것은 도쿄대학 신문에 싣기 위해 원고지로 채 60매가 되지 않게 쓴 것인데 (지금도 저에게는 단편으로서 가장 좋은 길이입니다), 너무 많이 기른 개를 처분하는 일을 위해 고용된 학생이 보수를 받지 못할 뿐만 아니라 개에게 물려 광견병 주사까지 맞게 됩니다.

---

148) 〈東京大学新聞〉, 1957年5月.

우리는 개를 죽일 생각이었지, 하고 애매한 목소리로 나는 말했다. 그런데 죽임을 당하는 건 우리 쪽이다.

여학생이 미간을 찌푸리며 목소리로만 웃었다. 나도 파김치가 되어 웃었다.

개는 죽임을 당해 푹 쓰러지고 가죽이 벗겨진다. 우리는 죽임을 당해도 돌아다닌다.

그러나 가죽이 벗겨져 있다는 거지, 하고 여학생은 말했다.

일본 전후 세대의 심리보고를 취재하러 온 미국 신문사의 특파원이 제 글을 읽고는 이런 단편을 계속 쓴다면 번역되어 좋은 평가를 받을 수 있을 거라고 말했습니다. 참고하라며 받은 몇 종의 잡지에는 모두 단편이 실려 있었습니다. 〈뉴요커〉였는지는 모르겠습니다만, 거기에 실려 있는 유대계 작가 버나드 맬러머드(Bernard Malamud, 1914~1986)의 신작에 매료되기도 했습니다!

작가가 될 생각이 없었는데도 저는 차례로 단편을 썼습니다. 졸업할 시기가 되었지만 대학원에 진학할 실력은 부족하고 취직은 더욱 가망이 없어 소설을 파는 생활에 들어선 것입니다. 긴 작품을 쓰게 된 것은 솔직히 원고료가 매수로 계산되기 때문이었습니다. 얼마 후 장편을 쓰기 위해 악전고투하는 중에 오래 계속될 주제가 조금씩 모습을 드러냈고, 우연처럼 일어난 가정사가 주제를 심화시키기도 했습니다.

그리하여 적지 않은 장편을 쓴 후에도, 내내 단편만 계속 썼다면 좋았을걸, 하고 후회에 사로잡히곤 합니다. 바로 얼마 전에도 그 뿌리 깊은 향수 비슷한 생각에 사로잡힌 적이 있습니다. 조금 전에 그 이름을 든 맬러머드의 단편집 『말하는 말(Talking Horse)』[149]을 읽고서요.

그중의 한 편 「백치가 먼저(Idiots First)」는 지적장애아를 가진, 노년에 접어든 아버지의 이야기입니다. 지병이 악화된 것을 자각하자 그는 아들을 아이의 숙부에게 보내려고 합니다. 야행열차 좌석을 얻기 위해 무척 고생한 끝에 가까스로 앉으려고 할 때 방해하는 남자와 싸움을 벌이는 처지에 빠지고 맙니다.

다행히 사태가 호전되어 아들을 보낸 후 남자는 자신이 때려눕힌 방해자의 몸을 걱정합니다.

이어서 구한 맬러머드의 전체 단편집을 계속 읽고 있는데, 구심적이고 다양하며 놀랄 만큼의 충격과 박력은(장편도 굉장하지만) 생애를 단편에 건 대작가의 비할 데 없는 세계입니다.[150]

일본의 출판계가 불황에도 꺾이지 않고 계속 지켜온 문예지는 무엇보다 순문학 신인 작가의 단편을 위한 무대입니다. 저는 눈 밝은 편집자가 유망하다고 본 재능 있는 신인의 단편 몇 편을 모아 한꺼번에 실음으로써 다소 긴 중편과 문학상을 겨뤄야 하는 불리함을 커버해야

---

149) バーナード・マラマッド, 柴田元幸訳, 『喋る馬』, スイッチパブリッシング, 2009.
150) "The Complete Stories" Farrar, Straus and Giroux.

한다고 생각합니다. 단편에는 오히려 그 짧은 길이 때문에 작자도 독자도 놀랄 만한(맬러머드 단편의 마지막 장면이 좋은 예) 성과를 낳는 일이 있습니다. 그것을 믿고 더욱 정진하고, 장편으로 나아가는 것을 서두르지 않으며 문체에서 인물상까지 전체를 계속 손질합니다. 그리고 단편이기에 가능한 다종다양한 주제를 시도하다가 끝내 평생의 주제를 만나는, 가장 바람직한 작가의 양성 방법을 저는 바라고 있습니다.

21세기 일본에
'덕'은 있는가

2010년 3월 초, 저는 시카고 대학의 쿼드랭클 클럽의 3층 석조 창문으로, 겨울 채비를 단단히 하고 빠른 걸음으로 왕래하는 학생들을 멍하니 내려다 보았습니다.

이 에세이에서도 다루었던 오랜(살아남은 사람끼리, 라고 말하고 싶은) 친구에게 대학이 상을 주는 '데쓰오 나지타 공로기념 강연'을 위해 시카고 대학에 갔습니다. 『익사(水死)』를 끝내고 나서 내내 그것에 전념했던 〈한 작가가 『가이토쿠도－18세기 일본의 '덕'의 여러 모습』[151]〉을

---

151) テツオ・ナジタ, 『懐徳堂－18世紀日本の「徳」の諸相』, 岩波書店, 1992.

다시 읽는다〉라는 초고는 이미 보냈습니다. 그런데….

그날 아침, 저는 지하 라운지의 한구석에서 시카고 대학 동아시아 언어문화연구학부의 일본학 전공 교수인 마이클 보다슈(Michael Bourdaghs) 교수에게 제 낭독을 들어달라고 부탁했습니다. 영어의 부족함에 대한 험담에는 익숙합니다만, 특히 이번에 저는 나지타가 주의 깊게 또 재미있게 고른 도쿠가와(德川) 중기 유학자에 의한 중국 고어의 훈독(仁을 '모노노아와레', '메구미'라고 읽거나 하는 일[152]), 근세 일본의 오사카 상인들이자 관청의 허가를 얻은 가쿠몬조(学問所)[153]의 학자이기도 한 사람들의 확신에 찬 문장을 일본어로 읽고 싶었기 때문입니다. 아울러 나지타의 품격 있는 영어 문체를 들려주고 싶었습니다!

그래서 먼저 제가 낭독을 끝내고 보니 한 시간 반이 걸렸습니다. 그것도 후반은 맹렬한 속도로 읽었는데도 강연 예정 시간의 두 배나 되었습니다.

그때부터 꼬박 이틀간 저는 초고를 줄이는 데만 애를 쓰고 있었습니다. 그사이, 은퇴한 후에도 하와이 섬에서 병을 키우면서 일을 계속하고 있는 나지타 부부가 도착하고(9년 전 그곳을 방문했을 때 찍은 사진도

---

152) 모노노아와레(もののあわれ)는 모토오리 노리나가(本居宣長, 1730~1801)가 주창한 헤이안(平安) 문학의 미적 이념으로 외계의 '모노(物)'와 그것에 접했을 때 일어나는 감동인 '아와레'가 일치했을 때 생기는 절실한 정취의 세계를 이념화한 말이다. 그 최고의 달성이 『겐지 이야기』라고 했다. 메구미(惠み)는 은혜, 인정, 자비를 뜻한다.

153) 에도 시대에 학문을 전수하기 위해 설치된 시설. 오늘날의 학교에 해당한다.

부인에게서 받았습니다. 천문 소년이었던 제가 남십자성을 비롯한 하늘 가득한 별에 도취되었던 마우나케아 천문대를 배경으로 찍은 사진이었습니다), 대학 관계자와의 리셉션, 학부 학생들과의 열띤 질의응답 등이 이어졌습니다.

준비 상황을 들으니, 소설가인 이상(학자가 아니라는 뜻입니다) 일본 연구의 전문가들만이 아닌 청중답게 그 강연을 좀 들어보고 싶었습니다. 저는 농가를 상대로 장사를 했던 아버지가 '잇속만 차린다'는 험담을 듣고 술을 마시며 푸념을 늘어놓았던 소년 시절의 일을 떠올렸습니다. 『익사』에 썼다가 마지막에 지웠습니다만, 나지타의 책을 검토하다가 불행한 아버지를 떠받쳐줄 것 같은 논거가 거기에 있다는 것을 알았던 것입니다.

아버지도 할아버지도 학식은 없는 사람이었지만, (어머니가 무리를 해서 저를 대학에 보내줄 때 예로 들며 주위 사람들을 설득했던) 증조부는 가이토쿠도(懷德堂)의 마지막 시기, 즉 19세기 전반에 오사카로 일하러 나가 몇 군데에 있던 작은 사설 학교인 주쿠(塾)에서 공부했습니다. 메이지 유신 후 마을로 돌아와(외곬이었던 그 피가 제게 흐르고 있습니다) 가르칠 곳을 마련했습니다.

진작 폐가가 된 그 주쿠에 걸려 있던, '의(義)'라고 큼지막하게 쓴 액자를 소중히 하면서 아버지는 그것이 어떤 가르침인지, 그의 조부를 이을 만한 능력도 기력도 없어 배울 수 없었다고 한탄했습니다.

저는 나지타의 책 『가이토쿠도 - 18세기 일본의 '덕'의 여러 모습』에서 배운 미야케 세키안(三宅石庵, 1665~1730)의 가이토쿠도 최초의 강의에서 아버지를 위해 다음의 문장을 인용했습니다.

> 이(利)란 인간의 합리적 판단, '옳음'(義)의 인식론, 그 연장에 다름 아
> 니다. 실제로 상인은 그들의 직업을, 결코 이익을 추구하는 것이라
> 고 생각해야 할 것이 아니라 '의'라는 도덕적 원리에서 나오는 윤리
> 적인 활동이라고 생각해야 한다. 의가 객관적인 세계 안에서 행동으
> 로 옮겨지는 경우에 '이'는 노력을 필요로 하지 않고 욕망에 흐트러
> 지는 일도 없이 '자연스럽게' 나타나는 것이다. "'이'는 하지 않아
> 도 스스로 따라다니는 것이다"라고 세키안은 말을 잇는다.

저는 듣기 쉽도록 많이 나눈 장(章)을 빈틈없이 이어주는 보다슈 교수의 도움을 받아, 적어도 정해진 시간 안에 강연을 끝낼 수 있었습니다.

이튿날 아침 일찍 옛날을 떠올리며 캠퍼스의 아름다운 건물 안을 걷고 있으니 일본사를 공부하는 4학년 학생으로, 곧 중국어 수업에 들어가야 한다는 여학생이 다가와 어젯밤 강연을 들은 감상을 들려주었습니다. 또 미국에 올 때 새로 나온 제 소설을 잔뜩 담아온 트렁크에 여유가 생겼기 때문에 서점에서 유쾌하게 책을 사고 있었는데, 그 서점에 있는 제 소설의 번역본(제 마음에 드는 『체인지링』의 새로운 번역본)을 사서 사인을 해달라는 남자 대학원생이 이런 질문을 했습니다.

"당신의 소설에는 같은 이름이, 동일 인물의 재현이라는 발자크식

의 방식이 아니라 관계없는 인물로 나옵니다. 특히 기 형(ギーにいさん)이 대표적입니다. 그런데 기 형은 우리의 교육 시스템에서 보면 튜터라는, 아주 가까운 지도자 격인데⋯ 그것은 기(義) 형이지요?"

강자에게 유리한
애매한 말

　1965년 저는 류큐열도미국민정부(United States Civil Administration of the Ryukyu Islands)[154]의 허가증이 첨부된 신분증명서를 지니고 오키나와에 갔습니다. 이른바 문사文士 강연을 위해서였는데, 본섬 이시가키지마石垣島를 돌아보며 제 자신의 무지를 자각하고 침울해지고 말았습니다. 그래서 동행이었던 소설가 아리요시 사와코(有吉佐和子, 1931~1984) 씨로부터, 류큐 옷감을 살 예정이었던 모양인 달러를 빌려 저만 뒤에 남았습니다.

---

154) 미군이 오키나와에 설치한 통치기구(1945~1972).

나하의 서점은 작지만 오키나와 관련 서적이 많아서 오전 중과 밤에는 그 책들을 읽고(오키나와학(學)의 아버지 이하 후유(伊波普猷)의 저작집, 초기의 민권운동가인 자하나 노보루(謝花昇)의 평전, 야에야마(八重山)를 안내해준 오키나와타임스의 기자 아라카와 아키라(新川明)가 오키나와대학의 학생이었을 때 낮에는 금지된 메이데이 집회를 노래한 시. 어둠속에서 / 깃발 날린다. / 옻칠한 실로 짠 / 슬픔의 깃발이 / 밤에 동화된 증오를 받들어 / 깃발 휘날린다.) 오후에는 소개받은 예리한 기백의 학자들이나 패전 직후 오키나와전에서 살아남은 사람들을 취재한 사람들의 이야기를 들었습니다.

침울함은 깊어져 좌절만 겪었습니다만, 2년 후에 다시 방문할 때는 류큐열도미국민정부의 허가증에 여행 목적이라며 To cover the life of young ages in Okinawa(오키나와에서 젊은 날의 삶을 답파하기 위해) 라고 써서 신청 준비를 해놓았습니다.

하지만 제가 그 연장선에서 쓴『오키나와 노트』외에 뭔가 실효성이 있었다고 느낄 여유는 없었습니다. 특히 그런 생각을 강하게 한 것은, 1995년 10월 오키나와 현 기노완(宜野湾) 시 해변공원에서 열린 미 해병대원에 의한 소녀 폭행사건에 항의하는 8만 5천 명이 참가한 집회와 그 후의 진행 상황을 좇아간 일이었습니다. 저는 현민의 직접적인 행동이야말로 힘이 있다는 것을 마음속 깊이 이해할 수 있었습니다.

그런 의사 표시가 미군에게 〈오키나와의 시설 및 구역에 관한 특별행동위원회(SACO)〉를 만들게 하고 "재일 미군 시설과 구역이 오키나와에 집중해 있는 것에 유의하고 미일안보조약의 목적 달성과 조화를 꾀하면서 정리·통합·축소를 실효적으로 진행하기 위한 방책에 대해 진지하고 정력적으로 검토한다"고 분명히 발표하도록 했습니다.

저는 〈오키나와의 시설 및 구역에 관한 특별행동위원회〉가 진심이었다고 생각합니다. 반년 후에는 후텐마(普天間) 비행장을 반환한다고 발표했기 때문입니다. 문제는 일본 정부 역시 진지하고 정력적으로 노력했는가 하는 것입니다. 후텐마는 14년이 지나도 그대로입니다.

저는 미국과 오키나와의 젊은 영화인 그룹으로부터 후텐마에서 일어날 수 있는 두 가지 시뮬레이션이라는, 최신 컴퓨터 그래픽 기술을 이용한 영화 구상을 소개받은 일이 있습니다. 그들이 제작 자금을 모으기 위해 만든 커다란 석판화 두 장을 샀습니다만, 그것은 밀집한 시가지 안의 비행장에 로켓 공격이 이루어지는 장면과 기지의 목책으로 몰려간 대군중이 실력행사에 나서려는(기노완의 항의집회에서는 미소도 보였던 사람들의 보도사진이 긴박한 것으로 바뀌어 있는) 장면이었습니다.

그 집회 당일과 그 후 단상에서 이야기된 말과 집회의 군중이었던 한 사람이 그것에 대해 감동적으로 응수했다, 고 제가 직접 들은 말이 기억에 새겨져 있습니다.

오타 마사히데(大田昌秀, 1925~2017) 지사는 이렇게 이야기를 시작했습니다.

행정을 맡고 있는 자로서 원래 제일 먼저 지켜야 할 어린 소녀의 존엄을 지킬 수 없었다는 것을 진심으로 사죄드립니다.

그 자리에는 나오지 않았던 다이라 오사무(平良修, 1931~) 목사의 말은 이렇습니다.

폭행으로 소녀의 존엄이 상실되지는 않는다, 영혼은 그런 것으로 상처받지 않는 강한 것이니까.

2007년 9월, 같은 기노완에서 열린 〈교과서 검정 의견 철회를 요구하는 현민 대회〉에는 11만 명, 야에야마와 미야코지마(宮古島)에서도 총 6천 명이 모였습니다. 이 집회는 지금까지도 이어지는 차별적인 무거운 부담의 출발점입니다. 그리고 본토에서 오키나와를 분리한 일본인이 똑바로 보지 않았던, 전쟁 막바지에 군이 섬 주민에게 강제한 집단 죽음을 비롯한 다양한 사실이 교과서에서 삭제되고 수정된 것에 대한 항의로 시작된 것입니다.

그 대대적인 집회에 대한 보도는 정부나 문부과학성에 반성을 촉구하는 모양새였습니다. 그래서 대회 결의문인 "현민의 총의로서 국가에 이번 교과서 검정 의견이 철회되고 '집단 자결' 기록의 회복이 곧바로 이루어지도록" 하라는 요구는 받아들여졌을까요?

그렇지 않습니다. 대대적인 집회의 여파가 가라앉기를 기다리고 있던 세력은 종래의 목소리를 되찾았습니다. 애매한 말로 권력이 (외교 관계에서 말하자면 강한 국가가) 쌓아올리는 기존 사실에 대해서는, 명문화 할 수 있는 말로 민주주의적으로 저항하는 목소리를 한결같이 계속

내는 길밖에 없습니다.

　미소와 Trust me!라는, 바로 오키나와 현민에게는 애매한 표현으로 시작된 후텐마 비행장 이전 교섭이 노골적인 권력의 목소리로 기대를 벗어난 결정을 보여주었을 때 제1, 제2의 현민대회를 상회하는 사람들과 절박감이 기노완을 채우겠지요. 그것을 예견하고 다시 고칠 상상력이 정부에 있는가, 대규모 집회에서 명백히 보이는 민주주의의 저항력을 전 일본에 전파시킬 수 있는가, 이것이 전후의 가장 중요한 장면입니다.

목숨이
붙어 있는 동안은
제정신으로 있어야

　벌써 30년이나 전, 여유가 없어진 서고를 개조하여 생활 공간은 구석의 군용침대로 제한하고 바로 위의 높은 곳에 작은 채광창을 만들었습니다. 사다리를 오르면 아주 작은 느티나무의 어린잎이 햇빛에 빛났습니다.

　세월이 흘러, 무척 우울한 일이 있어 서고에 틀어박혀 있는 중에 드러누워 있는데도 피곤하여 사다리에 오르면 느티나무는 넓은 가지를 펼치고 신록의 벽을 이루고 있었습니다.

　역시 4월 중순이었습니다. 이때 저의 울적함은 이노우에 히사시 씨가 장서 22만 권을 기증한 일에서 시작된 '지필당문고(遲筆堂文庫)' [155]

255

의 '야마가타관(山形館)' 개관을 축하하는 강연을 제 부주의로 잊어버리고 만 일에서 비롯되었습니다. 노년에 의한 무너짐이 시작되었다는 생각에 좀처럼 다시 일어설 수 없었습니다만, 그래도 사죄의 편지를 쓰는 데까지 회복되자 곧바로 답장이 왔습니다.

> 편지에서 우선 "다음에는 혼자 자신을 구조했으면 좋겠어요!"라는 부인의 말에 깜짝 놀랐고 감명도 받았는데 "제가 열흘간 은둔해 있던 서고에서 나왔더니….."라는 문구에는, 죄송하지만 실컷 웃었습니다.

저의 추태가 아내를 애태운 한 장면을 보고했는데, 편지의 내용을 익살극으로 바꿔 보여주는 이노우에 씨의 솜씨와 진정성에, 그의 연극을 보고 돌아올 때도 늘 그런 걸 느꼈는데, 하는 생각을 했습니다.

이노우에 씨의 죽음을 그의 부인으로부터 전해 듣고 오랜만에 서고에 틀어박힌 저를 사로잡고 있던 붕괴감은 지금까지 경험한 것을 훨씬 넘어서는 것이었습니다. 그의 저작과 편지 다발로 침대를 둘러싸 놓고 며칠 동안 계속해서 읽고 난 후 저는 구식 보스(BOSE) 스피커로 음악을 들었습니다. 이노우에 씨나 저와 나이가 비슷한 에드워드 사

---

155) 지필당(遲筆堂)은 이노우에 히사시의 호다.

이드는 문화이론 못지않은 음악 전문가로, 제 처남(영화감독 이타미 주조)이 자살했다는 소식을 뉴욕에서 신문을 통해 알고는 '어려운 시기를 위한 CD 목록'이라는 것을 보내주었습니다.

저는 이번에 처음으로 시간이 걸리는 오페라 전곡을 차례로 듣고 사이드가 "경이적으로 아름다운 음악"이라고 한 모차르트의 오페라 〈코시 판 투테(Cosi fan tutte : 여자는 다 그래)〉를 매일 반복해서 들었습니다. 사이드의 마지막 책이 된 『만년의 스타일(On Late Style)』[156]에 들어있는 모차르트론을 다시 읽기도 했습니다.

그리고 저는 위로를 받은 것 이상으로 이노우에 히사시의 후기 희곡의 내력을 이해할 것 같았습니다. 특히 지필(遲筆)이라는 것과 관련해서. 그만한 재능에 빨리 쓸 수 없을 리가 없습니다. 그가 다루는 주제의 심화와 철저한 희극화, 오히려 적극적인 필연성으로 느리게 쓰는 스타일을 자신에게 부여한 것이 아닐까요?

사이드는 〈코시 판 투테〉를 만들었을 때의 모차르트가 그의 인생에서 가장 젊은 시기에 해당하고, 그를 둘러싼 시대는 바로 프랑스혁명이 한창인 때라 작품이 다루는 인간의 양상은 각각 위기를 안고 있어 안정성이 없다, 아버지에게 보내는 편지는 죽음에 대한 마음을 고백하고 있다고도 지적합니다.

---

156) エドワード・W・サイード, 大橋洋一訳, 『晩年のスタイル』, 岩波書店, 2007.

그러나 오페라가 시작되면 "우리는 사변에도 절망에도 헤매지 않고 그저 모차르트의 엄격한 음악의 완벽한 통제를 좇아가는 것밖에 할 수 없습니다."

　이노우에 히사시의 아름다운 『로맨스』는 체호프의 비극적인 삶을 얼버무리지 않고 있고, 매력적인 『무사시』(ムサシ, 2009)가 시종 정면에 놓고 있는 것은 인류가 극복하지 못한 싸움입니다. 『아버지와 살면』(父と暮せば, 1994)의 친화감은 핵의 폐허 위에 서 있습니다. 완성했다면 오키나와인 특유의 저항의 기풍을 즐길 수 있었을 『나무 위의 군대(木の上の軍隊)』[157]가 전쟁 말기 섬 주민의 희생을 감추었을 리가 없습니다.

　수고를 아끼지 않은 준비는, 현재에서 미래에 걸친 과제를 역사와 종합하기 위해서였습니다. 게다가 플롯은 단숨에 희극화됩니다. 이 최종 단계가 난항을 겪지 않을 리가 없습니다. 하지만 일단 막이 오르면 기쁨에 넘친 배우들의 연기를 막을 수 있는 것은 아무 것도 없습니다. 우리는 웃음으로 활기를 얻고, 오직 이노우에 히사시 연극의 완벽한 통제를 따를 뿐입니다. 막이 내리고 시간이 지나면 그가 구성한 어둡고 복잡한 주제가 벌떡 일어섭니다.

---

157) 전쟁 때 오키나와 현 이에지마(伊江島)에서 전쟁이 끝난 줄도 모른 채 2년간이나 바난나무(대만고무나무) 위에서 생활하던 두 명의 일본군 이야기를 쓸 예정이었지만 이노우에의 갑작스러운 죽음으로 무산되었다. 그러나 이 실제 에피소드를 호라이 류타(蓬萊龍太)가 새로운 희곡으로 쓰고 구리야마 다미야(栗山民也)가 연출을 맡아 이노우에 히사시에게 바치는 오마주 공연이 실현되었다.

제가 서고에 틀어박혀 지나간 일과 미래를 생각한 후 그럭저럭 회복을 한 것은, 나는 젊었을 때부터 천재적인 지기(知己)를 얻었다, 그것은 행운이었다, 고 생각했기 때문입니다. 그들은 모두 어린아이의 심성을 가지고 있으면서 강하고 깊이 성숙해가는 사람들이었습니다. 지금 겪고 있는 커다란 붕괴감과 그들과 함께 살았다는 마음은 모순되지 않습니다.

이노우에 히사시는 극작의 완성에 철저했습니다만, 젊은 사람에게 직접 신조(信條)를 건네는 낭독극도 남겼습니다. 『소년 구전대 1945』(少年口伝隊一九四五, 2008)에서 피폭에 마음까지 무너질 것 같은 소년과 위로하는 노인, 그 두 사람은 모두 그 자신입니다.

> 목숨이 붙어 있는 한에는 제정신으로 있지 못해. 너희들은 무슨 일이 있을 때마다 미친 명령을 내리는 놈들과 정면으로 맞서야 하는 임무가 아직 남아 있으니까.

앞으로도
오키나와에서 계속되는 것

　하와이 섬의 데쓰오 나지타로부터 도착한 속달 소포를 풀자 정겨운 노란색 테두리와 파란색 활자의 표지가 보였습니다. 잡지 〈내셔널지 오그래픽〉입니다. 특별히 정겨운 것은, 서른 살의 여름에 처음으로 초대받은 미국 중산계급 시민의 가정에 그 잡지가 갖추어져 있었기 때문입니다.

　하버드 대학에서 키신저 교수가 하기 국제 세미나를 열었습니다. 해외에서 온 참가자가 자국의 과제를 이야기하는 공개강연에서 제 차례인 날, 강연 후 후원자들의 집으로 분산되어 가진 저녁식사 모임에서 토론이 벌어졌습니다.

저는 그해 6월에 낸 『히로시마 노트』와 오키나와의 전후세대를 방문하여 기록한 르포를 기초로 이야기했습니다. 강연회장에서도 질문했던 여성이, 피폭자의 비참함을 말하지만 진주만 공격이 없었다면 원폭도 없었다, 고 말했습니다. 오키나와 섬을 차지하고 있는 미국기지에 대해서는, 일본인에게 독립적인 안전보장이 가능할까, 라는 말을 했습니다.

거실로 옮겨 커피를 마시는 자리에서도 고립된 저는, 이 잡지의 주제를 명료하게 정리하는 지도와 풍부한 사진에 의해 되살아났습니다.

통권 217호인 4월호는 특집인 〈지구에 있는 수분의 양은 불변, 수백만 년 전에 공룡이 마신 물은 오늘날 비로 내리는 물과 같다. 그러나 인구가 더욱 늘어난 세계에도 충분할까?〉를 새로워진 지도와 사진으로 훌륭하게 표현하고 있었습니다.

나지타는 본문의 한 구절에 표시를 해두었습니다.

> 이제 에콰도르는 지구에서 최초로 자연의 권리가 헌법에 명기된 국가가 되어, 강이나 숲은 단순한 자산이 아니라 그것들 자체가 건강하게 있을 권리를 보유하게 된 셈이다.

저는 이 에세이에서 나지타가 일본인에게 헌법의 재평가를 호소하고 싶다고 한 말을 소개했습니다.

　　　　・　・　・　・　・　・
　'평화헌법'이 아니라 평화와 생태학의 헌법이라고 부르면 어떨까, 하
고. 평화는 생태학에 불가결한 것이고 생태학은 평화의 전제입니다.

　그것과 관련하여 나지타가 잡지를 보내준 것입니다. 올봄 시카고에
서 만났을 때 저는 그에게 2010년 6월 19일에 열리는 '9조 모임' 이야
기를 하면서 이제 가토 슈이치의 생각은 우리만이 전할 수 있다, 라며
한탄했습니다. 이제는 이노우에 히사시에 대해서도 마찬가지입니다.
사실 이 두 사람 모두 나지타와 깊은 만남을 가진 이들입니다.
　나지타는 일본근세사 전문가로서 18세기의 농민 중에서 유학·불교
를 실천적으로 비판한 안도 쇼에키(安藤昌益, 1703~1762)를 높이 평가했습
니다. 그와 연고가 있는 도호쿠(東北) 하치노헤(八戶)에서 열린 큰 회의
에 해외에 있는 나지타를 초청한 이는 이노우에 히사시 씨였습니다.
　나지타의 주요 저서는 18세기에 시작되는 오사카 상인의 가쿠몬조
인 가이토쿠도의 학자들을 둘러싼 것들입니다. 가토 슈이치 씨는, 가
쿠몬조의 젊은 천재로서 역시 유학·불교·신도(神道)에 대한 역사적이
고 실증적인 비판을 했으나 그것이 너무 철저한 나머지 파문당한 도
미나가 나카모토(富永仲基, 1715~1746)를 주인공으로 그의 유일한 희곡을
썼습니다.
　저는 지금까지 그 텍스트를 구할 수 없었는데, 5월에 간행된 『가토
슈이치 자선집』 9권에서 그 희곡을 찾아내 기뻤습니다. 그런데 같은
권에서 그동안 찾고 있던 다른 에세이도 발견했습니다. 14년 전 가토

슈이치 씨가 아사히신문 석간에 연재했던 시사평론 〈석양망어(夕陽妄語)〉의 한 편입니다.

가토 씨는 안보의 역할이 바뀌어 "미국은 기지의 기능을 축소하는 것이 아니라 오히려 확대하고 주둔 병력의 현 상황을 유지한다. 일본은 평화헌법의 원칙에서 벗어나 '국제분쟁을 해결하는 수단으로' 해외 파병을 하게 될 것이다"라고 내다봤습니다.

하지만 동시에 제2의 길을 제시하는 것이 이 사람의 방식입니다.

> 일본의 미군 기지를 단계적으로 축소하고 안보조약의 해소를 지향한다. 그와 동시에 미일 간의 비군사적 협력을 강화하기 위해 새로운 체제를 만든다. (…) 군사적인 국제적 공헌은 하지 않는다. 비군사적인 국제적 공헌은 획기적으로 확대한다.

가토 씨가 그것을 성취하기 위해, 헌법의 평화주의에 철저할 것과 일본의 근본적 방향전환을 주장한 것은 8년 후에 시작되는 '9조 모임'에서의 활동으로 곧바로 연결됩니다.

저는 미일공동성명 전후의 하토야마 수상의 텔레비전 영상을 볼 때마다 이 사람이 말하는 것은 작년 11월 13일 미국 대통령에게 "Trust me!"라고 말한 것[158]의 지루한 속편이라고 생각했습니다. 아울러 자신이 한 약속을 지킬 수 없었던 것, 그 이상으로 오키나와의 여러분들께 결과적으로 상처를 입히게 된 점 사죄의 말씀을 드린다는 표현에서

못된 센티멘털리즘을 느꼈습니다.

"Trust me!" 이래 하토야마 수상이 해보였던 모든 것은, '오키나와의 여러분들께 결과적으로 상처를 입히게 된 점' 정도가 아니었습니다. 그것은 그 현장에서 오키나와 주민을 모욕하는 일이었습니다. 모욕에 대한 정당하고도 인간적인 대응은 분노입니다.

수상은 교체되었습니다만, 새로운 수상도 '국가와 국가 사이의 합의'를 판단의 근거로 삼는다고 합니다. 후텐마 비행장 이전 문제에서 멋대로 합의된 기노완·요미탄 섬 주민대회에 모인 대군중, 그리고 헤노코(辺野古)의 분노와 저항은 계속되겠지요. 그것이 진정되는 것은, 일본의 근본적인 방향전환이 실제로 보일 때입니다.

---

158) 2009년 11월 13일 미일 수뇌회담에서 오바마 대통령이 오키나와의 미군 후텐마 비행장 이전 문제에 대해 종래의 미일 합의(2006년 5월 주일 미군 재편 계획의 하나로 후텐마 기지의 비행장을 2014년까지 오키나와 현 나고 시의 슈와브 주일 미군 기지 인근 연안으로 옮기기로 합의한 것)를 조기에 이행해줄 것을 요구하자 하토야마 수상이 "저를 믿어주세요(Trust me)"라고 대답하여 조기 해결을 약속한 것으로 해석되는 발언(그러나 애초에 민주당의 하토야마는 2009년 8월 30일 일본 총선에서 '후텐마 기지의 오키나와 밖 이전'을 공약으로 내세워 수상이 되었다)을 한 것을 말한다.

어떻게
사소설가가 되는가

〈이노우에 히사시 고별회〉에서 마루야 사이이치(丸谷才一, 1925~2012) 씨가 한, 1930년대 문학사의 정설(定說)인 예술파와 사소설과 프롤레타리아 문학의 '삼파정립(三派鼎立)'이라는 관점에서 일본문학의 현재를 조망하는 이야기는 압권이었습니다.

고바야시 다키지(小林多喜二, 1903~1933)에 대한 재평가를 앞으로의 일로 이어준 이노우에 히사시의 마지막 희곡의 유쾌한 노래를 잊을 수 없는 회장에 가득 찬 참가자들에게 "프롤레타리아 문학을 계승하는 최상의 문학자는 바로 이노우에 씨다"라고 말하는 마루야 씨의 힘찬 목소리는 진심으로 받아들여졌습니다.

무라카미 하루키를 예술파의 대표로, 저를 "작자 신변의 사정에서 즐겨 제재를 취하는 자"로서 사소설의 흐름에 놓은 것에 자극받아 저는 소설가로서의 반생을 돌아보았습니다. 받아들일 수 없었다는 것이 아닙니다. 사실 마루야 씨에 이어서 조사(弔辭)를 한 저는 바로 사소설가가 말하는 모양새였을 것입니다.

　이노우에 씨의 부인이 그가 병상에서 남긴 메모 한 장을 전해주었습니다. 발행된 지 일주일밖에 안된 제 소설 『익사』를 읽고 쓴 감상이었습니다.

> 아카리의 압도적인 존재감.
> 실로 인간적인 사항 이외에서는 화해하지 않는다.

　역시 세상을 떠난 친구 에드워드 사이드가 연주할 때 사용한(문학·문화비평가이자 피아노 연주자였습니다), 메모가 들어 있는 베토벤의 〈하이든에게 헌정한 세 개의 소나타〉 악보를 공통의 친구가 보내주어 소중히 간직하고 있습니다. 그런데 아카리(히카리)가 매직으로 새까맣게 둘러치고 K550이라고 써놓은 것을 보고 발끈해서 "넌 바보냐!"라고 큰 소리를 질렀습니다. 그 이야기를 『익사』에 썼습니다. 〈세 개의 소나타〉 제1번 첫머리가 모차르트의 교향곡에서 인용된 것이라는 사실을 알려주고 싶었다, 는 아들의 설명도 제가 거부했으므로 저희 사이에는 일찍이 그런 기억이 없을 정도의 깊은 골이 생겼습니다.

이노우에 씨는 먼저 아카리의 존재를 강조함으로써 그의 편에 서고, 소설의 끝에 일상적인 차원에서의 부자간 대화가 나오는데 그건 사실일까, 하고 보류합니다. 아카리는 음악이라는 "실로 인간적인 사항 이외에서는 화해하지 않는다", 음악을 통해 그가 말하고 싶은 것을 다시 듣고 사과할 수밖에 없다, 이대로라면 자네는 억압적으로 아카리를 모욕한 아버지일 뿐이다, 라고 저를 비판했던 것입니다.

이노우에 씨의 메모에는, 심야에 세 번이나 눈을 떴다는 내용도 적혀 있었습니다. 고통이 없었을 리가 없습니다. 그렇지 않았다면 제가 아들에게 어떻게 화해를 신청해야 하는지를, 아주 조심스럽게 말하지만 할 말은 확실히 하는 이노우에 씨답게 관대하고도 공정한 성격을 보이며 제가 취해야 할 길을 가르쳐주었겠지요.

그가 세상을 떠난 후 저도 곧바로 읽은 마지막 장편소설 『일주일』[159]에서, 수용소 생활을 하는 동포 60만 명을 위해 끈기 있게 저항하는 주인공이 온갖 수단으로 회유하려는 적군(赤軍) 여성 법무장교에게, 그것은 인간에 대한 모욕이라며 단 한 번 분노를 발산합니다.

내 안에서 뭔가가 터져 나왔다. 의외로 그것은 분노, 몸속 깊은 데서 분노의 불길이 타오른 것이다. 인간의 의지를 좌우하기 위해서는 약

159) 井上ひさし, 『一週間』, 新潮社, 2010.

간의 미인계를 쓰면 그것으로 충분하다고 생각하는 눈앞의 여자에 대한 분노… 그러나 그것뿐만이 아니다. 아직 뭐라 말할 수 없는 무수한 분노가 몸속에서 소용돌이치고 있다. (…)

일본군 병사들의 노동에 의한 현물배상을 요구한 소련의 난폭함, 그것에 간단히 응한 대일본제국 정부의 무책임함, 소변이 그대로 얼어버리는 시베리아의 추위, 수용소에 옛 군대의 질서를 끌어들여 우리들 병사들의 먹을 것을 빼앗는 일본군 장교들의 뻔뻔함, 처량할 정도의 배고픔, 수용소의 짚 이불에 들끓는 이의 괴로움, 아무리 지나도 귀국할 수 없는 슬픔.

각 구절의 끝이 명사형으로 연속되는 슬프고도 이상한 문체.

이 소설에는 이노우에 씨가 세계문학에서 널리 배운 수법과 자신의 힘으로 쌓아올린 사회적인 문제의식이 교묘하게 연결되어 있습니다. 그와 동시대의 신진작가인 저에게도 일본적 사소설은 극복해야 할 대상이었습니다. 하지만 지적 장애를 가진 아이와 함께 살아갈 결심을 한 저는 사생활을 근거로 하는 소설가가 되었습니다.

조사(弔辭)가 끝나고 이노우에 씨와 관계가 있는 젊은 배우들의 진심 어린 행사가 시작되기 전에 구로야나기 데쓰코(黑柳徹子, 1933~)[160] 씨가 다가와 제 이야기에서 다룬 (이노우에 씨가 간파한 대로) 화해가 진행되지 않은 아들에 대해 물었습니다.

"히카리 씨가 저에 대해 작곡한 〈말이 빠른 사람(はやくち)〉 악보를

아직 받지 못했는데…. 잘 있어요?"

곧바로 집으로 돌아간 저는 히카리와 재생장치 앞에 앉아 이노우에씨의 비판에 입각한 긴 이야기를 나눴습니다. 히카리는 좋아하는 프리드리히 굴다가 연주한 문제의 소나타를 걸어 놓고, 모차르트와 겹치는 곳은 스타카토로 악보를 두드려 설명해주었습니다.

그 다음 날부터 히카리는 피아노와 바이올린 이중주인 6페이지짜리 〈말이 빠른 사람〉을 오선지에 정성껏 그리기 시작했습니다. 이전처럼 저는 그 옆에서 제 일을 했습니다.

---

160) 760만 부 넘게 팔린 베스트셀러 『창가의 토토』의 저자로 잘 알려진 구로야나기 데쓰코는 배우이자 평화운동가다. 사회자로서도 〈데쓰코의 방〉이라는 텔레비전 토크 프로그램을 35년 넘게 맡고 있다.

피폭국의
도의적 책임이란
무엇인가

　히로시마의 평화기념식에 참가하고 그날 밤부터 다음 날에 걸친 보도를 정리하고 있는데, 전부터 알고 있는 미국 기자가 메일을 보내왔습니다. 우연히 현지에서 읽은 8월 6일자 뉴욕타임스 인터넷판에 실린 저의 표현에 공감했다면서.

> 2백년의 근대화를 통해 일본인이 자기 것으로 한 가장 도의적인 성실함의 공식 행사, 제사(祭祀).

　하지만 그 의식에서와 그 후에 나온 간 나오토 수상의 발언은 일관된 것일까요, 라고 물었습니다.

그래서 저도 그 발언을 정리해서 다시 볼 마음이 들었습니다. 우선 인사말.

> 유일한 전쟁 피폭국인 일본은 '핵무기 없는 세상'을 실현하기 위해 선두에 서서 행동할 도의적 책임을 갖고 있다고 확신하고 있습니다.

그러고 나서 몇 시간 후에 있었던 기자회견에서는 "핵 억지력은 일본에 계속 필요하다"고 했습니다. 또한 간 나오토 수상은 그 인사말에서 비핵 3원칙의 견지를 약속했지만, 같은 날 그의 정부 관방장관은 그 법제화의 필요성이 없다고 분명히 말했습니다.

우선 '유일한 피폭국의 도의적 책임'이라는 표현은 민주당의 전 수상 하토야마 씨가, 오바마 대통령의 2009년 프라하 연설이 있고 그 5개월 후 유엔 안보리 수뇌회의에서 썼던 말입니다. 저도 앞의 뉴욕타임스지에서 '도의적인 성실함'이라고 표현했을 때 오바마 대통령의 연설을 의식하고 있었습니다. "핵무기를 사용한 유일한 핵보유국으로서 미국에는 행동해야 할 도의적 책임이 있다." 한자어에 익숙하지 않은 젊은 사람들을 위해 말하자면, '도의적인'이라는 말은 'moral'의 번역어입니다.

또 하나, '핵 억지력'과 '비핵 3원칙'에 대한 애매하지 않다고 말할 수 없는 언명을 비교하여 저는 지난달 말에 읽은, 〈새로운 시대의 안전보장과 방어력에 관한 간담회〉라는 기관이 간 나오토 수상에게, 우리는 지극히 노골적인 표현의 보고서를 낸다, 라고 한 보도를 떠올렸습니다.

> 비핵 3원칙에 관해 일방적으로 미국의 손을 묶는 일은 꼭 현명하다고는 볼 수 없다.

저는 8월 6일 간 나오토 수상의 발언에는 일관되지 않은 점이 있고, 게다가 그 모순을 초래하는 뿌리가 깊다는 답장을 보냈습니다. 그리고 저는 간 나오토의 발언과는 반대 방향에 있다고 느끼는 이번 발언도 언급했습니다.

의식에 참가하는 최초의 유엔사무총장 반기문 씨는 일본에 오자마자 나가사키의 원폭자료관에서 피폭자 다니구치 스미테루(谷口稜曄) 씨와 대화를 나누었습니다. 제가 지금까지 본 잊을 수 없는 사진 가운데 하나인 원폭에 등이 타버린 소년의 모델인 다니구치 씨는 올 5월 핵확산방지조약 재검토회의에서 그 사진을 들고 연설했습니다. 그 회장에 핵보유국 수뇌들이 없었다는 기사를 읽고 저는 5년 전 다니구치 부인이 땀을 흘릴 수 없는 그 등에 매일 약을 발라야 해서 외국여행을 가면 마음에 걸린다고 했던 말을 떠올렸습니다.

아키바 다다토시(秋葉忠利, 1942~) 히로시마 시장의 평화선언은, 미국의 '핵우산'으로부터의 이탈과 비핵 3원칙의 법제화를 요구한 것으로 오랜 신조임이 분명했습니다. 반기문 씨가 히로시마에서 한 강연에서 북한이나 이란의 핵개발 의혹과 테러리스트들이 핵무기를 입수하려고 한다는 위험성을 제기하며 "핵의 위험을 배제하기 위해서는 핵무기를 모두 폐기할 수밖에 없다"고 강조한 것을 알고 더욱 열린 전망을 확인하기도 했습니다.

올여름 히로시마에 처음으로 미국·영국·프랑스의 대표가 오기로 한 애초의 계기는 앞서 인용한 오바마 대통령의 프라하 연설입니다. 도의적인 책임을 축으로 하면서 긴급한 구체적 판단을 내린 상태에서 나온 주장은 앞의 반기문 씨의 연설과 연결되어 있습니다.

게다가 프라하 연설에 앞서 2007년 미국의 전 고위 관료 조지 슐츠·윌리엄 페리·헨리 키신저·샘 넌 등이 한 제언으로 곧바로 이어졌다는 것이 중요했습니다.

> 억지는 다른 국가에 의한 위험이라는 관점에서 여전히 많은 국가에 충분히 고려할 만한 것이라 여겨지는데, 이러한 목적을 위해 핵무기에 의존하는 것은 점점 더 위험해지고 그 유효성은 떨어지기만 한다.

오키나와를 반환할 때 핵 밀약의 담당자였던 헨리 키신저를 비롯한 이들 현실 정치판의 베테랑들은 지금 오바마의 연설에 새삼 호응하는 강력한 활동을 전개하고 있는데, 그것이 미국과 유럽에서 '핵무기 없는 세상'으로 가는 새로운 흐름을 만들어내고 있습니다.

게다가 올여름 히로시마에 핵보유국에서 온 의식 참가자가 있었습니다. 그 손님들은 일본 수상의 "핵 억지력은 일본에 계속해서 필요하다"라는, 국제적인 주목에 호응하는 목소리를 바로 눈앞에서 들었던 것입니다.

그런데 멀리서 온 친구가 오키나와로 떠나는 공항에서 보내온 메일.

지금 생각난 것인데, 피폭국의 도의적인 책임으로서 수상은 국민에게 '핵우산'의 불안은 말하지 않고 '핵우산' 기지에 저항하지 말라고 말하는 걸까요?

기자는 지금 헤노코에서 2천 일이 넘게 농성하는 사람과 '핵 없는 세상' 이야기를 하고 있을 것입니다.

새로이
소설을 쓰기 시작하는
사람에게 4

　도쿄의 '세르반테스 문화센터'에서 스페인의 작가 하비에르 세르카스(Javier Cercas, 1962~)와 공개대화를 했습니다. 그의 『살라미나의 병사들』[161]은 뛰어난 소설이었습니다.

　스페인내전에서 카탈루냐로 내몰린 공화국군은 연금되어 있던 파시스트 세력의 요인을 총살하려고 합니다. 젊은 병사가 눈감아줍니다. 요인의 그 후 행적과 병사의 행방을 더듬어갑니다. 전날 밤에 파소도블레를 추고 있었다, 고 하는….

---

161) 하비에르 세르카스, 김창민 옮김, 『살라미나의 병사들』, 열린책들, 2010.

프랑코군의 압승으로 난민이 된 젊은이는 프랑스 외인부대에 들어가 아프리카를 전전합니다. 그러다가 오합지졸인 무명전사로 이루어진 소부대는 게릴라전을 통해, 전적으로 우세했던 독일군에 승리를 거둡니다. 프랑스 문명은 지켜집니다. 작전을 계속하다 부상당한 병사는 지금 나이가 들어 파소도블레를 그리워합니다. 그것이 이야기를 과거로 이어줍니다.

대화를 준비하기 위해 서고에 들어가 스페인내전 관련 서적을 보다가 뜻밖의 재회를 했습니다. 와타나베 가즈오 선생님이 번역한 조르주 뒤아멜(Georges Duhamel, 1884~1966)의 『문학의 숙명』과 원서 『Deux Patrons』입니다. 직역하면 '두 사람의 스승'인데, 에라스무스와 세르반테스를 문명의 구세주로 간주하고 있는 것입니다. 두 권의 책을 들고 제 마음은 50년 전 도쿄대학 구내에 있던 지하 휴게실의 정경으로 돌아갔습니다.

저는 와타나베 가즈오 교수가 휴머니즘을 이야기하는 책에 이끌려 도쿄대학에 진학했는데도, 전공 강의는 벅차기만 해서 선생님께서 전쟁이 시작될 때까지와 패전 직후에 낸 책을 헌책방에서 구해 읽을 뿐이었습니다. 그리고 울적하게 소설 습작을 시작하고 있었습니다.

그 한 편(「기묘한 일」)이 대학신문의 5월제 기념호에 실렸습니다. 그 다음 주에 선생님께서 커피를 마시고 계셨는데, 그 옆을 지나가는 저에게 말을 걸어주었습니다.

"개를 죽이는 학생 이야기, 읽었네. 자네는 그쪽으로 나갈 생각인가?"

대답을 못하고 망설이고 있던 저를 도와주려고 옆에 있던 친구가 대신 대답했습니다.

"이 친구는 선생님의 휴머니즘 연구서를 읽고 있습니다. 지금도 한 권 갖고 있지?"

저는 『문학의 숙명』을 꺼내 건넸습니다.

"재미있나?"

"제1부와 번역 후기만 읽은 상태라⋯."

선생님은 책을 펼치고 제가 빨간 줄을 그어놓은 부분을 읽으시는 것 같았습니다.

'종교 대립에 의한 유혈을 인정할 수 없다.'

> 이 진리를 믿은 에라스무스는 고난의 길을 걸었고, 음모나 광란보다는 아름다운 인격과 명백한 이성이 바람직하다는 진리가 아직 실천 가능했던 시대에 어디까지나 이 진리를 사랑한 세르반테스도 비참한 생애를 보냈다. (⋯) 에라스무스도 세르반테스도 결코 영웅호걸이 아니라 그저 무명전사에 지나지 않는다.

선생님이 그것에 이어서 제가 메모해놓은 것까지 읽으시는 것 같았고, 당황한 저는 이런 말을 했습니다.

"스페인내란이 시작된 그 이듬해에 이 책이 쓰인 의미도, 일본이 전쟁을 시작하기 전해에 그 책을 번역해서 낸 의미도 이해할 수 있을 것 같습니다."

"뒤아멜이 유럽의 파시즘 확대에 경고를 하는 말은 명확하지. 하지만 내 후기는 다소 어정쩡하지 않나? 국가의 검열, 그 밖에도. 아니, 그보다 자네는 제2부를 확실히 읽게. 소설을 쓸 생각이라면!"

저는 도서관으로 올라갔고, 잔디밭에 드러누워 두근거리는 마음으로 세르반테스 부분을 읽기 시작했습니다. 그 부분은 작가를 지망하는 젊은이에게 보내는 뒤아멜의 말이었습니다.

그렇다면 먼저 생활하세요. 그래요, 인생의 유방에서 젖을 실컷 빨아먹으세요. 앞으로 탄생할 당신의 창작을 키워줄 것입니다. 당신은 훌륭한 소설을 쓰고 싶은 거지요? 그렇다면 좋아요, 어디 배라도 타보세요. 사소한 일이라도 하면서 세계를 돌아다니며 가난도 견디세요. 서둘러 펜을 잡는 일은 그만두세요. 괴로움도 시련도 참으세요. 수없이 많은 사람들을 보세요. 그리고 제가 많은 사람들을 보라고 할 경우, 그 의미는 사람들에 의해 불행에 떨어지거나 사람들을 행복하게 하기 위해 불행해지는 것을 거부하지 말라는 것이에요. (…) 훌륭한 소설을 쓰고 싶은 거지요? 그렇다면 먼저 그런 것을 너무 생각만 하지 않도록 하세요. 갈 길을 정하지 말고 떠나세요. 눈이나 귀나 코나 입을 열어놓는 겁니다. 마음을 열어두고 기다리세요. 마치 세르반테스처럼요.

전후 일본에 온 뒤 아멜은 삽화가 20개나 들어 있는 원저의 특별 장정판을 와타나베 선생님께 선물했습니다. 돌아가시기 전해에 선생님은 저에게 그 책을 유품이라며 주었습니다. 그때 제가 큰 타격을 받고 있다는 것을 친구가 알렸기 때문에 걱정하고 계셨던 것이겠지요. 하지만 저도 그 일이 가장 좋은 가르침이라는 건 알고 있었습니다.

신기했다!, 라는
의사

2010년 10월 초 〈히로시마의 평화 사상을 전하다〉라는 연속 강연에 가기 위해 신칸센 '노조미'를 타고 있었습니다. 몸집이 작은 외국인 여성이 제 옆에 멈춰서더니 예쁘고 작은 책을 보여주었습니다. 와다 마코토(和田誠)가 장정한 책이라는 것은 금방 알 수 있었습니다. 일본어와 프랑스어로 된 이노우에 히사시의 『아버지와 살면』 프랑스어 대역판 『Quatre jours avec mon père』(KOMATSUZA)[162]이었습니다.

---

162) 井上ひさし, カンタン・コリーヌ(Corinne Quentin)訳, 『父と暮せば』 フランス語対訳, 井上事務所, 2010. 프랑스어의 제목을 직역하면 '아버지와의 나흘간'.

낯가림을 하는 저에게는 드문 일입니다만, 비어 있는 옆자리에 앉게 하여 질문에 답했습니다.

"일본의 현대작가로서 소설과 연극 분야에서 뛰어난 아베 고보(安部公房, 1924~1993), 이노우에 히사시, 젊은 오카다 도시키(岡田利規, 1973~) 세 사람에게 공통되는, 규격을 벗어난 새로움은 연극의 관객이라는 비평적 동시대인을 의식하고 있기/있었기 때문일 겁니다. 견주기 힘들지요."

"당신은 희곡을 쓰지 않지만 동시대를 향해 에세이를 쓰고 있고 원폭 소설의 앤솔로지도 편집했습니다. 문학에 틀어박혀 있는 게 아닙니다. 『아무것도 모르는 미래에』[163]의 영어판을 읽었는데, 제목은 하라 다미키(原民喜, 1905~1951)의 작품에서 인용한 것이더군요."

"「심원의 나라(心願の国)」에서요. 「여름 꽃(夏の花)」과 함께 실려 있습니다. 그건 제가 열여섯 살 때 만난, 피폭자의 첫 창작물인데, 노트에 옮겨 적어 가지고 다녔을 정도입니다."

우리는 침묵했습니다.

불면의 잠자리에서 하라 다미키는 지구에 대해 상상합니다.

---

163) 大江健三郎編, 『何とも知れない未來に』, 集英社, 1983.

Oe, Kenzaburo, ed. *The Crazy Iris and Other Stories of the Atomic Aftermath*. New York : Grove Press, 1985.

그 원구의 안쪽 중핵에는 시뻘건 불덩어리가 느릿느릿 소용돌이치고 있다. 그 용광로 안에는 무엇이 있을까? 아직 발견되지 않은 물질, 아직 발상된 적이 없는 신비, 그런 것이 섞여 있을지도 모른다. 그리고 그것들이 일제히 지표로 뿜어져 나올 때 이 세상은 대체 어떻게 될까? 사람들은 모두 지하의 보고를 꿈꾸고 있겠지, 파멸일지 구제일지, 아무 것도 모르는 미래에 대해….

그 여성도 같은 부분을 생각하고 있었던 모양으로, 일어나서 가기 전의 인사는 다음과 같은 것이었습니다.

"하라 다미키는 그걸 유서로 남기고 자살했습니다만, 당신은 어떤 미래를 꿈꾸고 있는지, 강연에서 듣고 싶습니다."

실제로 강연을 개최한 현지 신문사의 기자로부터, 당신은 핵 폐기가 10년 안에 달성될 거라고는 생각하지 않는다고 했는데, 그런 기세로 나오고 있는 미국과 유럽의 핵 폐기를 위한 움직임에 협조한다는 시 쪽의 구상과는 어긋난 게 아닐까요, 라는 질문을 받았습니다.

저는 핵 폐기가 멀지 않았다고 믿습니다만, 파멸일지 구제일지, 하는 목소리의 메아리도 잊을 수 없습니다. 그것을 실현할 때까지 겪게 될 다양한 어려움을 생각합니다. 단적으로 '핵우산' 신앙은 다름 아닌 일본에도 강합니다. 저는 결코 단념하지 않았지만 낙관적이지는 않았던, 전 히로시마원폭병원 원장 시게토 후미오 씨의 생애를 축으로 이야기했습니다.

제가 시게토 선생님을 처음으로 뵌 것은 스물여덟 살 때로, 머리에 장애를 갖고 태어난 장남을 도쿄의 병원에 남겨두고 떠난 여행에서였습니다.

히로시마에서 열린 원수폭금지세계대회의 르포를 쓰기 위해서였는데, 제가 히로시마의 평화사상을 알리는 사람으로 기억하고 있는 저널리스트 가나이 도시히로(金井利博, 1914~1974) 씨의 표현으로는 핵보유국(소비에트), 비보유국(그 시점에서는 중국) 양극으로 나눠지는 '평화운동가의 종교전쟁'에 지친 나머지 다른 시점을 찾으러 간 원폭병원에서였습니다. 그 회의를 영어로 동시통역하는 자원봉사자로서 활동한 청년이 나중에 시장이 된 아키바 다다토시 씨입니다.

시게토 원장은 치료를 바라는 수많은 사람들 앞에서 "모두들 괴로워하고 있습니다. 인간이 이래도 되는 걸까요? 인생이란 뭘까요?" 하고 묻는 젊은 의사에게 자세히 대답할 여유도 없던 차에, 자살하게 해버렸다, 며 한탄했습니다. 지금 생각건대 선생님은, 역시 심리적 위기에 처해 있었던 저에게서 젊은 의사가 연상되어 그토록 간절하게 계속해서 답해주신 것이 아닐까요?

8년 후 저는 선생님과 연속 인터뷰를 하여 『대화·원폭 후의 인간』[164]을 썼습니다. 병을 앓고 있던 아이가 두 번째 수술로 살아났습니

---

164) 大江健三郎, 『対話・原爆後の人間』(重藤文夫), 新潮社, 1971.

다. "지적 장애는 있지만 건강합니다"라고 말씀드리자 "인간의 힘은 신기하지요" 하시며 기뻐했습니다.

그것으로 시작하여 우리의 책은 놀라움과 신기함에 대한 언급으로 가득 차 있습니다. 인류사에 없었던 원폭이라는 대재앙이 불러일으킨 것에 대한 놀라움의 날들(새로운 원폭증, 백혈병, 피폭자 2세의 과제), 게다가 그것들에 대처하는 의사들의 일과 환자가 보여주는 회복력의 신기함. 그것과 병존하는, 차례차례 일어나는 죽음에 대한 놀라움과 슬픔. 피폭자 지원 시스템을 만드는 일의 어려움에 대한 놀라움, 게다가 조금씩이기는 해도 그 세부가 쌓여가는, 사람들의 저력이 보여주는 신기함.

앞의 기자로부터 젊었던 제가 『히로시마 노트』에 쓴 초상 하나하나의 '성인화聖人化'를 지적하는 현지의 비판을 들었습니다. 확실히 저를 감동시킨 불굴의 사람들은 놀라움에 꺾이지 않고 작은 신기함에도 기뻐하는, 우선 실제로 인간다운 사람들이었다고 생각합니다.

새로이
소설을 쓰기 시작하는
사람에게 5

    노벨문학상은 세계적으로 잘 알려져 있고 문학적 내용도 뛰어난 작가보다 주변적인 인물이 먼저 수상하는 경우가 있는 것은 분명한 것 같습니다. 예컨대 귄터 그라스, 마리오 바르가스 요사(Mario Vargas Llosa, 1936~)보다 제가 먼저 받았을 때, 저는 그들에게 왕복서한을 부탁하는 입장이었으므로 솔직히 움찔했습니다.(『폭력에 저항하며 쓴다』).

    그러나 5년, 10년 단위로 목록을 보면 늘 잘된 선택이었다는 생각이 듭니다. 폴란드의 여성시인 비스와바 심보르스카(Wisława Szymborska, 1923~2012)라는 이름은 알지 못했습니다만, 수상을 계기로 일본어로 번역되어 나온 시집을 읽었습니다. 영어와 프랑스어로 번역된 시집도

구했습니다. 지금은 제 머리맡에 두는 시인 중 한 사람입니다.

권터 그라스가 받은 후 11년, 올해 바르가스 요사가 수상한 것을 크게 기뻐하여 저는 그에게 보내려고 일본의 반응을 모았습니다만(평가를 정리한 영어 번역도 덧붙일 것입니다), 통절하게 느낀 것은 아사히신문에 실린 〈이케가미 아키라의 신문 삐딱하게 읽기(池上彰の新聞ななめ読み)〉였습니다.

이케가미 씨는 작가 바르가스 요사를 "부끄러운 얘기지만 저도 알지 못했습니다"라고 말하며 수상 이유인 "권력구조의 '지도'를 만들고 개인의 저항·반항·좌절을 날카롭게 그려내고 있다"는 것에 대해 "이것으로는 무슨 말인지 전혀 알 수 없습니다"라고 말합니다. 저는 바르가스 요사가 초기부터 페루의 정정(政情)·현실을 비판적으로 포착한 수작들의 특징을 잘 요약하고 있다는 생각이 들지만요.

이어서 이케가미 씨는, 여러 해 동안 연구해온 전문 연구자가 짧은 지면에 생각하는 것을 다 담은 각 신문의 해설에 대해 "적어도 저에게는 이해할 수 없는 말이었습니다"라고 했습니다. 확실히 그럴지도 모른다고 생각하면서도, 아마추어가 아닌 '새로이 소설을 쓰기 시작하는 사람'에게 하고 싶은 말이 있습니다. 오랫동안 난해하다는 거부반응을 받아온 사람으로서 말이지요.

우선 많이 번역되어 나온 바르가스 요사의 소설을 한 편이라도 읽습니다. 이어서 상대의 기분을 잘 헤아리고 조리 있는 바르가스 요사의 문학론을 배우기 바랍니다(소설이라면 『녹색의 집(La casa verde)』[165]과

『거짓에서 나온 진실(La verdad de las mentiras)』).

문학론에서 요사는 생애를 통해 골라낸 20세기의 소설 35편을, 식견과 정열을 발휘하여 설명합니다. 거기에 나오는 명확한 정리에서 인용하겠습니다.

그는 "책을 시대에 뒤처진 것으로 보는 사람들 중에 특히 중요한 인물", 마이크로소프트 사의 빌 게이츠가 마드리드에서 행한, 스페인어에서 빠질 수 없는 'Ñ'을 컴퓨터에서 없애지 않겠다는 약속에 감동합니다. 하지만 게이츠가 계속한, 종이를 없애고 책을 없애는 것이 자신의 인생 최대의 목적이라는 언명에는 격노합니다.

> 근거가 있는 것은 아니지만, 책이라는 형태가 소멸되면 문학에는 심각한, 아마도 치명적인 악영향을 미칠 것이라고 나는 확신한다. 명목상 문학이라 불리기는 해도 그것은 오늘날 우리가 문학이라 부르는 것과는 전혀 무관한 산물이 될 것이다. (…)
> 국가의 생명에서 문학이 담당하는 또 하나의 중요한 역할은 비판정신을 키우는 것인데, 문학이 없으면 국민은 역사적 변화나 자유의 행사 같은 것을 더욱 바라지 않게 될 것이다. 뛰어난 문학은 우리가 살아가는 세상을 근저에서 밝힌다.

---

165) 마리오 바르가스 요사, 장선영 옮김, 『녹색의 집』, 벽호, 1994.

요사가 문학의 중요한 역할의 하나로 삼은 것은, 개인의 내면에 대한 깊은 탐구입니다. 그가 다루는 헤밍웨이의 소설 『노인과 바다』는 얼핏 단순한 스토리로 시작됩니다.

계속 물고기를 못 잡고 있는 노인 어부가 결국 큰 물고기를 잡지만 그것을 가로채려는 상어와 격투를 벌이지 않으면 안 됩니다. 이윽고 기진맥진한 채 청새치의 잔해와 함께 항구로 돌아온 노인은 "최악의 시련과 역경에 부딪혀도 인간은 행동 여하에 따라 패배를 승리로 바꾸고 인생에서 의미를 발견할 수 있는 희망"을 보여줍니다.

그를 걱정하고 있던 소년은 "물고기 잡는 법을 배운 이 불굴의 노인에게 항상 느끼고 있던 애정과 자비심보다 더욱 큰 숭배로 눈물을 흘"립니다.

> 이야기에서 이만큼의 – 단순한 한 에피소드에서 보편적 유형으로의 –변화를 불러일으키기 위해서는 감정과 감각, 시사와 생략을 조금씩 쌓아 삽화의 지평을 넓히고, 거기에서 절대적 보편의 평면에 도달하는 방법밖에 없다. 『노인과 바다』가 이를 성취한 것은 문체와 구성에서의 솜씨가 준 선물일 것이다.

요사는 이 책에서 한 작가 당 한 편을 논합니다만, 헤밍웨이에 대해서는 두 편(마찬가지로 그레이엄 그린(Graham Greene)도 특별취급을 했지만 작품이 위대하다고는 말할 수 없다고 합니다)을 다룹니다. 한 작품은 『이동 축제일(A Moveable Feast)』입니다. 만년의 이 작품에서 회상되는 젊은 헤밍웨이가 파리의 보헤미안 생활 신화와는 정반대의 "모든 것을 냉정하고 침착한 눈으로 바라보고 체험을 취사선택하여 모아두는" 주의 깊고 근면한 의지적인 사람이었다는 것을 보여주기 위해서입니다.

바르가스 요사는 대작가입니다만, 세계문학의 가장 훌륭한 교사이며 소설가를 목표로 하는 사람에게 성실한 개인지도 교사라는 것도 분명한 사실입니다. 모처럼의 만남을 흘려버리지 마시기를.

누가 폭발을
막아왔는가

오랫동안 글을 쓰며 살아왔습니다. 그 총체를 확인하지 않으면 안 되는 나이가 되어, 출발점이 보였을 때와 계속해서 글을 써온 의미를 느끼게 되었을 때를 떠올리는 일이 꽤 있습니다.

서른다섯 살의 저는 동년배인 〈오키나와타임스〉의 아라카와 아키라 씨와 이시가키지마의 사탕수수밭을 맹렬히 달리는 지프차에 타고 귀를 기울이고 있었습니다. 오키나와의 젊은 세대는 '폭발'하지 않을까?

그들을 가두고 있는 이중 삼중의 폭력. 전전·전중·전후를 관통하는 그 폭력에 대한 강하고 예리한 말.

그런데 캄캄한 숙소에 드러누워 있으니 아라카와 아키라 기자가 답사하며 들려주었던 전승이나 가요가 되살아났습니다. 죽은 자의 영혼이 바다로 돌아가고 또 새로운 갓난아기에게 깃들기 위해 찾아옵니다. 저는 도쿄에 남겨두고 온, 세 살이 되었으나 말을 듣거나 할 기미가 없는 장남을 생각했습니다. 야에야마의 바다와 시코쿠의 숲을 곧장 이으려는 것처럼.

제 고향에서도 메이지유신을 전후하여 두 번의 농민봉기가 있었고, 근대화로 향하는 국가의 폭력에 대한 집단의식의 기억이 있습니다. 그것이 류큐 처분[166], 철저한 국가주의 교육, 오키나와전, 그리고 조금 전에 들은 이야기에 호응하여 어둠속에서 일어난 저는 『만엔 원년의 풋볼』의 노트를 만들었습니다.

이 장편소설에 이어 제가 쓴 장편 에세이 『오키나와 노트』가, 2005년 야스쿠니 지원단을 자칭하는 변호사 그룹이나 〈자유주의 사관 연구회〉〈새로운 역사교과서를 만드는 모임〉을 후원자로 하는 이들에게 소송을 당했습니다. 물론 저는 긴장했습니다만, 공판 과정에서 원고인 옛 수비대장이 그 시점까지 『오키나와 노트』를 읽지 않았다고 스스로 증언하여 그들의 기세가 꺾이는 일도 있었습니다.

---

166) 메이지 정부가 류큐(琉球)를 강제적으로 근대 일본 국가에 편입해간 일련의 정치 과정. 1872년 류큐번(琉球藩) 설치에서 시작하여 1879년 오키나와 현 설치에 이르는 과정을 말한다. 이에 따라 류큐 왕국은 멸망했다.

그때 오키나와의 민속신앙도 살려내면서 현재의 사회 정황과 인간을 뛰어나게 단편소설로 써내는 젊은 작가 메도루마 슌(目取眞俊, 1960~)씨가 제 책에서 '때가 되면(おりがきたら)'이라는 키워드를 골라내 정성껏 해독해주었습니다.

오키나와전에서 일본군이 섬 주민들에게 무엇을 했는가, 그것조차 시간이 지나면 망각됩니다. 그 '때가 되면' 강제된 집단자살의 책임자도 비판을 받지 않고 그곳을 방문할 수 있을 것입니다. 이 '때가 되면' 사상은 오키나와전의 비참한 체험이, 이것은 결코 없었던 일이 될 수 없다, 고 한 경계를 계속해서 무너뜨립니다. '때가 되면' 하고 기다리고 있던 자들의 재등장이 이미 얼마나 많이 이루어진 것일까요? 그리고 그사이 무엇이 기도되고 있을까요?

한편 '때가 되면'이라며 정색을 하고 나서는 일과는 반대로 오키나와 현민의 자기표현을 간파할 수 있었습니다. 1995년 기노완 시 해변공원에서 미국 해병대원의 소녀 폭행사건에 항의한 8만 5천 명에 이르는 현민집회가 그것입니다.

그 거대한 의사 표시는, 그것에 이어 지금까지 10만 명 규모에 이른 두 번에 걸친 현민대회의 모범을 이루고 있습니다. 의미가 명확한 말을 정연하고도 강력하게 전했습니다. 그중 한 사람으로 발언한 오타 마사히데 지사는 주둔군 부지의 강제 사용을 미군의 자유에 맡기지 않는, 대리 서명 거부라는 유효한 수단으로 저항을 시작했습니다. 연속되는 그런 움직임에 대한 기억은 선명합니다.

무라야마 수상의 뒤를 이은 하시모토 수상이 먼데일 미 대사와 "5년에서 7년 이내에 후텐마 비행장을 전면 반환하기로 합의했다"라는 성명을 발표했습니다. 그 재빠른 대응에서 저는 현민 집회 너머에 숨어 있는 '폭발'의 현실성을 읽어낸 미군을 봅니다. 거기에 깊고 얕은 상상력의 차가 있고, 미국과 일본 정부에 이 합의를 향해 나아가도록 한 것이 있었습니다. 게다가 그것은 그만큼의 규모와 에너지를 가진 통제된 집회를 실현하는 민주주의의 실력으로 존재했습니다.

그런데 저는 2000년 5월 오키나와에 머물며 많은 사람들의 목소리를 들을 수 있었습니다. 그곳에서 제가 가장 깊은 인상을 받았던 것은, 헤노코 이전의 불가능성이 현장에서 확실히 인식되는 과정에서 서로 다른 입장을 가진 많은 사람들이 '폭발'을 우려하는 목소리를 낸 일입니다.

그것을 들으면서 저는, 하지만 후텐마가 아무 것도 변하지 않는 상황이 오랫동안 계속되는 과정에서도 결코 '폭발'이 일어나지 않은 것이야말로 오키나와 현민의 실력을 보여준 것이 아닐까, 하는 생각을 했습니다.

후텐마 기지를 '현 밖으로 이전'하는 것밖에 없다며 다시 기반을 다진 나카이마 히로카즈(仲井眞弘多, 1939~)가 오키나와 지사에 재선한 것도 그 실력 때문이라고 생각합니다. 만약 간 나오토 수상이 헤노코 이전의 마지막 도피처로 공유 수면 매립 허가권을 가지고 있는 지사의 권한을 박탈하는 입법을 한다면, 우리는 네 번째의 대규모 현민집회에서 그 실력을 재인식하게 되겠지요.

그리고 '현 밖으로의 이전'이라는 그들의 과제가 우리의 것이 되고, 우리의 현실 생활은 새로운 압력을 띠게 되겠지요. 그러나 오키나와 현민은 그 한복판에서 계속 살아왔습니다.

천천히
꼼꼼하게 읽는다

새해 아침, 아사히신문 〈사람(ひと)〉란에 마음이 끌렸습니다. '궁극의 천천히 읽기'를 계속해온 선생님과 학생들에게 감탄하며 그들이 공유한 시간을 선망했던 것입니다.

저는 '천천히 읽기'라는 말도 '속독'이라는 말도 사용하지 않습니다. 그런데 숲속의 신제 중학교에서, 선생님께 읽을 책이 없다고 호소했다가 앞으로 고꾸라질 만큼 급히 읽기 때문이라는 타박만 받았던 일을 잊을 수가 없습니다. 저에게는 책을 천천히 읽을 힘이 (그것을 위한 인내력, 깊은 주의력, 훈련이) 없다는 생각에 사로잡혔습니다.

그래도 버릇을 고치지 못한 채 다시 읽는(reread) 태도를, 구체적으로

295

는 색연필로 선을 긋고 검은 연필로 메모하면서 읽어나가고, 시간을 두었다가 다시 읽는 습관을 몸에 익힌 것은 사십대가 되고 나서입니다.

작년에는 서고를 축소하여 음악이 삶의 보람인 히카리가 갖고 있는 CD를 한꺼번에 볼 수 있도록 선반을 만들었습니다. 얇은 B6판으로 책등의 글자를 읽기 힘든 영어 서적은 아래쪽에 모았습니다. 지금까지 보이지 않았던 윌리엄 스타이런(William Styron)의 『Darkness Visible』(Vintage Books)[167]과 맞닥뜨렸으므로 연초에 다시 읽기로 했습니다. 이거야말로 '종이책'의 공덕입니다.

이 장대하고 성실한 작가가 '정신의 부조화와 싸움'을 벌일 수밖에 없었던 예순 살의 기록입니다. 미국 잡지에 실린 글을 읽거나 오우라 아키오(大浦曉生) 씨가 『보이는 어둠』[168](인용은 여기에서)으로 번역하여 출간한 사실도 저는 모르고 있었습니다.

미국에 머물 때 페이퍼북을 사서 몰두하여 읽은 것은, 이타미 주조가 자살했기 때문입니다. 주간지 같은 데서는 우울증에 의한 자살이라고 보도했는데, 어렸을 때부터 저의 스승이었던 그 정도의 사람이 어떻게, 하는 마음에 저는 납득할 수 없었던 것입니다.

---

167) 윌리엄 스타이런, 임옥희 옮김, 『보이는 어둠』, 문학동네, 2002.
168) ウィリアム・スタイロン, 大浦曉生訳, 『見える暗闇−狂氣についての回想』, 新潮社, 1992.

우울증의 어두운 숲에서 산 적이 있고 설명할 수 없는 고뇌를 알고 있는 사람들에게 나락에서의 귀환은, 시인 단테가 지옥의 어둠속에서 위를 향해 터벅터벅 계속 걸어 끝내 '빛나는 세계'가 보이는 곳으로 나온 것과도 비슷하다. 거기에서 건강을 회복한 자는 모두 편안함과 기쁨을 느끼는 힘을 거의 되찾는다. 그것은 '절망을 넘어선 절망'을 견뎌낸 것에 대한 그 나름의 보상인지도 모른다.

우리는 그렇게 나와서는 두 번 다시 별을 보지 않는다.

우울증의 무서움을 절감하며 끝까지 읽어나가면서 저는 책에 메모를 했습니다. 스타이런이 책을 맺으면서 기록한, 『신곡』 지옥편의 마지막 행의 영어 번역에(번역자 오우라도 영어 번역본에 충실) 저는 납득할 수 없었던 것입니다.

지옥을 여행하고 온 자가 "굴을 나온다, 하늘의 별 보기를 바라며"라고 번역하는 것이 일반적입니다. 그런데 별을 보고 싶은 열망이 먼저고, 밖으로 나온 것은 그것에 수반되는 일이 아닐까요? 저는 밖으로 나올 수 없었던 처남을 생각했습니다.

그러나 가장 새로운 로버트 핀스키(Robert Pinsky)의 번역도 "앞으로 나아갔다, 그리고 별을 보았다"입니다. 그러다 오랫동안 읽었던 찰스 싱글턴(Charles S. Singleton)이 번역한 『신곡』의 자세한 주석에 생각이 미쳤습니다. 주석에는 『신곡』 세 편 모두의 마지막 단어가 별(stelle)이라는 것은, 여행을 하는 자가 항상 위를 향하고 있는 자세를 강조한 것으로, 단테는 실제 인생에서도 그렇게 하라고 독자에게 열심히 권하고 있다, 고 쓰여 있습니다.

이렇게 심야까지 거실에서 책을 읽고 있는 제 옆에 선 히카리가 울적한 목소리로 말했습니다.

"아무리 해봐도 베토벤의 첼로 소나타가 F장조뿐이에요!"

재작년 여름, 부자간에 충돌하고 나서 히카리는 저에게 그다지 말을 하지 않았습니다. 그의 CD 선반을 크게 만들어준 것도 화해를 모색할 생각에서였습니다. 연말에 컬렉션을 정리하다 발견한 듯한 로스트로포비치(Mstislav Rostropovich)와 스비아토슬라프 리히터(Sviatoslav Richter)의 연주 다섯 곡을 담은 DVD를, 자기 방에서 틀다가 어떻게 조작하는지를 몰랐던 것이겠지요.

저는 모든 곡이 끝날 때까지 2시간 반 동안 히카리 옆에 붙어 있었습니다. 다음 날 그는 거실 텔레비전 앞에 제 자리를 비워놓고 앉아 지휘자 오자와 세이지(小澤征爾, 1935~)의 프로그램 스위치를 눌렀습니다. 히카리는 거장 오자와의 예순 살 생일을 축하하는 곡을 만들어, 첼로 연주를 했던 로스트로포비치 씨로부터 큰 칭찬을 받았습니다.[169] 그 장면을 흉내 내는 것이 히카리를 힘내게 하는 제 장기였습니다.

---

169) 1995년 9월 1일 산토리홀에서 오자와의 예순 살 생일 기념 콘서트가 열렸고, 그중의 한 곡이 오에 히카리가 작곡한 첼로와 피아노를 위한 소품 〈이야기〉였다. 피아노는 마르타 아르헤리치, 첼로는 므스티슬라브 로스트로포비치였다.

암은 극복했으나 요통이 심해 사이토 키넨 오케스트라의 공연에 차이코프스키의 〈현악 세레나데〉 제1악장밖에 지휘할 수 없다고 이야기하는 오자와 씨는 평온하고 슬퍼 보이는 것 같았지만, 연습이 시작되자 내지르는 소리는 강한 권유와 간절함 바로 그것이었습니다. 투병과 노령의 그림자는 보였지만 그에 따라 깊이를 더해가는 용모와 몹시 단련된 신체의 움직임은, 제가 영상으로 보는 동시대의 인간 그대로의 자기표현으로서 비할 데 없는 것이었습니다.

음악의 실질에만 감응하는 히카리와 저는 오랫동안 박수를 쳤습니다.

루쉰의
'남을 속이는 말'

루쉰 사후 75년을 맞이하여 전체 저작에서 고른 짧은 시가나 글을 사상적인 시집처럼 만들어 일본과 중국 양쪽에서 출간했습니다. 띠지 글을 부탁받은 저는 20세기 아시아를 대표하는 문학자와의 긴 인연을 생각했습니다.

베이징의 루쉰 박물관에서 뜻하지 않게 지하의 자료실로 안내되어 영혼이 떨렸다고 말하고 싶은 경험을 한 일. 돌아오는 길에 우연히 입수한, 실력파 작가 옌롄커(閻連科)의 영어번역본을 밤새워 읽고, 다음 날까지 감명이 이어지는 것을 느꼈던 일.

독일이 통일된 날과 겹친 프랑크푸르트 도서전 심포지움에서, 조용히 있으면서 기민하게 의지를 관철하는 동독의 작가가 『아Q정전』을 극화한 크리스토프 하인Christoph Hein이라는 것을 알고 납득한 일.

쓴 것은 다양하지만 제가 단문을 고른 것은, 마을에 생긴 신제 중학교에 들어간 축하의 의미로 어머니가 사준 『루쉰 선집』 때문입니다. 앞에서도 언급했지만 교육도 받지 않은 시골 여성이 루쉰을, 하고 의문을 제기하는 사람도 있습니다. 하지만 어머니에게는 단 한 사람, 진학한 소꿉친구가 있었습니다. 저를 낳고 누워 있는 어머니에게 그 친구가 그해에 나온 이와나미 문고를 보내주었던 것입니다.

이 책에서 「고향」을 만난 소년은, 화자 '나'와 한 살 위인 룬투(閏土)가 하는 놀이를 동생이나 친구와 함께 흉내를 냈습니다. 큰 눈이 내린 날 아침, 작은 새를 잡는 덫을 놓고, 본 적도 없는 챠(猹)라는 작은 동물을 찾으러 깊은 숲속으로 들어갑니다.

저는 대학에 진학하려고 도쿄로 갔습니다. 재수 끝에 2년 지나 교모를 쓰고 고향으로 돌아오자 어머니가 최근에 「고향」을 읽었느냐고 물었고, 저는 마지막 한 구절을 암송해 들려드렸습니다.

　생각건대 희망이란 본디 있는 것이라 말할 수도 없고 없는 것이라 말할 수도 없다. 그것은 지상의 길 같은 것이다. 원래 지상에는 길이 없다. 걷는 사람이 많으면 그것이 길이 되는 것이다.

어머니는 "나는 고향에 남는 룬투가 좋던데" 하시며 실망감을 드러냈습니다. 지금 저의 마음과 차이가 남을 알 수 있습니다.

다행히 저는 중국어로 쓰는 뛰어난 작가 지기들을 얻었습니다. 모옌(莫言, 1955~), 티에닝(鉄凝, 1957~), 옌롄커는 대륙에서 활약하고 있습니다만, 정이(鄭義, 1947~)는 미국에 망명했고 가오싱젠(高行健, 1940~)은 프랑스 국적입니다. 제가 그들을 한데 모아 중국어로 쓴다는 표현을 한 이유를 이해할 수 있을 거라고 생각합니다.

그리고 또 한 가지, 인간관에서도, 문학에 대한 신조에서도 그들에게 공통된 것은 루쉰을 높이 평가한다는 것이고, 저와 친해진 근간에도 그런 이유가 있습니다. 작년 세밑, 베이징에서 티에닝 씨로부터 『루쉰 일문 서신고(魯迅日文書信稿)』라는 책을 선물로 받았습니다. 검은 묵과 붉은 괘선이 참으로 아름다운, 루쉰 자필의 편지 73통을 영인한 책입니다.

루쉰의 마지막 편지는 1936년 10월 18일, 죽기 전날에 친한 서점주인인 우치야마 간조(內山完造, 1885~1959)에게 보낸, 의사에게 연락해달라는 애절한 단신입니다. 가슴이 미어집니다. 편지의 대부분은 젊은 연구자 마스다 와타루(增田涉, 1903~1977)에게 보내는 것인데 교육적인 정열과 지속성에 큰 감동을 받았습니다.

이러한 여러 가지 편지로 진심을 보여주고 있는 루쉰은 세상을 떠나는 해에 도쿄의 종합지로부터 기고를 요청받자 역시 일본어로 「나는 남을 속이고 싶다(私は人をだましたい)」를 썼습니다.

루쉰은 조심스럽게 씁니다만, 일본 측은 검열합니다. 루쉰은 상하이에서 일어난 전쟁을 이야기합니다만, 그 전쟁은 일본 측으로서는 사변이고, 그래서 복자伏字가 됩니다. "5년 전의 신문을 보고 아이의 ×× 수가 많은 것, ××의 교환이 없는 것에 대해서는 지금 생각해도 무척 비통하다."에서 두 군데의 복자는 각각 '사체'와 '포로'입니다.

루쉰이 주의 깊지 않으면 안 되는 것은, 일본에 대해서뿐만 아니라 중국의 권력에 대해서도 마찬가지입니다. 그래서 '남을 속이는' 것을 배운다고 한 것입니다.

> 이런 글을 쓰는 데도 정말 좋은 기분이 아니다. 말하고 싶은 것은 꽤 있지만, '일지(日支) 친선'이 좀 더 진전된 날을 기다리지 않으면 안 된다. 멀지 않은 지나(支那)에서는 배일(排日)이 곧 국적(國賊), (…) 각처의 단두대 위에도 ×××를 넌지시 보여주는 정도의 친선이 되겠지만, 이렇게 되어도 아직 진정한 마음이 보이는 때는 아니다.

번역을 한 다케우치 요시미(竹內好, 1910~1977)는 역주에서, 중국어 번역본에서는 복자 부분에 '태양적 원권(太陽的圓圈)'(히노마루)이 들어가 있다고 말합니다.

그리고 글의 마지막은 이렇습니다.

> 마지막에 즈음하여 피(血)로 개인의 예감을 덧붙여 감사의 말로 삼겠습니다.

이렇게 괴롭고 쓰라린 시대가 있었고, 일본은 중국과의 전면전쟁에 이르게 되었으며, 패전이 있었고, 거품 경제의 번영이 있었습니다. 지금 아시아에서 빛나고 있는 것은 중국입니다. 노벨평화상을 받은 류샤오보(劉曉波, 1955~2017) 씨에 대한 평가에서 중국과 세계 사이의 커다란 틈이 벌어졌을 때 일본의 보도·출판은 그의 사상을 주도면밀하게 전해 류샤오보 측에 섰습니다.

그에 대한 중국 내의 비판도 들려옵니다만, 저는 루쉰의 글을 다시 읽으면서 자신의 만년을 살아가는 입장에서 중국어 작가와 만날 기회가 있으면 류샤오보 씨에 대한 지지를 전하고 싶습니다. '남을 속이는' 말이라고 할 필요는 없습니다.

수소폭탄 경험을
계속 말하고 있는 사람

열아홉 살의 봄, 고마바에 있는 도쿄대학 교양학부의 강의실에서 기초 프랑스어의 첫 수업 시간에 갱지로 된 감빛 표지의 동사 변화표를 받았습니다. 다 외우면 플로베르의 단편을 읽는 가을 학기의 강의실에 들어갈 수 있습니다. 그러나 다?

집으로 돌아가는 길에 정문 옆에서 비키니 환초의 수소폭탄 실험[170]을 비판하는 입간판을 등지고 연설하는 사람들이 있었습니다. 피폭한 연소자 중의 한 사람은 아버지의 죽음으로 신제 중학교를 중퇴했다고 했습니다. 제 처지와 다르지 않아 가슴이 덜컥했습니다.

심야의 바다가 저녁놀에 물들어가는 것도, 그러고 나서 굉음이 들리고, 그 두 시간 후에 하얀 재가 떨어지는 것도 그 젊은이는 옆에서 직접 경험한 것 같았습니다. 가능하다면 병원으로 병문안을 가 직접 이야기를 듣고 싶었습니다. 하지만 전차에 오르자 감빛 책에 열중했습니다.

정치운동에 관심이 없는 학생 생활이었고 공부하는 것도 어중간했습니다. 3년 후 대학신문에 쓴 단편을 계기로 작가가 되는 길로 나아갔습니다만, 그 단편에 다음과 같은 구절이 있습니다.

> 우리는 개를 죽일 생각이었겠지, 라고 나는 애매한 목소리로 말했다. 그런데 죽임을 당하는 것은 우리 쪽이다.
>
> 여학생이 눈살을 찌푸리며 소리로만 웃었다. 나도 기진맥진하여 웃었다.
>
> 개는 죽임을 당해 쓰러지고 가죽이 벗겨진다. 우리는 죽임을 당해도 걸어 다닌다.
>
> 그러나, 가죽이 벗겨졌다는 거지, 하고 여학생은 말했다.

---

170) 제2차 세계대전 후 냉전 분위기에서 미국은 태평양에서 핵실험을 실시하기로 결정했다. 태평양 중서부의 섬나라 마셜의 비키니 환초 원주민을 그 남동쪽에 있는 롱게리크 환초로 강제 이주시킨 후 1946년 7월부터 1958년까지 수소폭탄 실험(1952)을 비롯해 67건의 핵실험을 실시했다. 비키니 환초의 원주민들은 1969년 비키니 환초로 돌아갔지만 1978년 다시 주거 시설을 철거당했다.

다시 읽어보니 비키니 사건은 자신의 깊은 곳에 다다랐다는 것을 인식합니다. 구보야마 아이키치(久保山愛吉, 1914~1954)[171]가 급성방사능증(急性放射能症)으로 사망한 것을 알고 불투명한(쌍방이 의식하고 그렇게 한) 미일 정부의 교섭을 막연히 혐오했으며, 피폭한 배가 침몰하려고 했다거나 유메노시마(夢の島)에 버려져 있는 것이 발견되었다거나 하는 보도를 시간을 두고 접할 때마다 늘 그 젊은 선원을 생각했습니다.

그리고 1991년에 『죽음의 재를 짊어지고』[172]를 읽게 되었고, 그 사람은 고난을 뚫고 살아나 이런 인격을 달성했구나, 하고 감동했습니다. 지금 오이시 마타시치(大石又七, 1934~) 씨의 책 『비키니 사건의 진실』[173]은 구하기 쉽기 때문에 그 책에서 요약하고 인용하겠습니다.

1954년 3월 1일, 미군은 히로시마형 원자폭탄의 천 배인 15메가톤의 수소폭탄 실험을 했습니다.

> 그 대사건은 비키니 해역에서 참치를 잡고 있던 우리 제5후쿠류마루(第五福龍丸)에 의해 외부로 드러났다.
> 원폭 실험의 중심지에서 160킬로미터나 떨어져 있었는데도 새하얀

---

171) 1954년 3월 1일 남태평양 비키니 환초 부근에서 조업하던 중 미국의 수소폭탄 실험으로 인한 '죽음의 재'를 맞는다. 반년 후 피폭에 의한 황달이 악화되어 9월 23일 사망한다. 그의 죽음을 계기로 원수폭금지운동이 고양되었다.

172) 大石又七, 『死の灰を背負って―私の人生を変えた第五福龍丸』, 新潮社, 1991.

173) 大石又七, 『ビキニ事件の眞実』, みすず書房, 2003.

'죽음의 재'는 눈처럼 배 위로 쏟아져 내려 갑판 위에 발자국을 남겼다. 수상히 여겨 가져온 재 안에는 강력한 방사능과 미군의 최고 군사 기밀인 수소폭탄의 구조까지 포함되어 있었다. (⋯)

수소폭탄의 진정한 무서움은, 폭발은 물론이거니와 그와 동시에 만들어지는 대량의 방사능이었다. 수소폭탄의 파괴력으로, 보이지 않는 방사능의 무서움을 안 세계의 지식인들은 인류의 파멸을 예감하고 위기감을 고조시켰다.

'죽음의 재'에서 지구에는 없어야 할 우라늄 237을 검출한 일본인 과학자들이 미군의 비밀주의의 벽을(그것은 비키니에서 실험된, 자국의 수소폭탄의 기밀을 파헤치려는 핵 경쟁 상대인 소비에트에 대한 벽이기도 했습니다만) 자력으로 돌파해갑니다. 그 당시 가장 신봉되고 있던 억지론자의 기만을, 정치와 보도의 장을 뒤덮고 의료 현장에서도 노골적이었던 비밀주의까지 오이시 씨는 명확하게 폭로했습니다.

제가 오이시 씨의 책과 그가 출연한 세계적 수준의 텔레비전 기록을 다시 보기 시작한 것은, 오키나와에서 전 수상이 '억지력'을 배워 생각을 다시 했다고 말하고, 새로운 수상이 주저 없이 '핵우산'의 필요성을 주장한 작년 여름부터입니다. 세계의 지도자들이 '억지력' 신앙에 대한 사고의 전환을 말하기 시작했을 때 일본의 지도자가 왜 이런 식의 퇴행을 보여주게 되었을까요?

'억지력'. deter, 상대를 위협하여 물러가게 한다는 동사에서 나온 말을 일본어는 그 폭력적인 어감을 이성적이고 안정성이 느껴지는 것으로 치환하고 있습니다.

'억지력'이 수소폭탄에 의해 세계를 파괴할 수 있는 규모가 되었을 때, 최초의 실험이 이미 모순과 위험을 드러내고 있었습니다. 신뢰할 만한 미국의 핵물리학자 랠프 랩(Ralph Lapp, 1916~2004)은 그 전환점이 제5후쿠류마루에 의해 보였다고 말했습니다. 그리고 오이시 씨는 수소폭탄을 경험한 사람으로서 원리적이고 성실한 증언을 계속하고 있습니다. 그것은 원자력발전소에 대한 경고를 포함하고 있습니다.

그 영향력은 오이시 씨가 만든 제5후쿠류마루의 모형을 계기로 다음 세대에까지 퍼져나가고 있습니다. 롱겔라프 섬[174]에 버려져 있던 노인에게 용기 있는 사람이라고 말하게 하는 국제성도 갖추고 있습니다. 유메노시마 공원의 도립 제5후쿠류마루 전시관은 앞으로도 시간적·공간적으로 실로 큰 장소이겠지요. 우리가 그곳을 잊지만 않는다면.

벌써 50년이나 늦어졌습니다만, 저는 오이시 씨의 이야기를 들으러 가겠습니다.

---

174) 비키니 환초에서 수소폭탄 실험을 한 지 3일 지나 롱겔라프 섬의 주민 64명 전원이 피폭하여 재산을 남겨둔 채 콰절런 환초로 강제로 이주당해 치료를 받았다. 실험으로부터 3년 후인 1957년 미국은 롱겔라프 환초의 '안전 선언'을 하여 전 주민의 귀환을 인정했다. 그러나 환초로 돌아간 주민 대부분에게 갑상선 종양이 생기고 또 많은 아이들이 백혈병으로 사망했다.

현지 밖에서도
귀를 기울이며

동일본 대지진이 일어난 2011년 3월 11일 바로 그날, 와타나베 가즈오 선생님의 작은 노트를 복사한, 일본어 문장과 프랑스어 문장을 세세하게 구별해서 쓴 글을 읽고 있던 저는 몸이 좌우로 크게 흔들리며 공중에 붕 뜬 기분이 들었습니다.

『패전 일기』[175]로 간행된 것의 원본입니다만, 1945년 3월 9일, 10일의 대공습 다음 날 쓰기 시작한 것이므로 몇 년마다 바로 그날이 되면 다시 읽기 시작합니다.

---

175) 渡辺一夫, 大江健三郎·二宮敬編,『渡辺一夫著作集』(全14卷), 筑摩書房, 1970~1977.

3월 15일의 아사히신문에는 나카이 히사오(中井久夫, 1934~) 씨의 무겁고 유익한 이야기가 실렸습니다.

> 일본에서 일시에 이 정도의 재해는 없었다. 공습도 이만큼 광범위하지는 않았다. 지금까지의 자료에 쓰여 있지 않은 일도 일어났을 거라고 생각한다. 한신대지진 때는 고베에서 여러 가지 제안이 나왔다. 우리는 그 교훈에 따라 현지의 목소리에 귀를 기울여야 한다.

이 글 옆에는 사고 전에 원고를 보내서 실려 있는 제 에세이 〈정의집定義集〉이, 현지 바깥의 글로서 고개를 숙이고 늘어서 있는 것 같았습니다.

그래도 저는 그날 르몽드지 기자의 인터뷰 요청을 받았고, 도쿄가 파리보다는 가깝다며 그 인터뷰에 응했습니다. 질문에 대한 답을 써서 보냈고, 밤새 번역된 것이 17일자에 실렸습니다.

다음 주가 시작되었고, 장애를 가진 장남의 정기진료와 투약을 위한 병원 예약 날짜를 넘기고 말았습니다. 새로운 예약을 하지 못한 채 병원에 가서 기다리는 일을 제가 하기로 했습니다. 여기서는 그날까지의 개인적인 일을 쓰겠습니다.

저는 '히로시마형 원자폭탄' 전 배의 위력인 '수소폭탄 실험'에서 피폭한 오이시 마타시치 씨를 주제로 한 에세이에서 한 줄뿐이지만 '원자력발전소'에 대한 그의 경고도 다루었습니다. 세 가지 주제를 연결한 텔레비전 프로그램 제작은 연기되었지만 꼭 실현하고 싶습니다.

그 프로그램에서는 르몽드지에 답한 저의 다음 한 구절에 대한, 그리고 히로시마·나가사키의 다음을 경험한 오이시 씨가 원전사고를 어떻게 보고 있는가에 대한 이야기가 나오겠지요.

> 지금 동일본을 뒤덮고 있는 후쿠시마 원전에서 나오는 방사능의 위협이 일본인에게 미국의 핵 억지력에 대한 절대적인 신뢰(그것과 원전의 안정성에 대한 확신은 연결되어 있지 않을까요?)를 깨부순다면, 히로시마·나가사키의 사자(死者)들을 배신하지 않겠다고 한 패전 직후 일본인의 신조를 회복시킬 수 있을 것입니다. 그런 기대를 갖고 있습니다.

그런데 앞의 노트 복사본이 저에게 있었던 것은, 선생님이 돌아가셨을 때 그분의 전공인 라블레(François Rabelais) 관련 서적 전체를 물려받은 니노미야 다카시(二宮敬, 1928~2002) 씨가 그중에서 발견한 것을 간행해야 할지 말아야 할지를, 선생님의 저작집을 같이 편집했던 저에게 보내 의견을 물었기 때문입니다.

프랑스어로 쓴 부분이 있는 것은, 누군가 당국에 밀고하지 않을까 하는 경계를 했기 때문입니다. 게다가 거기에는 전쟁으로 돌진한 군부와 뒤따라간 대부분의 국민, 그것을 선도하기까지 한 지식인에 대한 증오가 표명되어 있습니다. 하지만 그 사회에서 고통스럽게 자기를 지키며 살아가는 동안 자살을 생각한 일이 있다는 것도 적혀 있었습니다.

선생님의 약한 부분을 공표할 자격이 제 자신에게 있는지 의심한 저는 노트 복사본을 돌려주려고 했습니다. 그런데 늘 온화하던 니노미야 씨가 "자넨 이미 이걸 쓴 선생의 나이에 가깝지 않은가" 하고 화를 냈습니다. 우리는 와타나베 부인을 방문하여 출판 허가를 요청했습니다.

3월 11일부터 계속해서 받은 내외의 연락, 그것들에 대한 응답에 마음이 급한 나머지 저는 드물게도 노트 복사본을 도중에 덮었습니다. 그리고 일본 전역에서, 지진이 일어난 현지에 있는 사람들부터 그 밖의 다른 가정에서도 그랬겠지만, 저도 텔레비전 앞에 앉아 있는 시간이 가장 많았습니다.

그런데 장남과 병원 대합실에 들어가자 우리는 오로지 악보를 읽거나 노트 복사본을 읽는 데 집중할 수 있었습니다. 그곳은 만원이었음에도 심상치 않다고 말하고 싶은 조용함이 있었기 때문입니다.

누구나 봤을 텔레비전 광고, "모두 힘내자 일본!"이라는 구호와는 다른, 좀 더 개인의 깊이에 뿌리내리고 있는, 게다가 일본·일본인의 '상(喪)'의 감정, 그것에 겹쳐 있는 짙은 불안, 그리고 잘 자제하고 있는 조용함.

이전보다 말은 적어졌습니다만 주위 분위기에 민감한 장남은 침착했습니다. 저도 일기에서 희망을 보여주는 선생님의 말에 공감해

갔습니다.

> 져서는 안 된다. 그렇게 생각한다. 자신의 정신·사상으로 끝까지
> 살아가는 거다. (⋯) 봉건적인 것, 광신적인 것, 배외주의(排外主義)는
> 모두 패배한다. 자연의, 인류의 법리는 반드시 이긴다. Vive l'
> humanité.

저의 번역이라면, 마지막 말은 '인간다움 만세'.

저는 걱정스럽게 조용하던 대합실 사람들을 생각할 때마다 후쿠시마에서 살아남은 일본인이, 현재의 54기에 14기 이상의 원전을 추가하려는 세력에 대항해 시민 규모의 저항운동을 일으키는 날을 생각합니다.

계속해서 애매한 채
있게 하지 마라

체르노빌 원전사고 때 발트 해에 면한 농촌에 은둔하고 있던, 당시 동독의 여성작가가 쓴 소설을 영어 번역본으로 읽었습니다.

후쿠시마 원전사고 때 저 자신이 보고 들은 것, 가족이 이야기하는 것들에서, 이건 기억하고 있는데, 하는 기시감을 가진 근거가 그 책에 있다는 것을 알고 서고를 뒤졌으나 찾을 수 없었습니다. 『오키나와 노트』 재판의 승소 기자회견을 위해 도심에 나갔다가 환승역에 있는 큰 서점에 들렀더니 사고의 이름을 그대로 제목으로 한 일본어 번역본이 나와 있었습니다. 크리스타 볼프(Christa Wolf, 1929~2011)의 『체르노빌 원전 사고』[176]입니다.

사고 발생 5일째, 친동생의 뇌종양 수술도 겹친 불안한 하루를 보고하는 형식으로 이웃사람들에 대한 상세한 관찰과 깊은 사고가 이야기되어 있습니다. 수술이 성공했다는 전화를 받은 심야, 꿈을 꾸다 눈물을 흘리며 눈을 뜨고는 큰 소리로 외칩니다.

"이 지구에 이별을 고하게 될까요? 그렇게 되면, 당신, 필시 괴로운 일이겠지요."

저는 하나하나 가슴에 새기며 다시 읽었습니다. 노심용융(爐心鎔融)에 대한 두려움, 아이에게 우유를 먹이지도 못하고, 시금치도 샐러드도 안 됩니다. 요소(尿素) 정제가 사재기된 것은 아이의 갑상선을 지키려는 어머니들에 의해서입니다.

번역본에는 반(反)원전 이론가이자 실천가인 다카기 진자부로(高木仁三郎, 1938~2000) 씨가 너무 이른 만년, 격무 속에 쓴 글이 실려 있었습니다.

이 작품에서 나는, 과학에 대한 추궁을 통한 인류 전체의 미래에 대한 저자의 어두운 예감을 느낀다. (…) 한 과학자로서 나는 다만 고개를 숙일 뿐이지만, 굳이 말하자면 "볼프 씨, 그렇다면 문학 쪽은 어떻습니까? '그렇게 되면, 당신, 필시 괴로운 일이겠지요'라고 말하며 이 작품을 끝내도 되는 건가요?"라고 반문하고 싶은 충동을 억누를 수 없다.

176) クリスタ・ヴォルフ, 保坂一夫訳, 『チェルノブイリ原發事故』, 恒文社, 1997.

볼프도 악몽에 시달리는 잠에 들기 전에는 똑똑히 깨어 있는 의식으로 이렇게 말했습니다.

> 저는—평소보다 한층 목소리를 높여—핵 기술의 위험이 다른 어떤 것과도 비교할 수 없을 만큼 크고, 따라서 최소한의 불안정한 요소가 있다면 그 이용을 포기해야 한다고 분명히 호소해야 함을 생각했습니다.

고언苦言은 체르노빌 사고의 총체적인 조사가 끝나지 않았다는 것에 대한 초조감이 있었기 때문입니다. 독일의 과학자인 그의 친구는 논문 완성을 앞두고 연구를 단념했다는 것입니다.

> 좀 더 내 골치를 썩이는 것은, 그런 상황에도 불구하고 기본적인 의혹을 해소하려는 노력을 하는 것도 아니고, 각국 정부나 국제원자력기구(IAEA)는 그 사고를 과거의 사건으로 치부해버린 채 이전과 기본적으로 동일한 원자력 계획을 계속하고 있다는 점이다. (…) 핵 시대의 상흔이 다양한 형태로 혼란과 의혹을 키우고 있고 '체르노빌 다음'을 예감케 하는 사례도 얼마든지 들 수 있지만, 대부분은 세계 전체가 보고도 보지 않은 척하고 있다고 해도 좋을 것이다.

그리고 후쿠시마 원전에서 체르노빌과 같은 크기의 사고가 일어난 것입니다. 직후에는 원전을 추진해온 자민당 총재도, 그것을 계속하는 것은 어려운 상황이라고 분명히 말했습니다. 그런데 일주일이 지나자 그는 궤도를 수정합니다. "안정적인 전력을 공급할 수 없으면 제조업 등을 유지할 수 없는 문제도 있다"고 하면서.

5월 5일 아사히신문은 "벌써 '원전 유지'를 향한 움직임이 시작되었다. 원전 추진파 의원들이 모여 새로운 정책회를 발족. '반원전'의 여론에 대항할 목적이다"라고 보도했습니다.

그에 비해 6일에는 간 나오토 수상이 하마오카浜岡 원전의 완전 정지를 요청했는데, 정당한 판단이라고 생각했습니다. 그러나 "30년 이내에 매그니튜드 8정도의 지진이 발생할 가능성이 87퍼센트라는 숫자도 제시되었다"는 하마오카 특유의 케이스를 강조하는 것에서 새삼 소름이 끼치면서 또 한 가지 다른 걱정도 생겼습니다.

바로 8일에 간 나오토 수상은, 하마오카 이외의 원전에 대한 요청은 없다는 것, '탈 원전' 노선에는 뛰어들지 않겠다는 표명을 했습니다.

후쿠시마 원전으로 이어진 체르노빌의 비참함은, 다카기 씨가 걱정한 핵 시대의 혼란과 의혹으로 우리가 그대로 이어받게 되는 것일까요?

나이로 볼 때 마지막에 가까운 저의 문필생활에서 지금도 나라 안팎에서 인용되는 제 말은 '애매한 일본의 나'입니다. 그런데 아직 수습도 의심스러운 상황에서 후쿠시마를 과거의 사건으로 돌리고 지금까지의 원자력 계획을 계속한다면 그 애매한 일본의 다음 우리에게 과연 미래는 있는 걸까요?

책임지는 방법을
확인하다

요즈음 제가 틀어박혀 있다는 걸 알고 있는 편집자 친구가 사진 촬영을 구실로 도심으로 불러냈고, 촬영이 끝나자 아카사카의 파리식 카페로 데려갔습니다. 주눅이 들어 있는 노인에게 국적불명일 정도로 생기발랄한 차림의 노인이 다가와 힘차게 "재판, 축하합니다!"라고 말했습니다.

저는 벌떡 일어나 선글라스에 점퍼를 입은 상대의 어깨를 잡았습니다. 건강이 좋지 않다고 하는데도 뉴욕에서 놀라운 부활을 보여준 오자와 세이지였습니다.

앞에서 저는 건강상의 이유로 사이토 키넨 오케스트라의 지휘를 줄인 그가 텔레비전 촬영을 허가한 연습 풍경에서 보인 인간적인 깊이에 감동했다는 이야기를 썼습니다. 그리고 연말에는 브람스 교향곡 1번을 듣고 감탄했습니다. 그런데 그날의 연주를 녹음한 CD 표지의 비극적일 정도로 장중한 사진에 지금의 야구모자와 청바지를 겹쳐놓고 보자니….

오자와 씨가 선 채 이야기한 것은, 3·11 이후 일본의 텔레비전 CM을 채우고 있는 사회적 분위기의 표현에서 어떤 방향 설정을 느끼지 않는가, 하는 것이었습니다.

"우리들 전중(戰中)의 아이들이 자주 들었던 '요쿠산(翼贊)'이라는 말이 있지요?"

대정익찬회(大政翼贊會)의 '요쿠산', 사전을 찾으면 "힘을 모아 천자(天子)를 돕는 것"이라는 뜻인데, 하고 저는 주위의 젊은 사람들에게 설명해주었습니다. 자발적인 협력 태세처럼 보이지만 배후에서 조종하는 사람이 있다는 것입니다. 그렇습니다.

'힘내라 일본', '일본은 괜찮다.'

5월 초, 저는 제5후쿠류마루 전시관의 품격 있는 목조선에서 비키니 환초 수소폭탄 실험의 '죽음의 재'를 맞은 오이시 마타시티 씨와 대화를 했습니다.

NHK 텔레비전에서 방영됩니다만, 마지막 즈음에 오이시 씨는 "책임지는 것을 어떻게 생각할까요?" 하고 물었습니다. 그것은 지금도 계속되고 있는 후쿠시마 원전의 대사고로 이어져 있습니다. 제가 답하면서 제 생각의 토대로 삼은 두 가지를 여기서 말하겠습니다.

첫째로, 오이시 씨의 저서에서 연보를 통해 읽어낸 것입니다.

1955년 1월, 비키니 사건 미일 합의문서 조인.

　　5월, 제5후쿠류마루 승무원 22명 퇴원(사망한 구보야마 씨를 제외한).

　　11월, 오이시 씨, 어부 생활을 단념하고 상경.

　　12월, 원자력 기본법·원자력위원회 설치법 공포(원자력의 평화적 이용이 시작됩니다).

1957년 4월, 원폭의료법 시행(그러나 비키니 피폭자는 제외된다).

　　7월, 국제원자력기구(IAEA) 발족.

1960년 1월, 미일 신안보조약 조인.

1961년 10월, 소련 58메가톤 수소폭탄 실험.

1962년 10월, 쿠바 위기.

1963년 8월, 미국·영국·소련 '부분적 핵실험 정지 조약' 조인.

1964년 10월, 중국 원자폭탄 실험.

1965년 5월, 일본 최초 상업 원전, 도카이(東海) 제1호 임계.

1967년 3월, 하야부사마루로 이름이 바뀐 제5후쿠류마루가 폐선되어 유메노시마에 방치.

　　6월, 중국 수소폭탄 실험.

　　12월, 사토 수상의 비핵 3원칙 표명.

여기서 보이는 것은 비키니 사건을 계기로 (방사능 비가 국민적 경험이 되었습니다) 아주 짧은 기간에 핵실험 반대 여론이 원수폭 금지 운동을 활성화시켰지만, 동시에 일본은 미국에서 원자로와 농축 우라늄을 도입하여 원전을 만든 과정입니다.

그런 관련성을 조망한 데서 나온 오이시 씨의 질문은, 1986년 4월 체르노빌 사고가 있었고, 지금 그것과 같은 규모의 후쿠시마 원전 사고가 일어났으며, 국내의 사건에 그치지 않고 세계적으로 방사성 물질에 의한 영향을 (현재) 초래하고 있는데, 그 거대한 희생에 과연 누가 책임을 질 수 있을까, 하는 것입니다. 제 경험에서 말하자면 아무도 책임지지 않지 않을까요?

제 두 번째 인용은 앞의 시대를 정치가로서 선도한 나카소네 야스히로(中曾根康弘, 1918~) 씨의 아사히신문 인터뷰입니다.

> 엄청난 피해를 입었지만, 이번 사고를 거울삼아 그것을 잘 점검하고 이를 교훈삼아 원전 정책은 지속적으로 추진하지 않으면 안 됩니다. (…) 그것이 오늘 일본 민족의 생명력입니다. 세계의 대세는 원자력의 평화적 이용, 에너지 이용을 부정하지 않습니다.

"먼 이야기가 아닙니다. 다시 후쿠시마 같은 사고가 일어나면 여러분들은 일본 민족의 생명력은 불멸하다고 말할 겁니까?" 베를린의 신문기자로부터 그런 질문을 받았습니다. "히로시마의 과거, 오키나와의 현 상황에 대해 정부가 '인내하라'고 한다며 당신은 비판했지만, 그 표현은 지금도 유효합니까?"

"오키나와 현민의 대규모 집회, 헤노코에서도 저항을 지속하고 있는 것을 알고 있지요?"

저는 이렇게 대답했습니다. 지금은 본토의 우리가 그것에서 배웁니다.

그런데도 '내 영혼'은
기억한다

미토(水戶)에 신설되는 컬쳐스쿨에 강연을 하러 가게 되었고 예고도 나갔습니다. 대지진으로 늦어졌습니다만, 그사이에 재해를 입은 여성 국어교사로부터 요청이 왔습니다.

"지금 이토 시즈오(伊東靜雄, 1906~1953)의 시 「휘파람새鶯(한 노인의 시)」에서 다음 두 행이 마음에 와 닿는데 학생들에게 제대로 전달할 수 있을까요? 선생님은 어떻게 읽고 있는지 이야기해주세요."

(내 영혼)이라는 건 말할 수 없다
그런데도 (내 영혼)은 기억한다

자신의 영혼이라는 것을 생각하면 모호하지만, 괴로운 경험을 하고 나서 돌이켜보면 그것에 의해 (내 영혼)이 기억하고 있는 것이 있고 힘이 됩니다. 제 경우에는 뇌에 장애를 가지고 태어난 장남과의 경험으로 그것을 알고 있습니다. 장남이 만드는 음악에서도, 그의 영혼이 누군가에게 배운 기억을 종이에 그린 게 아닐까, 하는 걸 느낍니다.

제 해석을 받아들였나요?

제가 그 작품으로 일단락을 짓고 한때 소설 쓰는 것을 그만 뒀던 장편 『위대한 날에(大いなる日に)』[177]에 사인을 요청한 분이, 강연 후 일단 질문을 하려고 했으나 잠자코 돌아갔습니다. 원전의 정지를 요구하는 데모의 확실치 않은 결말을 그린 것이어서, 그 소설이 유효성이 있는가, 하는 비판이었겠지요.

도쿄로 돌아오자 우연히 그 소설을 쓸 준비로 읽었던 가마타 사토시(鎌田慧, 1938~) 씨의 『일본의 원전 위험지대』[178] 새로운 판이 도착했습니다. 거의 같은 해에 가마타 씨의 『자동차 절망공장─어느 계절공의 일기』[179]를 읽고, 젊은 작가인 제 자신의 사회성이 희박하다는 것, 현실 체험이 없다는 것을 뼈저리게 느꼈던 일도 생각납니다.

---

177) 『燃えあがる綠の木』 第三部, 新潮文庫.

178) 鎌田慧, 『日本の原發地帶』, 潮出版社, 1982.
　　　鎌田慧, 『日本の原發危險地帶』, 青志社, 2011.

179) 鎌田慧, 『自動車絶望工場─ある季節工の日記』, 講談社, 1983.

30년 전에 나왔던 그 예언성으로부터, 정부나 관청 그리고 추진파 전문가들로부터 배제된 책이 3·11 후에 다시 간행되어 나온 것입니다. 가마타 씨의 책에는 지역 주민으로부터의 용지 수탈과 그것이 초래한 것, 지금에 와서 표면에 드러난 원자로 폐기의 어려움에 대한 경고도 이미 있었습니다. 지금까지 몇 종의 판마다 실린 후기를 다 읽어볼 수 있습니다.

> 지역과 사람들의 생활사가 이 책의 주제다. 그리고 각지의 원전을 돌아다닌 나의 결론은, 원전은 민주주의의 대극에 존재한다는 것이다.(1982년 후기)

> 이 책을 읽은 사람은, 각 지역에서 무슨 일이 벌어졌는지, 그것이 얼마나 시민의 양식이나 민주주의와 동떨어진 방식이었는지 이해했을 것이라 생각한다.(2006년 후기)

> 앞으로 재해를 입은 지역의 불행은 점점 더 증가할 것이다. 그 불행을 재현하지 않기 위해서는 원전의 지배에서 벗어나는 수밖에 없다. 간단한 일이다. '탈 원전'을 선언하고 원전에서 철수하며 대체에너지의 개발을 의연히 진행하기만 하면 되는 일이다. 그것은 일본 민주화의 길이기도 하다. (2011년 머리말)

3·11 이후 심야에 외국 신문의 특파원이 전화를 걸어와 긴 통화를 했습니다. 그는 도쿄의 신문 보도에서 (정겨운 표현입니다만) 이해할 수 없는 정치가의 움직임을 해독해달라고 저에게 요구하고, 저는 그로부터 유럽의 민중 수준에서의 일본 비판을 요약해서 받는 사이가 되었습니다.

재해를 입은 일본인의 질서 있는 움직임에 대한 좋은 평가는 지금도 보지만, 후쿠시마에서 일본 전역으로 (그리고 전 지구로?) 퍼져나가는 방사능 오염을 의심하는 목소리도 높아지고 있습니다. 지식층은 세계적인 반원전 움직임에 늦고 역행까지 할지도 모르는 일본을 경계합니다.

저는 다음 시대의 일본인이 떠맡을 물질적으로 무거운 짐에 더해 불신이라는 짐까지 생각합니다.

고통스러운 침묵에 빠지고 나서 저는 의식적으로 낙관적인 말을 했습니다. 정부나 관료가 이만큼 혼란스럽고, 또 재계 수뇌가 산업용 전력을 절대시하는 것이 시민 앞에 드러난 이상 전후(戰後)의 고통 속에서도, 거품 경제의 헛소동에서도 견지해온 민주주의적 저력이 시민의 작은 모임을 잇는 대규모 집회를 통해 나라의 근본적인 전환을 결의할 것입니다.

그 국민적 의지를 확인시킬 수 없을까요?(헌법 전문이 앞에서 강조한 '결의'라는 말을 두 번 사용하고 있는 것처럼[180])

"오히려 방사능의 불꽃을 내뿜는 국가주의의 고질라 출현을 두려워하라!"

이것이 그쪽의 대답입니다. 『위대한 날에』의 데모 조직자에게 저는
이렇게 말하게 했습니다.

> 서양의 신문기자에게, 당신의 비폭력 저항은 지금 머리 위를 나는
> 미국 정찰기에 실린 원자폭탄, 수소폭탄에 무력하지 않은가, 라는
> 악의에 찬 질문을 받았을 때, 간디는 그렇지 않다, 고 대답했다.
> 신문기자들은 웃었다. 하지만 미국 정찰기의 핵무기가 사고든 의도
> 적이든 폭발하지 않도록 기도하는 것 외에, 지금까지 인류에게 유익
> 한 무엇이 가능했을까? 그리고 기도는 무력했을까?

아무튼 저는 9월 19일, 메이지 공원에서 열리는 〈원전이여 안녕, 집
회〉에 나가 다양하고 새로운 목소리를 기억하고 오겠습니다.

---

180) "정부의 행위에 의해 다시 전쟁의 참화가 일어나지 않도록 할 것을 결의하고".
 "평화를 사랑하는 모든 국민의 공정과 신의를 믿고 우리의 안전과 생존을 유지하자고 결의했
 다."(일본 헌법 전문에서)

히로시마·나가사키에서
후쿠시마를 향하여

히다 슌타로(肥田舜太郎, 1917~2017) 선생님으로부터 편지를 받았습니다. 그는 원자폭탄 투하 직후부터 구급치료를 했고, 히로시마를 떠나 의료를 시작하고 나서도 후유증으로 고생하는 사람들을 주목하고 나아가 일본원수폭피해자단체협의회(日本原水爆被害者団体協議会, 약칭 피단협) 조직 내에서 많지 않은 피폭 의사로서 은퇴할 때까지 수천 명의 피폭자를 접해온 사람입니다.

히다 선생님은 현재 후쿠시마의 어린이들을 걱정하고 있습니다. 그런데 그는 원래 "미국과 일본 정부가 의도적으로 숨겨온 방사선에 의한 '내부 피폭'[181]의 피해야말로 인류 미래의 최대 위협이라는 것을 알고 계속해서 호소해온" 전문가입니다.

선생님은 저에게 2003년부터 7년간 각지의 피폭자가 정부를 상대로 내부 피폭을 포함한 방사선의 유해성을 둘러싸고 싸운 집단소송의 기록이 책으로 나온다는 것을 먼저 가르쳐주었습니다.(『원폭증 인정 집단소송 싸움의 기록』)[182]

원고인 피폭자 306명 중 264명이 인정을 쟁취하는 큰 승리를 거두었습니다.

> 하지만 정부는 지금까지 내부 피폭의 피해를 부정해온 일의 잘못을 인정하지 않으며 여전히 자신들이 옳았다고 정색을 하고 나옵니다. "미국의 설명에 따르면 내부 피폭은 방사선이 미량이라 인체에 영향이 없다"는 것을 근거로 우겨대기만 하고 있습니다.

이 기록은 피폭자들 각자의 증언이 현재의 방사선 의학에 남아 있는 구멍을 밝힘으로써 승소를 이끌어냈다는 사실을 보여주고 있습니다. 나가사키에서 피폭된 작가 하야시 교코(林京子, 1930~) 씨는 『긴 시

---

181) 음식물이나 공기 또는 상해 부위 오염 등으로 인해 체내에 침투되거나 침착된 방사성 물질에 의한 피폭을 말한다. 반면에 외부 피폭이란 사람의 신체 외부에 있는 방사선원으로부터 방출된 방사선에 의한 피폭을 말한다.

182) 原爆症認定集団訴訟・記録集刊行委員会編,『原爆症認定集団訴訟　たたかいの記録』, 日本評論社, 2011.

간을 건 인간의 경험』[183]에서 쭉 지속되고 있는 히다 선생님의 강한 정신을, S의사라는 이름으로 그렸습니다.

후쿠시마의 사고로 정부가 20킬로미터 권내의 거주자에게 피난 권고를 했을 때, 미국은 80킬로미터 권내의 미국인 전원에게 피난 권고를 했습니다. 하야시 씨는 그 차이를 질문했다고 『피폭을 살며 ─ 작품과 생애를 말하다』[184]에서 말합니다.

그러자 선생님은 사람의 생명, 인권에 대한 인식 정도의 차이입니다, 라고 즉답하셨습니다. 저는 깊이 이해할 수 있었습니다.

(텔레비전에서 책임 있는 사람으로부터) '내부 피폭'이라는 말이 처음으로 사용되었습니다. 저는 그 말을 듣는 순간 왈칵 눈물이 쏟아졌습니다. 알고 있었구나, 그들은. '내부 피폭'의 문제를. 그걸 이번 원전 사고에서 처음으로 입에 담았습니다.

(…) 나가사키의 친구들은 이 사람 저 사람 다 죽었습니다. 그것도 뇌종양·갑상선·간암·췌장암 등으로 죽었습니다. 그들 대부분은 원폭증 인정을 받지 못하고 각하되었습니다. 내부 피폭은 인정되지 않았던 것입니다. 어둠에서 어둠으로 묻혀간 친구들. 불쌍해서 견

---

183) 林京子, 『長い時間をかけた人間の経験』, 講談社, 2000.

184) 林京子, 『被爆を生きて─作品と生涯を語る』, 岩波書店, 2011.

딜 수가 없었습니다.

현재의 위기에서 히다 선생님의 오랜 경험에 뿌리를 둔 긴급한 제언이 힘을 늘려가고 있습니다.

후쿠시마 원전에 의한 가벼운 초기증상의 피해자가 후쿠시마 현 내는 물론이고 간토(関東) 평야에 널리 나타나기 시작하고 있습니다. 현재 일본 정부가 시급히 해야 할 일 가운데 하나는, 일본의 몇몇 대학 의학부(히로시마대학·나가사키대학 의학부 등)에 방사선 내부 피폭자의 진단과 치료에 대한 연구를 국가가 명하고 그것을 위한 예산을 책정하는 것입니다. 의사회를 통해 후쿠시마 원전의 방사선 피해를 호소하는 환자에게는 친절하게 치료에 응하도록 협력을 요청하고, 앞으로 나타날 가능성이 있는 새로운 피폭자에 대응하는 체제를 정비하는 일입니다.

하야시 씨는 후쿠시마를 계기로 국가의 원전 정책을 완전히 전환한 독일의 출판사가 앞의 장편소설을 서둘러 번역하여 출판하겠다는 요청을 해왔다는 이야기도 전하고 있습니다.

사고 이후 다양하게 보도되는 뉴스를 들으면서 일본은 피폭국이 아니었던가, 하고 너무나 학습이 없었다는 사실에 절망했으므로 이 요청을 받고 저는 구원을 받았습니다.

세계에는 이해해주는 사람이 있구나. 사물의 기본에서 생각할 수 있는 사람이 있구나. 정말 구원받았습니다. 그 소설을 쓰길 정말 잘했습니다.

곧 독일의 젊은이들에게 읽힐 그 소설 결말의 한 구절, 히로시마·나가사키의 경험에서 나온 위로의 말을 후쿠시마의 젊은 사람들을 위해 옮깁니다.

> "20세기는 인위적으로 만들어낸 핵에너지로 살인을 한 세기입니다. 이는 종족으로서의 인간 생명의 연결을 끊는 일입니다. 인체에 미치는 영향을 알면서 그것을 행동으로 옮긴 과학자나 위정자들을 저는 용서할 수 없습니다."
>
> S의사는 이렇게 말하고 다시 말을 이었다.
>
> (…)
>
> "핵에는 인류를 멸망시키는 독이 있습니다. 살아날 길이 발견되지 않은 상태에서 권력자들은 핵의 길을 내달려왔습니다. 하지만 저는 희망을 버리지 않습니다. 희망은 일반 사람들입니다. 서민이 살아남을 지혜와 힘을 얻겠지요. 생물은 본능적으로 멸망하지 않으려는 노력을 하는 법이니까요."

고전 기초어와
'미래의 인간성'

1970년대 후반, 저는 학생 시절에 시작하여 그때까지 계속하고 있던 소설 쓰는 생활에 불안을 느꼈습니다. 그래서 전문적으로 공부한 적이 없는 문학이론을 계속 읽고 노트에 정리하는 일을 했습니다.

그것을 책으로 낸 것이 『소설의 방법』[185]입니다. 문장을 어떻게 쓸 것인가, 어떻게 쓰면 안 되는가에 대해 이론과는 별도의 예문도 넣었습니다.

국어학자 오노 스스무(大野 晋, 1919~2008) 씨가 당시 현실적인 과제였

---

[185] 오에 겐자부로, 노영희·명진숙 옮김, 『소설의 방법』, 소화, 2003.

던 '사야마(狹山) 사건'[186]을 논한 「협박장은 피고인이 쓴 것이 아니다」라는 글에서는 그 협박장[187]도 복사판으로 인용했습니다.

> 협박장을 쓴 사람은 위와 같이 통상적이지 않은 용자법(用字法)으로 협박장을 씀으로써 오히려 학력이 낮은 사람을 범인상으로 지목하기를 기대한 것으로 보인다. 하지만 작위에는 작위의 약점이 수반되는 것이어서 협박장에 보이는 한자 사용의 부자연스러움, 그리고 학력의 높이는, 작위의 방식에서 오히려 반대로 나타나고 있다.

재판관은 오노의 논문을 배척했지만, 국어학자로서의 면밀한 읽기가 사회적 발언에 도움이 된다는 것을 산뜻하게 증명해주는 글입니다. 게다가 정의롭지 못한 일에 대한 열렬한 투지야말로 지식인이 가져야 하는 것이라고 명심했던 일을 떠올립니다.

---

186) 1963년 5월 1일 사이타마 현(埼玉県) 사야마(狹山) 시에서 발생한 고등학교 1학년 여학생을 피해자로 한 강도강간살인 사건. 범인으로 체포되어 무기징역을 받고 31년 만에 가석방된 이시카와 가즈오(石川一雄, 당시 24세)가 피차별 부락 출신이라는 점, 1심의 자백 이후 줄곧 무죄를 주장하고 있는 점, 협박장을 쓸 만한 지적 능력이 없다는 점, 증거 조작의 가능성이 높다는 점 등에서 많은 의혹이 제기되었고, 그동안 이 사건을 배경으로 한 영화·연극·책이 다수 나왔다.

187) 협박장의 일부를 예로 들면 다음과 같다.
"刑札には名知たら小供は死."(경찰에 알리면 아이는 죽는다. 정확히 표기하면 警察に話したら子供は死ぬ.)

그리고 지금 저는 10월에 간행될 오노 스스무 씨의 『고전기초어사전』[188]의 교정쇄를 읽음으로써 3·11 이후의 고통스런 날들을 보내는 데 얼마나 도움이 되었던가, 하는 생각을 합니다.

지금까지 금욕적으로 기술된 오노 씨의 사전과는 달리 이 사전은 격의 없이 쓰여 있어, 몇몇 항목에서 거듭 이야기되는 말로부터 독자는 선생님의 세미나에 참석해 있는 느낌으로 친숙하게 단련할 수 있을 것입니다.

〈모노노아와레(もののあはれ)〉[物のあはれ], 그 '해설'에서 원문 그대로 인용하는 방식으로, 즉 요약하지 않고 발췌하겠습니다.

> 모노노아와레(モノノアハレ)는 명사 모노(物)와 격조사 노(ノ)와 명사 아와레(アハレ)로 이루어진 말. 모노는 '정해진 것, 운명, 움직이기 힘든 사실. 세상 사람이 그것에 따르거나 빠져들 수밖에 없는 자연의 이행, 계절' 등을 의미한다. '노'는 명사와 명사 사이에 들어가 '존재의 장소, 소속의 장소'를 확정하는 격조사다. '아와레'는 '공감의 시선으로 대상을 볼 때의 마음'이다. 마음이라고 해도 그것은 기쁨이 아니라 오히려 슬픔을 포함하고 있다.

---

188) 大野晋, 『古典基礎語辞典』, 角川学芸出版, 2011.

여기서 제시된 '모노(モノ)'의 주도면밀한 정의는 독립된 〈모노(も
の)〉 항목에서도, 또 '아와레(アハレ)'는 〈아와레(あはれ)〉 항목에서도 자
세히 서술됩니다. 특히 '모노(モノ)'를 정확한 의미로 포착하지 않은 채
'모노가나시(モノガナシ:어쩐지 슬프다)', '모노사비시(モノサビシ:어쩐지 쓸쓸
하다)'에서의 '모노(モノ)'가 '난토나쿠(なんとなく:어쩐지)'로 해석되는 것
은 잘못이라고 합니다. 열렬한 기세로 논증을 해나가는데, 그것에 더
해 마음에 스며드는 예가 이어집니다.

예컨대 『겐지 이야기』의 '봄나물(若菜)' 상(上)에서 히카루 겐지가 온
나산노미야(女三宮)를 아내로 맞아 세상의 관습대로 사흘간 계속해
서 그녀의 집을 찾는다. 무라사키노우에(紫上)는 경험해본 적이 없는
이 사태에 "견디기는 하지만 역시 가슴이 아프다(忍ぶれどなほものあは
れなり)"고 생각한다.[189] '어쩐지 슬프다'가 아니라 자신의 움직이기
힘든 이런 운명이 슬픈 것이다.

그런데 제가 『소설의 방법』에서 했던, 나쁜 일본 현대문의 인용은
'전기사업연합회(電氣事業連合会)'의 광고입니다.

---

189) 겐지를 만난 이래 오직 겐지와의 사랑에만 의지하여 살아오던 무라사키노우에는 겐지가 온
나산노미야와 정식으로 결혼하자 깊은 절망에 빠진다.

"그건 그렇다 치더라도 전기가 거의 석유에 의존하고 있다는 것도 어쩐지 불안하지 않을까요? 다른 방법은 없는 겁니까?"

"원자력이 있지요."

"그거 좋네요. 뭐, 폭탄에 이용되는 것만이 능사는 아니니까요. (…) 안전성을 더 선전해주었으면 좋겠습니다. 실제로 원자력 발전은 안전하잖아요. (웃음)

"인체에 영향을 주는 방사능 같은 건 나오지 않으니까요."

"그렇다면 아무 문제도 없지 않습니까? 역시 모른다는 것이 가장 무서운 일이니까 알릴 방법을 생각해주었으면 합니다."

토마스 만은 문학이 '미래의 인간성'을 표현한다고 했습니다.

지금 원전에서 나오는 사용한 핵연료의 처리는 미래 사람들에게 떠맡길 수밖에 없다는 이야기가 당연한 것처럼 나올 때마다 그 큰일을 짊어지게 될 인류의 '미래의 인간성'을 어떻게 생각하는지 의심합니다. 현재의 인류는 다음 세대를 위해 좋은 미래를 준비한다는 의식, 또는 도덕성(morality)을 버렸는가 하고 말입니다.

그래도 『고전기초어사전』을 읽고 위로를 받은 것은, 말 하나하나의 이해에 과거의 표현을 통한 '미래의 인간성' 탐구가 끊임없이 이루어지고 있기 때문입니다.

원전이
'잠재적 핵 억지력'인가

소책자『자기사 통신, 피폭자(自分史つうしん ヒバクシャ)』제225호가 도착했습니다. 첫머리에 올해로 55주년을 맞이한 일본원수폭피해자단체협의회(日本原水爆被害者団体協議会)의 결성 선언이 인용되어 있습니다. 저는, 그리고 지금은 후쿠시마의 해, 라는 통절한 마음이었습니다.

> 자신을 구함과 동시에 우리의 체험을 통해 인류를 위기에서 구한다는 결의를 서로 맹세했다.

그 이래 그들의 끈기 있는 활동을 통해 "다시는 피폭자를 만들지 마라"는 호소는 우리의 문화에 정착했을 터인데 말입니다.

이 소책자는 오랜 세월 한 여성에 의해서 계속해서 만들어져온 것입니다. 그때그때의 세계적·국내적인 핵 정황을 요약한 것에서부터 생활감이 스며들어 있는 단장(短章)에 이르기까지, 저는 이 소책자를 애독해왔습니다. 특히 뛰어난 것은 매호 잘 선택되어 있는 '옮겨 실은 글'의 풍부함입니다. 어디까지나 '자기사 통신'이기 때문에 발행처는 기록하지 않습니다.

다음은 이번 호에 가슴이 덜컥한(그리고 제가 깨닫는 것이 얼마나 느린가 하는 것에도 질렸습니다) '옮겨 실은 글'에 대해서입니다.

> 일본은… 핵무기의 재료가 될 수 있는 플루토늄 이용을 인정받고 있다. 이런 현 상황이 외교적으로는 잠재적인 핵 억지력으로 기능하고 있는 것도 사실이다.[190]

> 원전을 유지한다는 것은, 핵무기를 만들려고 하면 일정 기간 안에 만들 수 있다는 '핵의 잠재적 억지력'이 된다. … 원전을 없애자는 것은 그 잠재적 억지력도 포기하는 일이다.[191]

---

190) 요미우리신문 2011년 9월 7일 사설.
191) 이시바 시게루(石破茂) 자민당 정조회장(政調會長, 당시), 『사피오(サピオ)』 2011년 10월 5일.

저는 두 사람의 '잠재적인 핵 억지력'과 '핵의 잠재적 억지력'이라는 용어법에(그것이 너무나도 평범한 표현처럼 사용되고 있는 것에) 가슴이 덜컥했던 것입니다.

핵 억지라는 사상은, 냉전 때 시작되어 그것이 종결된 후에도 성가신 초대규모 유산의 형태로 남은 핵무기를 쌓아올리고 있습니다. 최근 10년간 서구에서 해당 정책 추진자였던 거물들의 전향 선언이 계속 나왔습니다만, 실체는 변하지 않았습니다.

억지, deterrence는 이쪽의 공격 능력으로 위협하여 상대가 공격을 단념하도록 하는 것입니다. 일의 성격상 금방이라도 태도가 역전되어 위험하기 짝이 없는 거대한, 다람쥐 쳇바퀴 도는 일이 계속됩니다. '핵의 잠재적 억지력'이라는 것이 일본의 원전에서 언제라도 원자폭탄을 만들 수 있음을 과시하는 일이라면, 국적 불명 테러리스트의 원전 공격에 대한 방어가 긴급한 과제가 되는 가운데 동아시아의 긴장은 그 방향으로도 높아지고 있을까요? 앞의 논객들이 그 효력을 믿고 있는 '잠재적'인 힘을 언제·어떻게 '현재화(顯在化)'할 전략으로 생각하고 있는지는 불분명하지만요.

이번의 큰 사고에 의해 원전을 건설하던 때로 돌아가 오늘날의 도쿄전력東京電力·정부의 정보 개시 방법에도 얼마나 민주주의 정신이 결여되어 있는지 우리는 절감했습니다. 그러나 이 억지론만큼 철저하게 민주주의를 무시한 예는 없었던 게 아닐까요?

너무나도 솔직하게, 원전을 없앤다는 것은 그 잠재적 억지력도 포기

• • •
하는 것이라고 눈을 내리뜨고 우울한 표정으로 위협하는 이 친숙한 정치가는, 이 치명적인 양날의 칼을 손에 드는 것에 언제 국민이 합의를 해주었다고 생각하는 걸까요?

또 한 가지, 저도 글을 옮겨 싣겠습니다. 웹사이트 〈핵 정보〉를 주재하는 다쿠보 마사후미(田窪雅文) 씨의 「원자력 발전과 무기 전용(原子力發電と兵器轉用)」에서입니다.[192]

> 핵 분열하기 쉬운 우라늄 235의 비율을 높이는 것이 우라늄 농축이다. 그리고 원자로에서 생성되는 플루토늄과 사용하고 남은 우라늄을, 사용 후 핵연료에서 꺼내는 것이 재처리다. 민생용으로 건설된 우라늄 농축공장에서도 핵무기로 사용할 수 있는 고농축 우라늄을 제조할 수 있다. 재처리 공장의 제품 플루토늄은 그대로 핵무기로 쓸 수 있다.

다쿠보 마사후미 씨는 해외에서 지켜보고 있는 사람들이 우리만큼 무사 태평하지 않다고 말하며 우리가 빠져 있는 궁지에서 나갈 결의를 하도록 촉구합니다.

---

192) 石橋克彦編, 『原發を終わらせる』, 岩波書店, 2011.

필요없는 플루토늄을 계속해서 만들어내는 이해할 수 없는 정책을 취하는 일본의 의도에 외국이 의문을 갖는 것도 어쩔 수 없는 일이다. 예컨대 1969년 외무성의 외교정책기획위원회가 작성한 『우리나라 외교정책 대강(わが国の外交政策大綱)』이 "핵무기에 대해서는 핵확산금지조약NPT에 참가하느냐 안 하느냐와 상관없이 당면 핵무기는 보유하지 않는 정책을 취하지만, 핵무기 제조의 경제적·기술적 잠재력은 항상 유지한다"는 생각을 보여주고 있는 것 등이 주목을 받는다. 의심을 받고 싶지 않으면 이번 사고를 계기로 재처리 계획을 즉시 중지해야 한다.

이어서 원전을 폐기하자는 국민적 의사가 표명된다면, 이런 한에서의 억지 경쟁은 끝납니다.

또 하나의
전주곡과 푸가

    정확히 40년 전 여름날 아침, 마침 파리에서의 집중강의를 끝내고 돌아온 철학자 모리 아리마사(森有正, 1911~1976) 씨를 국제기독교대학 캠퍼스로 찾아갔습니다.

    그를 소개해준 선배가 인터뷰하기 전에 질문지를 보내는 것이 좋겠다고 했습니다. 매일 아침 여섯 시에는 예배당의 파이프오르간으로 바흐를 연습하는 것이 선생님의 일과이니 그 후에 아침식사를 같이 하는 것으로 이야기를 해주겠다며 날짜와 시간까지 정해주었습니다.

    음악에 조예가 깊은 사람으로 자신이 갔을 때는 바흐의 오르간 음악인 〈토카타와 푸가 D단조〉(Toccata and Fugue in D minor, BWV 565)를 연주하고 있었다며 자랑스러워했습니다만, 이슬에 젖은 잔디밭에 서서 귀를 기울이고 있는 저에게 들려온 것은 역시 D단조의 〈전주곡(토카타)과 푸가〉이기는 하지만 좀 더 어둡고 뭔가를 생각하면서 치고 있는 듯한 느낌의 반복이었습니다. 그때 그 예감이 들었던 것 같습니다.

이 글을 쓰려고, 이미 마흔여덟 살이고 거의 말을 하지 않는(하루 종일 클래식 음악을 듣고 있는) 장남에게 물어보고서야 그 곡에 대한 궁금증이 풀렸습니다. 나중에 쓰겠습니다만, 그 인터뷰가 무산되었으므로 쓰라린 마음이 들어 지금까지 CD 같은 것으로 확인해보지도 않았습니다.

오르간 연습은 끝났지만 예배당의 정면으로 선생님은 나오지 않았습니다. 그저 옆쪽 무사시노(武藏野)의 분위기가 남아 있는 얼마 안 되는 숲 속으로 섞여들 듯이, 머리를 늘어뜨린 사람 그림자가 지나갔을 뿐입니다. 그대로 30분을 기다린 저는 선생님의 숙소도 모른 채 돌아왔습니다만, 제 질문 중에 인용된 선생님의 에세이가 인터뷰할 마음을 가시게 한 것이 아닌가 하는 자책이 커져갔습니다. 그 인용은 다음과 같은 구절입니다.

얼마 전 한 젊은 프랑스 여성이 찾아왔다. (…) 우리는 잡담을 나누고 있었는데 이윽고 일본에서의 생활, 특히 도쿄에서의 생활을 이야기하게 되었다. (…) 그 여자는 갑자기 머리를 들고 거의 혼잣말처럼 말했다. "세 번째 원자폭탄은 또 일본에 떨어질 거라고 생각해요." (…) 가슴을 쥐어뜯고 싶어지는 일이 이 일본에서 일어나고, 그리고 진행되고 있다.

그 여자가 그렇게 말한 후 나는 멍한 채 대학 구내의 나무들이 햇빛을 받아 빛나고 있는 것을 바라보고 있었다.

저는 이 프랑스 여성과 선생님 사이에 그 뒤 어떤 대화가 이어졌는지 듣고 싶다는 질문을 만들었습니다.

하지만 돌아가는 전철에서 이 구절을 다시 읽으니 거기에는 침묵 속의 반성이 확실히 표현되어 있었습니다. 선생님은 그것을 읽어내지 못하는 아직 젊은 일본인의 그런 규탄 같은 질문이 어디 있느냐며 귀찮게 여긴 것이 아닐까요? 그래서 저는 선생님께 사죄하는 편지를 쓸 생각이었습니다.

그런데 그날 밤에 선생님으로부터 속달이 왔습니다. 지금은 그런 심야의 속달이 없어진 것 같은데, 선생님의 편지는 제가 추측한 것과 겹치기는 하지만 어긋남이 있는(그리고 그 어긋남이 계속 기억에 남는) 것이었습니다.

선생님은 그 다음의 이야기를 그 후 쓰지 않았지만, 국제기독교대학의 몇십 주년인가의 행사에서 만난, 선생님의 동료였던 분에게 그것을 뒷받침하는 이야기를 들었으므로 선생님의 편지에 있던 대로 옮기겠습니다.

그것은 제 자신이 그런 생각을 가졌다는 뜻입니다. 만약 자네가 프랑스인의 인종적 편견 같은 것을 상상하고 있다면, 절대 그런 것이 아닙니다. 제 글을 읽은 편집자가, 이처럼 당신의 생각으로 써서는 위험하다, 라고 했습니다. 그래서 충고해주고 싶었습니다.

더구나 선생님은 프랑스에서 오랜만에 귀국한 도쿄에서, 일본인이 생활하는 모습을 보고(물질적인 번영과 활기를, 이라고 해도 아직 거품경제기까지는 상당히 멀었지만) 자신이 확실히 느낀 것을 썼습니다.

가슴을 쥐어뜯고 싶어지는 일이 이 일본에서 일어나고, 그리고 진행되고 있다.

이 사건이 있던 때는, 후쿠시마 제1원자력 발전소의 제1호기(비등수형로)가 운전을 시작한 해입니다. 모리 아리마사 선생님이 우려한 '세 번째 원자폭탄'이 바로 일본에 떨어진 것은 아닙니다만, 히로시마·나가사키의 원폭 피해자와 오늘날 후쿠시마 원전 사고에 의한 내부 피폭의 무거운 짐을 져야 하는 사람들을 연결해서 생각하면, 철학자 모리 아리마사가 품었던 "가슴을 쥐어뜯고 싶어지는 일"에 대한 마음은 가공할 만한 예언이었습니다.

저는 아들이 찾아준 또 하나의 D단조 〈토카타와 푸가 도리아〉(Toccata and Fugue "Dorisch" in d minor, BWV 538)를 40년 만에 통절한 마음으로 들었습니다.

해외의 학회에
나가는 소설가

.

겨울 초입에 짙은 단풍이 눈부신 미국 동부의 터프츠 대학(Tufts University)에 다녀왔습니다. 일본문학 연구자 학회의 주제는 〈에이징(aging)의 시학 – 저항하고 마주하고 극복해야 할 죽음〉이었습니다. 젠더에서 소녀만화에 이르기까지 각 시대의 고전에 대한 새로운 해석, 영어와 일본어가 유연하게 전환되는 토론에서 계발을 받기는 했지만 제대로 답례를 한 것인지 어떤지는 잘 모르겠습니다.

제가 회의에 맞춰 한 것은, 터프츠와 인근의 하버드 대학에서 일본 연구를 하는 학생들 반에서 '후쿠시마에 일어난 일, 일어날 일'에 대한 생각을, '히로시마·나가사키'의 경험을 바탕으로 한 문학이 표현하고 있는 것과 어떻게 연결할지를 전하는 일이었습니다. 제가 할 수 있는 것은 문학에서 출발하여 문학으로 돌아가는 왕복이니까요.

내실 있는 담론 중에서, 그리고 개인적인 대화에서 떠오른 두 가지를 말씀드리겠습니다. 피폭 직후에 쓰인 소설과 피폭한 소녀가 성인이 될 때까지 기다려 쓴 소설, 이 둘 다 '꿈'과 '소리'가 이미지의 근간에 있다고 민감하게 포착한 젊은 독자의 반응입니다.

먼저 하라 다미키의 단편 「심원의 나라」의 한 구절에서 어떤 인상을 받았고, 그것을 어떻게 계속 생각하고 있는가 하는 것입니다.

> 꾸벅꾸벅 졸기 시작한 내 머리가 한순간 전기 충격을 받고 찌르르하고 폭발한다. 전신이 부르르 경련을 일으킨 후, 그 후에는 아무 일도 없이 조용했다. 나는 눈을 크게 뜨고 자신의 감각을 살펴본다. 어디에도 이상이 없는 듯하다. 그런데도 아까, 아까는 왜 내 의지를 무시하고 나를 폭발시킨 것일까. 그건 어디에서 오는 것일까.

자신은 피폭자가 아니지만 지금 이 꿈에서 현실감을 느낀다는 학생의 질문. 작가는 잠들 수 없는 머리로 미래의 지구를 상상하지만, '파멸'과 함께 '구원'을 말하는 것은 왜일까? 이 짧은 작품을 유서처럼 쓰고 자살한 사람인데….

> 그 용광로 안에는 무엇이 있을까? 아직 발견되지 않은 물질, 아직 발

상된 적이 없는 신비, 그런 것이 섞여 있을지도 모른다. 그리고 그것들이 일제히 지표로 분출할 때 이 세상은 대체 어떻게 될까? 사람들은 모두 지하의 보고를 꿈꾸고 있겠지, 파멸일지 구원일지, 아무것도 모르는 미래에 대해….

하지만 사람들 한 사람 한 사람의 마음속 깊은 곳에 조용한 샘물이 울려 퍼져 인간 존재 하나하나가 어떤 것에 의해서도 분쇄되지 않을 때가, 그런 조화가 언젠가는 지상에 찾아오는 것을 나는 상당히 오래전부터 꿈꾸고 있었던 것 같은 기분이 든다.

사실 후쿠시마 제1원전의 대형 사고를 접하고 저도 「심원의 나라」를 펼쳐보았습니다. 이 단편이 쓰였을 때 일본에는 원자로가 없었지만, 하라 다미키가 썼던 것이 그것에 가까운 말이었을지도 모른다고 생각했습니다.

학생이 가지고 있던 것은 제가 편집한 단편집 『아무것도 모르는 미래에』(이 제목은 「심원의 나라」에서 인용한 것)[193]의 영어 번역본이었습니다. 이부세 마스지(井伏鱒二, 1898~1993)의 「제비붓꽃(かきつばた)」이라는 제목에 제철도 아닐 때 핀다는 말crazy을 덧붙여 제목으로 만든 것이었습니다. "The Crazy Iris and other stories of the atomic aftermath"(Grove

---

193) 오에 겐자부로가 원폭과 관련된 단편을 모아 편집한 이 단편집에는 하라 다미키의 「심원의 나라」 「여름 꽃」 이부세 마스지의 「제비붓꽃」 다케니시 히로코의 「의식」 등이 실려 있다.

Press).

저는 용광로의 번역어가 요즘 미국인의 어감에서 원자로를 연상시키는지 확인해봤는데, 옛날부터 furnace(퍼니스, 용광로) 그대로였습니다.

저는 그때 다시 읽었을 때의 실감으로서, 하라 다미키가 파멸만이 아니라 구원도 써넣은 것에 공감했다고 대답했습니다.

제가 일본어판(『아무것도 모르는 미래에』)을 증정한 여학생은 훗날 다케니시 히로코(竹西寬子, 1929~)의 「의식(儀式)」 영어본과 원본을 비교하며 읽고, 지적으로 성숙한 사람이 괴로운 꿈으로 인해 소녀기를 회상하게 되는 문장에서 무척 여성적인 것을 느꼈다고 써서 보내왔습니다.

> 번개가 번쩍이고 있다.
> 아키(阿紀)는 조금 전에 이상한 꿈을 꾼 것 같은 기분이 든다. 자신이 큰소리로 외치다가 잠에서 깬 것 같다. 그렇게 생각하면서 아키는 스탠드의 스위치를 더듬는다. 찾아낸다. 누른다.

질문. 그날 죽은 친구들에 대한 아키의 생각, 연애·출산에 대한 걱정, 심리적이고 현실적인 어려움을 절실하게 상상합니다. 그녀는 살아남을 수 있을까요?

저는 그 작자가 올해, 결혼도 하지 않고 아이도 갖지 않으며 끝까지 일을 해낸 피폭한 동년배 남성이 친했던 여자 친구에게 편지를 보내는 이야기를 썼다고 대답했습니다.

당신이 잘못한 것이 아니다. 나에게 모든 책임이 있는 것도 아니다. 이런 시대에 태어나고 만난 자의 운명이라 생각하기로 하고 있다.

작자가 주인공에게 보내는 말.

한 명의 기시베(岸部)가 살았다는 것은 열 명의 기시베가, 아니 백 명의 기시베가 살고 있다는 것이기도 하다.

나는 새로운 그 작품 『이스즈가와의 오리』[194]를 그녀에게 보냈습니다.

---

194) 竹西寛子, 『五十鈴川の鴨』, 幻戯書房, 2011. 여덟 편의 단편으로 구성된 단편집으로 표제작이 단편 「이스즈가와의 오리」다.

우리에게
윤리적 근거가 있다

  그 책을 얼른 읽고 싶다는 열망에 사로잡혀 있으나 당장 구할 방도가 없어 골똘히 생각만 하고 있습니다. 그런 자신의 전신 스냅사진이 이 눈으로 봤을 리가 없는데도 몇 장이나 기억에 새겨져 있습니다.

  첫 번째는 『탱크 탱크로(タンク・タンクロー)』라는 만화책으로, 동네 의원에 일을 도와주러 갔던 어머니로부터 의사의 아들이 갖고 있다는 말을 들었을 때입니다. 그 다음은 가까운 도시의 고등학교에서 막 출판된 불문학자 와타나베 가즈오의 이와나미 신서 '머리말'을 읽다 보게 된 시詩입니다.

  정가 80엔을 어머니에게 받아, 마쓰야마 시와 동네를 왕복하며 목재를 싣고 다니는 트럭 운전수에게 부탁했습니다. 그런데 책방에서 찾을 수 없었다는 말을 듣고 몹시 실망하고 있는 저에게 단념이 빠른 어머니가 스스로 책을 구할 수 있는 곳으로 가라며, 학구제(學區制)라 금지되어 있는 전학 절차를 밟아주었습니다(선생님들의 도움도 있었지만).

가까이는 작년, 제가 르몽드지에 기고한 글이 번역되어 실려 있는 『세카이(世界)』 5월호에서 경애하는 필자들의 이름을 발견하고 기뻐하던 중에, 이제 가토 슈이치의 이름은 없지만 그 사람이라면 구해주었을 거라며 편집자가 〈안정된 에너지 공급을 위한 윤리 위원회〉의 보고서 이야기를 해주었습니다.

『독일의 에너지 전환―미래를 위한 공동사업』으로서 메르켈 총리에게 제출되었는데, 그것은 정부에 탈 원전에 대한 결의를 가져올 것으로 기대되었습니다. 실제로 그대로 진행되는 가운데, 독일어를 읽을 수 없기 때문에 다른 버전이 있으면 구해달라고 끈질기게 부탁한 것은 윤리 위원회라는 이름에 끌렸기 때문입니다.

저는 사카모토 요시카즈(坂本義和, 1927~2014) 씨의 "일본 국민은 인간의 교만 위에서 성립한 지금의 삶, 생활양식 자체를 변혁하여 세계적 격차가 없는, 인류가 공유할 수 있는 '모델'을 만드는 길을 모색할 때가 아닐까. 이번 천재(天災)와 인재(人災)가 우리에게 그것을 묻고 있다"라는 문장, 그리고 미야타 미쓰오(宮田光雄, 1928~) 씨의 다음과 같은 글에 공감했습니다.

전력 소비 문제 하나만 봐도, 이른바 풍요로움을 추구할 것이 아니라 설령 가난해지는 한이 있더라도, 일상생활의 불편함을 견디는 한이 있더라도, 인간답게 살아가는 것이 어떤 것인지, 진실로 살아가는 것의 의미를 지금이야말로 깊이 묻지 않으면 안 됩니다. 그렇지 않고는 '지금 인간인 것' 자체가 성립되지 않게 되었습니다.

3·11로 우리가 직면한 것은 바로 '윤리적 근거'에 입각한 과제입니다. 여론에서 그것은 지금 경제적·정치적 근거의 상위에 놓여 있지만 채 1년도 지나지 않아 실업계·정계의 선도로 십수만 명의 피난자들은 그대로이고 윤리적 근거라는 말도 소멸하지 않을까 저는 우려했던 것입니다. 그때까지 독일의 보고서는 우리에게 도착하여 뭔가를 가르쳐줄까요?

그런데 『세카이』 1월호에 「원전 이용에 윤리적 근거는 없다―독일 '윤리 위원회'의 보고서에서」라는 제목으로, 그 보고서의 중심 부분을 이루는 제4장 '몇 가지 윤리적 입장'이 미시마 겐이치(三島憲一, 1942~) 씨의 정교한 번역으로 실렸습니다.

자세한 것은 그 『세카이』지에 넘기기로 하고, 해당 윤리성과 아울러 독일 지식인의 철저한 논리성이 원전에 대한 두 가지 입장을 정리하는 모습을 발췌하겠습니다. 절대적 반대 입장입니다.

원자력에 관한 결정은, 에너지 정책의 다양한 가능성에 수반되는 손해의 규모나 사고의 가능성에 대한 숫자나 계산의 문제로 끝나는 것이 아니다.

다음 세대의 삶에 대한 우리의 윤리라고 해야 할 위험과 부담을 미해결 상태로 남기기 때문입니다. 한편 비교 평가하는 것도 중요하다는 입장은 이렇습니다.

사회에는 원자력을 포기했을 경우의 귀결도 생각할 의무가 있다.

게다가 두 가지 입장에 선 사람들이 같은 결론에 도달했습니다.

다시 말해 환경이나 경제나 사회에 적합한 정도를 고려하면서 원전의 능력을 위험이 낮은 에너지로 치환할 수 있는 정도에 따라 원전의 이용을 되도록 빨리 종결시켜야 한다.

그리고 독일은 실제로 그 방향으로 나아가고 있어, 저는 일본 정부가 거기에서 배우기를 바랍니다.

하지만 한 가지만은 독일에서보다 더욱 긴급하게 일본의 독자적 행동이 필요하다고 합니다. 역시 『세카이』 1월호에서 「활단층과 원자력발전소−누가 안전 심사를 왜곡하고 있는가」라는 논문이 "너무나 많은 발전소에서 내진 안전성의 전제가 되는 활단층 조사나 안전 심사에 중대한 결함이 있다"고 지적하고 있는 것입니다.

우리 시민의 운동에서 그것이 미래를 향한 인간 삶의 근본, 즉 윤리
적인 근본으로 자리 잡을 수 있기를 열망합니다.

지금 소설가가
할 수 있는 일

　어젯밤 작곡가 다케미쓰 도루 씨 꿈을 꾸었습니다. 사회성도 개인적인 추억도 비할 데가 없지만 무엇보다 소설론으로서 문학 지망생에게 권하고 싶은 밀란 쿤데라의 『만남』[195]을 읽은 탓인 것 같은데, 왜 다케미쓰 씨인지는 이어서 쓰겠습니다.

---

195) 니시나가 요시나리(西永良成) 씨가 거듭해온 번역의 정점이라고 할 만한 솜씨. 그것에 앞선 『배신당한 유언들』과 『커튼』도 구할 수 있다. 『만남』은 가와데쇼보신샤, 『배신당한 유언들』과 『커튼』은 슈에이샤에서 나왔다.
　밀란 쿤데라, 한용택 옮김, 『만남』, 민음사, 2012.
　밀란 쿤데라, 김병욱 옮김, 『배신당한 유언들』, 민음사, 2013.
　밀란 쿤데라, 박성창 옮김, 『커튼』, 민음사, 2012.

노년에 이르러 친구들의 글이 빛나는 세부를 이루고 있는 그리운 정경을 꿈에서 보고 잠을 깨는 일이 자주 있습니다. 어젯밤의 꿈도 가토 슈이치 씨가 신슈(信州) 산장의 이웃이었던 다케미쓰 씨를 추억하는 『가토 슈이치 자선집』 한 권이 출처라는 것을, 일어나서 확인했습니다.

> 다케미쓰 도루는 photogenic(사진을 잘 받았다)했다. (⋯) 특히 미요타(御代田)의 숲속 길에 혼자 서 있는 사진이 정말 좋다. 생기가 넘치고 조용하며 총명하고 부드러운 그의 눈은 내면을 향하고 있다.

두 사람이 서 있는 모습을 실내에서 바라보고 있으니 눈이 흩날리고 있는 듯한 것이 방사성 물질 탓이 아닐까 하여(원래 과학적인 이야기가 아닌 불안에 사로잡힌 것은, 사고 후 처음으로 원자로의 격납 용기 내부로 들어간 내시경 영상의 하얀 반점을 봤기 때문에) 조심하라고 외치는 자신의 목소리 때문에 깨어났습니다.

1981년 세모, 샌디에고의 대학에서 일을 마치고 온 다케미쓰 도루 씨가 밀란 쿤데라의 단편집 『The Book of Laughter and Forgetting』(Knopf)을 선물로 주었습니다. 사람들이 오에는 이 작가를 좋아할 거라고 했다면서. 다케미쓰 씨가 객원교수를 한 학부에 음악 연구자가 있었던 것은 당연한 일로, 야나체크와 관계가 깊은 쿤데라[196]는 화제가 되었을 것이고, 히로시마에 대한 청취 조사를 한 심리학자 로버트 리프튼(Robert J. Lifton, 1926~)이나 가토 슈이치와도 회의에서 만났다고 합니다. 저는, 그 6년 전(1975년) 체코슬로바키아에서 파리로 망명했던 작가 밀란 쿤데라가 서구 지식인에게 환영받는 분위기의 실제를 접한 기분이었습니다.

그것으로 시작하여 그의 모든 작품을 애독하는 중 『커튼』에 세계의 주변 문학에 주의가 미친 쿤데라가 1958년 일본인이 쓴 단편을 언급한 것이 있다는 것을 발견했습니다. 제가 스물세 살 때 쓴 단편 「인간의 양(人間の羊)」이었습니다.

그 작품은 밤 만원 버스에 외국 군대의 병사들이 올라타 한 학생의 바지를 벗기는 사건을 그렸습니다. 병사들이 사라진 후 학생의 굴욕을 공개하여 고발하려고 그 자리에 있던 교사가 나섭니다.

모든 것이 두 사람 사이의 증오의 섬광으로 끝난다. 비겁함·수치심·정의에 대한 사랑으로 과시하려는 가학적인 염치없음의 훌륭한 이야기…. 그러나 내가 이 단편소설을 이야기하는 것은 그저 이렇게 묻기 위해서다. 이 외국 병사들이란 대체 누구일까?

쿤데라는, 만약 그것을 미국의 병사들이라고 지명해버리면, 하면서

---

196) 야나체크가 세상을 떠난 지 1년 후에 태어난 쿤데라는 유년 시절부터 매일 아버지나 그의 제자들이 피아노로 연주하는 야나체크의 음악을 듣고 자랐으며 자신의 첫사랑이 체코 작곡가 야나체크라고 고백했다.

이렇게 말합니다.

> 이 단편소설은 하나의 정치적 텍스트, 점령군에 대한 고발로 귀착되고 말 것이다. 단지 이 수식어를 단념한 것만으로 정치적인 측면이 희미한 어둠에 묻히고 빛은 소설가의 관심을 끄는 주요한 수수께끼, 즉 실존의 수수께끼에 집중되는 것이다.

제가 그 작품을 썼던 스물세 살 때 이 비평을 읽었다면 실존의 수수께끼라는 말을 머리로는 이해해도 실감할 수는 없었을 겁니다. 하지만 이제 일흔이 된 저는 쿤데라의 독해에 감동하고 자신은 내내 이 근본적인 소설관에 뿌리를 두고 일해왔다고 생각했습니다. 저는 소설가 외에 다른 어떤 사람도 아니었다고 생각했습니다.

그로부터 7년이 지나 저는 소설을 쓰는 것을 생활의 기본으로 두었습니다만, '3·11'의 시민 집회와 데모를 중요시하여 2월 도쿄에서는 걷고, 3월 후쿠시마에서는 강연을 할 준비를 하고 있습니다. 그런 가운데 『커튼』을 다시 읽고, 지금의 자신에 대한 쿤데라다운, 소설가끼리의 호소를 확인했습니다.

그것도 쿤데라는, 플로베르의 서간집을 종종 다시 읽는 이야기를 하면서 아무리 매력적이라도 그것은 작품이 아니라고 단언합니다.

그에게 작품이란 이런 것입니다.

어떤 미적인 계획에 기초한 긴 작업의 성과다.

나는 한 발 더 나아가 이렇게 말한다. 작품이란 소설가가 자신의 인생을 총결산할 때 인정하게 되는 것이라고. (…) 어떤 소설가도 우선 손쉬운 일부터 시작하여 근본적이지 않은 모든 것을 배제하고 자신을 위해, 그리고 다른 사람들을 위해 본질적인 것의 모럴을 주장해야 한다.

저는 지금 일본인의 본질적인 모럴이란 다음 세대를 살아남게 하도록 애쓰는 것이며, 모든 원전을 폐기할 결의를 보여주는 것이 그 시작이라고 생각합니다.

자력으로
정의하는 것을 꾀한다

　지금 저는 연하장을 절반으로 나눠 이 칼럼의 삽화를 붙인 카드 71매와 한 권의 책을 옆에 두고 최근 몇 년을 떠올리고 있습니다. 그 책은 『기록·오키나와 '집단 자결' 재판』[197]입니다.

　지난 6년 동안 매달 한 번씩 연재한 〈정의집〉 칼럼을 복사하여 파일로 만들 때 칼라 삽화는 그대로 잘라 카드로 만들었습니다. 2년째에 접어들었을 때, 후쿠다 미란(福田美蘭, 1963~) 씨의 그림은 심플하고 강해 검은 수류탄 두 개가 붉게 덧칠해져 있고 그 옆에는 이와나미 신서 『오키나와 노트』 표지의 연두색이 녹아 흘러내리고 있습니다. 그 아

---

197) 岩波書店編, 『記錄·沖縄 '集団自決' 裁判』, 岩波書店, 2012.

래에는 오키나와 섬의 지도, 그리고 왼쪽에는 총검을 장착한 총에 파란 히노마루가 걸려 있어 병사의 노란색 머리를 덮고 있습니다. 그것을 가리키는 메모와 같은 화살표. 그 카드 아래 쪽에는 펼쳐놓은 자료를 앞에 두고 원고를 쓰고 있는 팔이 그려져 있습니다.

3년째가 되자 화제(話題)가 극명한 화상(畵像)이 늘어서 있는 스타일이 완성되었습니다. 10만 명이 넘게 참석한 오키나와 현민(縣民) 대회. 지프를 타고 이시가키지마를 질주하며 오키나와의 전후(戰後)를 이야기해준 기자 아라카와 아키라. 탁월한 묘사력은 이어서 와타나베 가즈오·가토 슈이치·다케미쓰 도루·에드워드 사이드 등을 실로 정겹게 되살려주었습니다.

이 그림 아래 쪽에도 역시 얼굴 없는 제 팔이 사람들로부터 들은 이야기를 적고 있고, 도쿄에 남겨두고 온 세 살이지만 아직 한 마디도 하지 않았던 아들, 그리고 제 고향에서 백 년 전에 일어난 농민 봉기가 그려져 있으며, 그것을 오키나와의 근대화와 관련시켜 구상한 『만엔 원년의 풋볼』로 이어져 있습니다. 아라카와 씨의 이야기를 듣는 제 안에서 떠오른 이야기의 모든 것이 종합되어 있습니다. 후쿠다 미란 씨, 고마웠습니다!

〈정의집〉에도 썼던 재판이 끝나고 기록은 우리의 승소를 분명히 해주었습니다. 강제된 집단 죽음에 대한 기술은 교과서에 다시 실리게 되었습니다만, 지금도 오키나와의 희생을 보여주고 있는 후텐마는 아무런 진전도 없는 상태입니다.

그 6년간, 글자로 보아 차분한 여성으로 보이는 독자로부터 매월 신기한 기호가 붙은 단편이 왔습니다. 곧 기호의 의미는 풀렸습니다.

저는 나카노 시게하루의 단편을 다시 읽고 그 독특함에 인용하지 않을 수 없었습니다. 전쟁이 끝난 직후의 혼잡한 전차에서 숨이 막힐 것 같은 답답함에 가만히 있지 못하는 남자를 불평하는 여성 승객과 그것을 옆에서 듣고 비분강개하는 나카노 시게하루 씨의 우스꽝스러움과 사람다움. 그것에 붙여진 기호는 30/124.

"어머 또 추네!"라는 소리에 나카노 씨는 되받아쳐주고 싶었다. '어쩔 수 없잖아! 그 사람은 위치에서 불행한 거야. 그 사람은 위로, 공중으로 피하는 거란 말이야. 그렇지 않으면 찌부러지고 마니까. 그렇게 〈되는〉 거잖아….'

그런데 투고자는 제 에세이의 인용 버릇이 불만인 모양이었습니다. 이 회에는 전체에서 인용 부분이 30행이어서 그런대로 괜찮았지만, 때로는 69/124일 때조차 있었습니다.

저에게 인용이 중요해진 것은 신제 중학이 마을에 생겼을 때부터였습니다. 소개(疏開)해 있던 사람들이 도시로 돌아갈 때 책을 기부했습니다. 읽은 글이 마음에 들면 되풀이해서 읽고 싶지만, 같은 책을 독점하는 것은 허락되지 않았습니다.

그래서 종이쪼가리를 찾아 책을 베끼기로 한 것입니다. 작문 교실에서 선생님이 깨끗한 종이를 나눠주면 저는 호주머니에서 꺼낸 종이에서 베껴둔 것을 옮겨 적었습니다. 자신이 생각하는 문장은 시시해서입니다. 그리고 그 앞뒤로 감상을 덧붙여서 간신히 작문으로 인정받았습니다.

소설가가 되고 나서 곧바로 50세 연상의 노가미 야에코(野上弥生子, 1885~1985) 씨로부터, 당신은 '희구한다'는 말을 자주 쓰는데 왜 그런 케케묵은 표현을 쓰느냐는 나무람을 들었습니다. 저는 신제 중학교에서 배운 헌법과 교육기본법 첫머리에 이 말이 나오는 것이 마음에 들어 종이에 옮겨 적었고, 자신의 용어법에 넣었기 때문에 새롭다고 생각했습니다.

정의(定義)에 대하여. 저는 젊었을 때 발표한 소설에, 장애를 갖고 성장해가는 장남을 위해 세계의 모든 것을 정의해주겠다는 '덧없는 꿈'을 썼습니다. 그 꿈은 이룰 수 없었지만, 지금도 뭔가에 대해 그가 이해하고 또 웃어줄 것 같은 사물의 정의를 여러 가지로 생각하고 있는 자신을 발견합니다.

그러나 제가 〈정의집〉 전체에서 자신의 소중한 말로 쓴 것은 중학생 때의 습관이 남아 있는, 아직 책이든 직접적이든 경애하는 사람들의 말로서 기억하고 있는 것의 인용이 주체였습니다. 만년의 제가 지금 만나고 있는(그리고 시대의 것이기도 한) 커다란 위기에 대해, 수련해온 소설의 언어로 자신만의 정의를, 하고 필시 최후가 될 시도를 시작하며 〈정의집〉을 닫습니다.

제가 서고에 틀어박혀 지나간 일과 미래를 생각한 후
그럭저럭 회복을 한 것은,
나는 젊었을 때부터 천재적인 지기(知己)를 얻었다,
그것은 행운이었다, 고 생각했기 때문입니다.
그들은 모두 어린아이의 심성을 가지고 있으면서
강하고 깊이 성숙해가는 사람들이었습니다.
지금 겪고 있는 커다란 붕괴감과
그들과 함께 살았다는 마음은 모순되지 않습니다.

옮긴이의 말

이 책은 오에 겐자부로가 2006년 4월 18일부터 2012년 3월 21일까지 아사히신문 문화면에 '정의집'이라는 제목으로 매달 한 번 연재한 것을 가필하여 단행본으로 묶은 것이다. 그가 그동안 읽은 책, 만난 사람, 여행간 곳, 해온 일, 그리고 가족(특히 뇌에 장애를 가진 아들) 이야기가 주로 담겨 있다. 그런 만큼 그가 살아온 삶이 보인다. 우리는 이 에세이를 통해 그가 어떤 학생, 어떤 남편, 어떤 아버지, 어떤 작가, 어떤 인간이었는지를 자연스럽게 알게 된다.

그의 삶은 성직자의 삶과 닮았다. 답답하고 재미없고 거리감이 느껴진다. 나는 흙탕물에서 허우적거리는데 그는 맑은 물에서 고결한 것 같아 위화감마저 든다. 김수환 추기경이나 법정 스님을 볼 때와 비슷하다. 범접하기 어렵다. 나와 다른 세상에 사는 사람이라고 치부하는 게 편한, 그런 사람인 것이다. 존경할 만한 사람들의 삶이 대개 그렇듯이.

오에 겐자부로의 글을 읽으면서 나는 자꾸 그를 우리 사회로 불러들였다. 어떤 사람들로부터 어떤 공격을 받았을지 너무나 쉽게 그려진다. 일본에서도 그리 다르지 않았다.

나는 매일 화장실에서 신문을 본다. 고약하고 구리다. 신문은 대개 내가 그리는 세상의 음화다. 특히 요즘은 이해할 수 없는 일들이 참 많은 것 같다. 한국과 일본 지도자는 많이 닮은 것 같은데, 사이가 참 안좋다. 안 좋은 척하는 것일 뿐인데 내가 그 속내를 알아채지 못한 것인지도. 밖에서 자신의 옷과 똑같은 옷을 입은 사람을 발견했을 때의 그낭패감이라면 이해하고도 남는다.

우리 사회의 사람들은 무척 열심히 공부하여 출세하려고 하는데 출세한 사람들을 보면 다들 비어 보인다. 위로 올라갈수록 더 비어 보이는데, 또 위로 올라갈수록 그 윗사람의 말을 참 잘 듣는다. 자신을 완전히 비우고 온통 윗사람의 마음으로 채우려는 것 같다. 결국 공부는자신을 비우는 일인지도 모른다. 자의식까지도.

드라마나 영화를 볼 때는 내가 좋아하는 인물과 싫어하는 인물을 사람들도 좋아하고 싫어한다고 느낀다. 그러나 현실에서는 그렇지 않은 모양이다. 드라마를 볼 때와 현실을 볼 때 내 기준이 달라지는지,

사람들의 기준이 달라지는지. 현실에서 잘나가는 사람들, 드라마에서는 대체로 재수 없는 놈들이던데.

약한 자 편을 드는 게 인지상정이라고 생각해왔다. 스포츠 경기에서도 그렇고 드라마나 영화를 볼 때도 그랬다. 그런데 현실에서는 꼭 그렇지만도 않은 것 같다. 약한 자에게 오히려 도덕적인, 경제적인 덫까지 씌워 배제하려든다. 국가나 기업이라는 강자에게 자신을 동일시하고 그 강자의 위기에 더 민감하게 반응하는 사람들을 보면 그런 생각이 든다. 경찰이 노조에 손해배상 책임을 묻는 것을 보면 그 창조의 끝이 어디인지 싶다. 대체 어디까지 가려는지, 이미 내 상상의 영역을 넘어선 느낌이다.

이런 생각을 하다가 그 고약하고 구린 것들과 함께 살아온 오에 겐자부로의 글에서는 왜 그것들이 도드라져 보이지 않고 오히려 거기에서 고상한 마음이 이끌려 나오는지 궁금해졌다. 내 안의 고약하고 구린 것들에 대한 주의 깊은 시선에 봉착하고 말았음을 느낀다. "불행한 인간에 대한 호기심만 왕성한 사회"에서 생활에 배어있는 인간다움을 찾아내는 것밖에 없지 않나 싶어서다. 그의 말대로 호기심은 누구에게나 있지만 그것을 순화하는 것은 주의 깊은 눈이기 때문이다.

2014. 2.

송태욱

말의 정의

첫판 1쇄 펴낸날 2014년 3월 10일
개정판 1쇄 펴낸날 2018년 4월 10일
개정판 2쇄 펴낸날 2018년 8월 30일

지은이ㅣ오에 겐자부로
옮긴이ㅣ송태욱
펴낸이ㅣ박남희

종이ㅣ화인페이퍼
인쇄 · 제본ㅣ한영문화사

펴낸곳ㅣ(주)뮤진트리
출판등록ㅣ2007년 11월 28일 제2015-000059호
주소ㅣ서울시 마포구 토정로 135 (상수동) M빌딩
전화ㅣ(02)2676-7117 팩스ㅣ(02)2676-5261
E-mailㅣgeist6@hanmail.net

ISBN 979-11-6111-017-2 03830

* 잘못된 책은 교환해드립니다.